Kine

MOKA

Franco-britannique, Tatiana de Rosnay est née le 28 septembre 1961 en banlieue parisienne. Journaliste, elle travaille pour les magazines *Elle* et *Psychologies*. *Elle s'appelait Sarah*, le premier roman qu'elle a rédigé en anglais, l'a fait connaître dans le monde entier, notamment aux États-Unis. Vingt-huit pays en ont acheté les droits et une adaptation cinématographique est en cours.

TATIANA DE ROSNAY

Moka

ROMAN

PLON

ISBN : 978-2-253-12569-3 – 1re publication LGF

A mes deux grands-mères
Natacha, la Russe (1915-2005)
Cynthia, l'Anglaise (1898-1990)

« Il n'y avait pas de lune. Le ciel au-dessus de nos têtes était d'un noir d'encre. Mais le ciel à l'horizon n'était pas noir du tout. Il était éclaboussé de pourpre comme taché de sang. Et des cendres volaient à notre rencontre avec le vent salé de la mer. »

Daphné Du Maurier, *Rebecca*.

Moka : n.m. – 1° Variété de café, infusion de ce café : une tasse de moka ; 2° Gâteau fourré d'une crème au beurre parfumée au café.

I

C'était un mercredi après-midi. Le jour des enfants. J'étais à ma table de travail. Concentrée. Immobile. Le regard fixé sur l'écran devant moi. Pas de bruit. Juste la rumeur lointaine du trafic sur le boulevard. Il était quatorze heures trente.

Mon téléphone portable a sonné. Un numéro s'est affiché sur l'écran. Un numéro qui ne me disait rien. J'ai pris la ligne.

— Allô, madame Wright ?

Une voix d'homme, inconnue elle aussi.

— Vous êtes la mère de Malcolm Wright ?

J'ai dit oui, je suis sa mère. Pourquoi ? Pourquoi ?

— Votre fils a eu un accident. Il faut venir tout de suite.

Un accident. Mon fils. Treize ans. Je me suis levée brusquement. La tasse de thé sur le bureau a valsé.

— Qui est à l'appareil ?

— Le SAMU, madame. Il faut venir, votre fils a été renversé sur le boulevard M., il est blessé, il y a eu délit de fuite, nous partons pour l'hôpital H.

J'ai écouté tout cela, cette voix inconnue qui grésillait dans mon oreille. Un accident. Malcolm. Délit de fuite. Je n'arrivais pas à poser les bonnes questions. Ma bouche était molle, inefficace. Impossible d'articuler.

15

J'ai pensé confusément qu'il fallait prévenir Andrew, que si je partais maintenant, qui irait chercher Georgia à la danse?, que tout cela n'était pas vrai, que tout n'était qu'un cauchemar éveillé, que cela n'était pas en train d'arriver. Mais la voix grésillait toujours.

— Vite, madame. Venez aux urgences. Immédiatement.

J'ai pris mes affaires, mon téléphone, ma veste, je suis partie. J'ai croisé quelqu'un sur le palier, je l'ai bousculé. Je crois que j'ai murmuré pardon, pardon.

J'avais déjà conscience que plus rien ne serait pareil. Que ma vie avait basculé. Comme ça. En quelques secondes. Le trajet vers l'hôpital était sans fin. Chaque feu rouge durait une éternité. J'ai essayé d'appeler mon mari. Messagerie. Je n'ai pas laissé de message. Que pouvais-je dire? « Andrew, Malcolm a été renversé. Le SAMU a téléphoné. Il est blessé. Je suis en route pour l'hôpital. Viens vite. » Oui, j'aurais voulu dire ça. J'aurais voulu crier ça. Mais je ne pouvais pas le dire après le bip sonore, je ne pouvais pas prononcer ces mots-là, ces mots lourds, terribles, après la voix chaleureuse, accueillante d'Andrew, son message bilingue anglais-français : « Hi, you've reached Andrew Wright, please leave a message after the tone. Merci de laisser votre message après le bip. » Non, impossible.

L'hôpital. Le bruit. La foule. L'odeur. Les couloirs interminables. Les chariots qui grincent. La détresse des autres. La mienne. Tout ce qu'on dit sur les hôpitaux, les infirmières débordées, les blouses blanches indifférentes. Et puis, dans tout cela, la lueur de compassion dans le regard, le sourire, la poignée de main qui fait qu'on ne perd pas totalement espoir. Le médecin. La quarantaine. Mon âge. Un visage en lame de couteau. Une voix posée, grave.

— Il est dans le coma, madame. Son état est plutôt stable. Mais vous ne pourrez pas le voir tout de suite.

Le coma. Le mot m'a heurtée. Malcolm n'était pas mort, mais il était dans le coma. Comme s'il dormait. Pas mort. Coma. Je ne savais rien du coma. J'avais vu des acteurs le mimer pour un film, mais je n'avais jamais vu quelqu'un dans le coma, en vrai.

— Lors de l'accident, votre fils a eu un traumatisme crânien, c'est ça qui a provoqué le coma.

J'ai regardé mes baskets, mes pieds de mère défaite. Coma. Drôle de mot. Affreux petit mot. Malcolm coma. Malcoma.

— Vous avez appelé le papa ?

Le papa. Mon mari.

— Non, je n'ai pas réussi à le joindre.

— On va le faire ensemble, venez. Venez avec moi.

Un bureau délabré, un vieux téléphone beige. Le numéro d'Andrew. Messagerie. J'ai essayé l'agence. La voix de son assistante : « Ah, bonjour Justine, Andrew est en réunion, il ne peut pas vous parler pour le moment. »

J'ai dit :

— Passez-le-moi, s'il vous plaît. Malcolm a eu un accident.

J'ai entendu sa respiration soudaine, elle a répondu :

— Oui, oui, certainement, mon Dieu, bien sûr, pardon.

La voix d'Andrew. Le choix de mes mots. Pas facile, choisir les bons mots, alors qu'on a qu'une envie, s'effondrer, pleurer, trépigner. Lui était en réunion, entouré de gens, je l'ai senti à son ton un peu pressé, un peu las (pardon, c'est ma femme – sourire crispé –, j'en ai pour quelques minutes) : « Yes, Justine ? What is the problem ? »

Il devait penser que j'allais lui parler d'une histoire de facture impayée, de voiture qui ne démarrait plus, de professeur de mathématiques qui se plaignait de l'attitude de Malcolm en classe, il devait croire que j'allais encore le bassiner avec les tracasseries du quotidien, quelque chose de banal, de pas important.

Le choix des mots. Sobres, les mots. Justes. Précis.

— Andrew, je suis à l'hôpital H. Malcolm a été renversé par une voiture qui a pris la fuite. Il a un traumatisme crânien. Il est dans le coma. Je suis avec le médecin. Tu dois venir tout de suite.

J'étais fière devant le médecin de ne pas avoir sangloté. Je n'ai pas entendu ce que m'a répondu Andrew. Il vient, je crois. Il a dit qu'il allait venir.

Je voudrais voir mon fils. Le prendre dans mes bras. L'embrasser. Le médecin a dit non, c'est trop tôt. J'ai eu peur, j'ai demandé si c'était parce qu'il avait été défiguré, abîmé, si c'était pour cela qu'il ne voulait pas que je le voie. Il m'a dit non, son état était stable, mais critique. Il a besoin de silence, de repos. Mais je pourrai le voir très vite. Tout à coup, j'ai pensé à Georgia. Le cours de danse se terminait dans une demi-heure. Georgia, neuf ans. J'ai fermé les yeux. Le médecin m'a demandé si ça allait. J'ai dit : « Ma fille, je ne sais pas qui va aller chercher ma fille à la danse. » Il a dit : « Téléphonez à quelqu'un, votre mère, peut-être, une amie ? » J'ai téléphoné. A ma mère. Je lui ai demandé d'aller chercher Georgia à la danse parce que Malcolm a eu un accident. J'ai dit un accident sans gravité, parce que c'était ma mère, et je ne voulais pas l'inquiéter.

Je m'en voulais, parce que si c'était vraiment grave, alors j'avais menti à maman.

Andrew et moi, devant un flic appliqué, un ordinateur fatigué qui siffle. Une petite salle borgne. Une odeur de renfermé. Il n'y avait qu'une chaise, et Andrew s'était mis debout derrière moi.

Etat civil. Adresse. Profession. Mon mari avait une voix sobre, calme. Il parlait normalement. Comme si notre situation était parfaitement normale. Comme si c'était parfaitement normal de dire tout cela à cet inconnu, ici, aujourd'hui.

Naissance à Norwich, avril 1963. Nationalité britannique. 27, rue D., dans le 14e. Architecte. Son accent anglais, qu'il n'avait jamais perdu malgré vingt ans en France, a fait sourire imperceptiblement le policier. J'en avais l'habitude, moi aussi cela me faisait sourire, mais pas maintenant. Plus maintenant.

Quand ce fut mon tour, j'ai parlé d'une voix blanche. Je ne pouvais pas faire autrement. Tant pis si Andrew me trouvait ridicule. Avec Andrew, il fallait toujours tenir le coup. Ne jamais trahir ses émotions. Never explain, never complain. Stiff upper lip. Tant pis.

Naissance à Clichy, novembre 1965. Nationalité française. Traductrice. Même domicile. On nous a demandé l'état civil de Malcolm. Naissance à Paris 14e, septembre 1990. Collégien. On nous a demandé comment s'était passé l'accident. J'ai écarquillé les yeux, mais Andrew est resté stoïque. Toujours aussi calme, il a répondu que nous ne savions pas comment s'était passé l'accident, d'ailleurs comment pourrions-nous le savoir, puisque nous n'étions pas là ? Notre fils rentrait seul de son cours de musique, comme tous les mercredis après-midi. Le flic a pris son téléphone, marmonné quelque chose dans le combiné.

Derrière nous, des étrangers attendaient. Ils sem-blaient rivés aux lèvres du policier, aux nôtres. Un homme et une femme, plus jeunes que nous. Pourquoi étaient-ils là ? Que leur était-il arrivé, à eux ? Pourquoi ne pouvaient-ils pas attendre ailleurs ? J'avais envie de me retourner, de leur dire que c'était honteux de tout écouter ainsi, de s'intéresser si ouvertement à la dou-leur des autres, de tout entendre de nos vies, de notre drame. Mais je n'ai rien dit.

— Ah ! oui, vous, c'est le délit de fuite sur mineur, a dit le policier. On a plusieurs témoins, dont un conducteur de bus qui a tout vu. Ils sont déjà venus faire une déposition. Mais on n'a pas la plaque en entier. La voiture roulait trop vite.

Andrew a demandé si on savait quel type de voiture c'était. Oui, une Mercedes marron, un vieux modèle. Elle avait grillé le feu, percuté notre fils, et continué sa route, sans s'arrêter. Maintenant je voyais la scène. Je la voyais si clairement, si brutalement, qu'une nausée est montée en moi. Malcolm qui revenait de son cours de musique, comme tous les mercredis. Il n'a que le boulevard M. à traverser. Un carrefour facile, avec des feux qui ne sautent pas au vert alors que vous êtes en pleine traversée. Malcolm qui s'élance au rouge, petit bonhomme vert. Un bus qui attend au feu. Puis par la gauche, une voiture qui dépasse le bus, brûle le feu, fauche Malcolm en plein passage piétons. Malcolm qui fait un vol plané. La voiture qui ne s'arrête pas. Malcolm allongé sur l'asphalte. Les témoins qui notent la plaque, mais pas de façon complète. Quelqu'un qui appelle la police.

Le policier nous a regardés tous les deux. Il avait les yeux clairs. Il a esquissé un drôle de sourire qui m'a fait mal.

— Vous avez de la chance, vous savez. Les mercredis, il y a plein d'enfants renversés. Sur les passages piétons, comme le vôtre. Mais le vôtre, il n'est pas à la morgue.

Andrew n'a rien dit. Moi non plus. On ne savait pas quoi dire. On était tétanisés. J'ai failli crier : Oui, il n'est pas à la morgue, mais il est dans le coma, monsieur. Vous trouvez que c'est de la chance, vous ? Et cette Mercedes qui ne s'est même pas arrêtée, qui a laissé notre fils comme ça, sur le passage piétons, vous trouvez que c'est de la chance, hein ?

Mais je n'avais pas envie que le couple derrière nous écoute tout cela. Je voulais partir, vite, partir d'ici, voir Malcolm, le prendre dans mes bras. Le voir ouvrir les yeux.

Retour à l'hôpital. Le docteur nous attendait. Il nous a dit que nous pouvions le voir, maintenant. Mais il nous a prévenus, cela ne va pas être facile, préparez-vous.

— Votre fils est dans un coma profond. Vous pouvez le toucher, lui parler, mais il ne réagira pas.

Malcolm paraissait tout petit, allongé sur un lit. Sa tête était enturbannée de gaze blanche. Des tubes transparents sortaient de son nez, de sa bouche, des veines de ses avant-bras. Un appareil à soufflets permettait à sa poitrine de se soulever régulièrement dans un bruit étrange. Son visage était pointu, pâle. Yeux clos. Paupières translucides. Il dormait. Ses mains posées à plat à côté de lui. Nous nous sommes approchés, je l'ai touché, sur ses cheveux, en haut du crâne. Il était tiède. Il n'avait aucune blessure visible. Pas d'hématome, pas de sang. La blessure était sûrement sous la gaze blanche. J'étais rassurée de ne pas la voir. J'ai dit : « C'est maman, mon chéri, c'est moi. Je suis là. Papa aussi. On est là. »

Andrew se tenait derrière moi. Il respirait bruyamment. J'aurais voulu qu'il dise quelque chose, qu'il touche son fils aussi, qu'il parle, mais il n'a rien dit. Je me suis retournée. J'ai vu qu'Andrew pleurait. J'étais choquée, stupéfaite. Andrew, en larmes. Andrew, le roc. Andrew, qu'on surnommait Dark Vador, tant il était blindé de partout. Il pleurait, courbé, le visage plissé, comme s'il avait mal. Il gémissait. J'étais désarmée. Je ne savais pas quoi faire, comment lui apporter mon soutien, ma tendresse. Andrew était plus fort que moi. Andrew ne pleurait jamais. C'était moi qu'il consolait, d'habitude. C'était moi qu'il prenait dans ses bras. C'était moi qui pleurais, pas lui. Je ne savais pas comment consoler Andrew. Et j'ai eu honte, tout à coup, honte de ce grand mari sanglotant, l'échine courbée, la morve au nez, honte de lui devant le médecin, devant les infirmières.

Puis j'ai eu honte de penser cela de lui. C'était normal qu'il pleure, après tout. Mais moi, moi qui pleurais pour un rien, moi qui étais trop sensible, moi qui étais capable de m'effondrer devant un film à l'eau de rose, voilà que je n'arrivais même pas à pleurer devant mon fils dans le coma. Je n'arrivais pas à faire venir les larmes. Mon visage s'était figé, mes yeux restaient secs. Impossible de pleurer. Je ne pouvais qu'écouter les sanglots d'Andrew.

Maman avait pris Georgia chez elle pour la nuit. Je leur avais téléphoné sur le chemin du retour. J'ai dit à Georgia que son frère était dans un grand sommeil, qu'on ne savait pas quand il allait en sortir. Il fallait attendre. Elle n'a pas bien compris. Mais c'était sûrement moi qui expliquais mal. A maman, j'ai dit la vérité. Elle a eu cette phrase affligeante : « Mon Dieu, ton pauvre père, ça va l'achever. »

Mon père. Mon père qui voyait tout en noir. Qui m'avait dit, lorsque j'étais enceinte de quatre mois de Malcolm, hospitalisée en urgence pour une menace d'accouchement prématuré : « Ne t'attache pas à cet enfant, tu vas le perdre. »

Mon père qui, à soixante-dix ans, avait décidé qu'il était un vieillard ratatiné, que le moindre rhume handicapait. Mon père qui s'était mis à marcher comme un petit vieux, qui ne savait pas quoi faire de ses journées depuis qu'il était retraité, sauf rendre ma mère folle.

J'ai explosé. Andrew, au volant, a sursauté.

— J'en ai rien à foutre de ce que ça va faire à papa, tu m'entends ? Tu as pensé une seconde à ce que ça nous fait, à moi, à Andrew ? Comment tu peux sortir des conneries pareilles, tu m'emmerdes, maman, avec tes conneries, tu me fais chier, tu m'emmerdes, papa aussi.

J'ai raccroché. Je tremblais, mais toujours pas de larmes. Andrew a dit : « Was that necessary ? »

Je me suis recroquevillée vers la vitre, loin de lui. Je n'ai rien dit. Je me sentais vidée, comme si quelqu'un avait passé un aspirateur dans mon ventre. Tout était sorti de moi, tripes, boyaux, estomac.

L'appartement était calme, vide, sans les enfants. Je suis allée dans la cuisine, j'ai ouvert le frigo, me suis versé un verre de vin blanc d'une bouteille déjà ouverte. Je n'en ai pas proposé à Andrew. Il était au téléphone dans le salon. Il parlait en anglais. Ses parents, certainement, à Londres. J'ai bu le verre de vin d'un coup. Je m'en suis versé un autre. Je me suis assise à la petite table en demi-lune. Devant moi, à même le sol, les cochons d'Inde des enfants dans leur cage. Deux femelles, Nabou et Elyon. On s'était fait avoir, Andrew et moi. Les enfants avaient promis qu'ils s'occuperaient de ces bestioles. Mais au bout d'un an, c'était toujours moi qui changeais la cage, qui donnais le foin, les granulés, l'eau fraîche. Les enfants, eux, les câlinaient, les brossaient, organisaient des courses de cochons d'Inde dans le couloir que je retrouvais invariablement maculé de petites crottes dures, comme des grains de riz sombres. J'ai regardé Elyon, celle de Malcolm. Elle était grosse, ronde, douce. Des yeux noirs et brillants. Elle mâchouillait tranquillement un brin de foin. J'ai ouvert la cage et je l'ai attrapée. Les enfants m'avaient montré comment. Sous le ventre, d'un geste précis, rapide. Je l'ai posée sur mes genoux, et je me suis versé un nouveau verre de vin. Je l'ai caressée. Elle a ronronné, comme un

chat. On avait été étonnés, émerveillés de ce ronronnement, au début. On ne savait pas que les cochons
d'Inde faisaient ce genre de bruit.

Andrew était toujours au téléphone. Il devait être
avec sa sœur, maintenant. J'ai continué à boire, tout
en caressant Elyon. J'avais oublié d'appeler ma sœur,
mon frère. Trop tard, à présent. Andrew profitait de
l'heure de décalage avec l'Angleterre. Il n'était que
vingt-trois heures, outre-Manche. Je n'avais pas le
courage d'appeler mon frère, ma sœur, de prendre
le risque de les réveiller. Mais après tout, j'aurais pu.
C'était grave. Malcolm dans le coma, c'était grave.
J'aurais pu aussi appeler une de mes amies, Laure, ou
Valérie, ou Catherine. Mais je ne pouvais plus bouger.
J'étais presque bien, sur la chaise, le cochon d'Inde
qui ronronnait sur mes genoux, le vin qui me trouait
l'estomac. Presque bien, à m'alcooliser doucement
dans la nuit.

Mes yeux se sont posés sur le jean de Malcolm qui
séchait sur le radiateur. Son jean. J'ai ressenti un choc
violent. Son jean. Son cochon d'Inde sur mes genoux.
Mon fils entre la vie et la mort, et son jean qui séchait,
et son cochon d'Inde qui ronronnait sur mes genoux.
Quelque chose d'énorme, de monstrueux est monté
en moi. Une sensation d'étouffement, d'injustice, de
panique. Et si Malcolm ne se réveillait pas. Et s'il
mourait pendant la nuit. Il allait mourir, et j'allais rester avec tous les objets de sa vie quotidienne. J'allais
devoir rester avec tout ça sur les bras, ses vêtements,
sa brosse à dents, ses cahiers d'école, ses rollers, son
ordinateur, ses tennis, son cochon d'Inde, tout ça, et
pas lui. Plus lui. Vivre sans lui. Vivre avec sa mort.
Répondre aux questions. Dire : j'ai deux enfants, mais

mon fils est mort. Dire : mon fils est mort. Dire ces
mots-là.

Les larmes sont arrivées, enfin, mais jamais je n'en
avais connu d'aussi douloureuses, d'aussi dévasta-
trices. J'ai pleuré longtemps, le visage brûlant, gonflé,
les yeux meurtris. J'ai pleuré une éternité. Jusqu'à ce
qu'il n'y ait plus de larmes, jusqu'à ce que les spasmes
de mon ventre cessent. Je me suis levée et j'ai remis
le cobaye dans la cage. J'ai fini la bouteille de vin, au
goulot. Je me fichais si la voisine d'en face m'épiait,
de l'autre côté de la cour. Je ne voyais plus qu'une
Mercedes marron, longue et sombre, qui roulait dans
la nuit. Avec, au volant, quelqu'un qui ne s'était pas
arrêté. Quelqu'un qui s'était levé ce matin, qui s'était
habillé, qui avait pris son petit déjeuner, vaqué à ses
occupations, travaillé, parlé au téléphone, fait des
courses, quelqu'un qui avait emprunté le boulevard
M. à quatorze heures trente, quelqu'un qui était
pressé, qui avait brûlé le feu devant l'église, qui n'avait
pas vu le gosse surgir devant le bus. Quelqu'un qui, à
ce moment même, pendant que je me tenais devant la
fenêtre, la bouteille de vin encore à la main, vivait sa
vie, quelque part, près ou loin d'ici. Quelqu'un qui
avait pris la fuite, qui se pensait à l'abri. Quelqu'un
sans visage.

Quelqu'un qui avait peut-être tué mon fils.

Impossible de dormir. Andrew était parti se coucher. On s'était à peine parlé, à peine touchés. J'aurais voulu me blottir dans ses bras. J'aurais voulu qu'il m'embrasse, sentir sa chaleur, sa force. Son grand corps lisse. Mais il s'en était allé, en silence. Je suis restée dans le salon. La pièce me semblait plus grande que d'habitude, peu familière. Pourtant, cela faisait sept ans qu'on habitait ici. J'ai regardé les moulures, le parquet, les traces de la cheminée que le propriétaire avait fait enlever avant notre arrivée, à notre regret. J'ai regardé le mobilier, celui qu'Andrew avait hérité de grands-parents que j'avais un peu connus, qui avaient vécu dans un manoir glacial du Norfolk : le vaste canapé de velours bordeaux, fatigué, mais toujours vaillant, la table octogonale en ébène, tachetée d'humidité, les foot-stools garnis d'un point de croix jauni par le temps. Puis mes meubles, bien moins grandioses, Ikea ou Habitat, et qui déjà s'abîmaient avec les années, l'usure, les enfants.

A force de rester sans bouger, je me réappropriais mon chez-moi. Un petit univers tranquille, hors d'atteinte. Un nid familial. Les plantes aux fenêtres : une azalée rabougrie, mais qui fleurissait miraculeusement chaque année. Un petit olivier rapporté de Toscane. Les tableaux aux murs : les scènes d'intérieur qu'affectionnait Andrew, perspectives, ouvertures et jeux de lumière. Quelques natures mortes, dont une table de repas sans convives, après les agapes, nappe froissée, chaises aux dossiers pourpres, tasses de café vides et panier de fruits, signé *Hortense Janvier, 1921*. Les croquis d'architecte d'Andrew. Des plans de villas palladiennes. Le portrait de ma grand-mère Titine, à trente ans, cheveux très noirs, ondulés, yeux clairs. Les objets : la boîte Wedgewood bleu lavande que m'avait donnée ma belle-sœur pour un anniversaire, la petite statuette de Mercure avec ses talons ailés et son index pointé vers le haut, héritée du grand-père d'Andrew, le petit cheval cabré de Murano rapporté par Malcolm lors d'un voyage scolaire à Venise, et qui avait perdu sa patte avant.

Rien ne montrait ce qui s'était passé cet après-midi. Le décor était figé dans son calme habituel. Le silence de la nuit grandissait. Je ne voulais pas tourner la tête vers la commode dans le coin, là où il y avait les photographies encadrées, je voulais éviter le sourire de Malcolm, ses cheveux ébouriffés, sa grâce dégingandée de gamin longiligne qui a poussé trop vite. J'ai regardé le visage de sa sœur, sa blondeur, ses dents de lait. Georgia me manquait. J'aurais voulu aller dans sa chambre, la serrer fort contre moi, respirer son odeur sucrée de petite fille assoupie. Impossible d'aller rejoindre mon mari, de me déshabiller, d'aller au lit, de m'allonger comme si de rien n'était, de m'endormir comme si c'était une nuit comme les autres.

Je savais déjà que toute ma vie, je me souviendrais de cette nuit, que je garderais son empreinte sur moi, comme une cicatrice, une brûlure. Je me souviendrais des vêtements que je portais ce mercredi-là, un jean délavé, un pull kaki qui allait bien avec mes yeux, des Converse grises. Je me souviendrais de tout. Cette journée ne me quitterait jamais. Je me souviendrais de la vision de mes mains sur le volant, crispées, phalanges blanches, de l'air qui passait à la radio, un vieux tube disco, Sister Sledge, un air sur lequel j'avais dansé, dans une autre vie. Je me souviendrais de mes yeux dans le rétroviseur, un regard que je ne me connaissais pas.

Malcolm, ce matin, en retard, comme d'habitude, mal réveillé, mal embouché. Je l'avais pressé, houspillé. Il avait avalé ses pains au chocolat en quatrième vitesse. Il était parti maussade, en claquant la porte. La dernière image que j'avais de lui, c'était sa longue silhouette, si semblable à celle de son père, qui filait dans l'embrasure de la porte d'entrée. J'étais ensuite partie avec Georgia, car elle commençait l'école plus tard que son frère. Puis j'étais revenue à la maison pour travailler. Mercredi. Jour des enfants. Après la cantine, Malcolm était allé à son cours de musique, comme d'habitude, Georgia à son cours de danse, avec une petite amie et sa mère, comme d'habitude.

Pourquoi personne ne vous prévient, le matin, d'une horreur pareille ? Pourquoi ne se doute-t-on de rien, tandis qu'on se lave sous la douche, qu'on fait bouillir l'eau pour le Earl Grey, qu'on ouvre son courrier, qu'on lit ses mails ? Pourquoi ne reçoit-on pas de signe, pourquoi ne ressent-on rien de particulier, alors que le ciel va vous tomber sur la tête, alors que le téléphone va sonner, et qu'on va vous annoncer le pire ? Pourquoi, quand un enfant sort de vous, après l'effort, la douleur, et qu'on vous le pose sur le

ventre, encore chaud, mouillé, on ne pense qu'au bonheur, à la joie, on ne pense pas aux drames à venir,
à ces moments qui transpercent une vie? Pourquoi
est-on si mal préparé? Mais comment pourrait-il en
être autrement? Fallait-il se répéter chaque matin
en se brossant les dents : c'est peut-être aujourd'hui,
ou ce sera demain? Fallait-il se blinder, se dire qu'à
tout moment on peut perdre un enfant, un parent, un
mari, une sœur, un frère, une amie? Etre prêt? Prêt
au pire? Mais comment vivre, alors?

Je tentais de reconstituer ce mercredi noir, de réfléchir à ce que je n'avais peut-être pas vu, pas écouté.
J'avais passé beaucoup de temps sur le dossier de
presse d'un nouveau parfum d'une grande maison
de luxe, une traduction bien payée, importante. Les
délais étaient courts. Je m'étais lancée dedans, à fond.
Si j'avais été moins concentrée, moins appliquée, est-
ce que j'aurais entendu, capté un signal d'alarme? Si
j'avais moins parlé au téléphone avec l'attachée de
presse, est-ce que j'aurais décelé une menace dans
cette journée à venir?

Comment Andrew faisait-il pour dormir? Peut-être
que les hommes ont besoin de reprendre des forces,
de se reposer pour mieux affronter le lendemain. Peut-
être que les femmes, elles, doivent veiller, attendre,
protéger. Il ne fallait pas que je lui en veuille. Chacun
réagissait à sa façon. Il ne fallait pas que je lui parle
de ma solitude de cette nuit, de ma peur. Peur que le
téléphone sonne dans le silence, dans le noir, peur des
mots à l'autre bout du fil, peur d'entendre la voix du
médecin. « Madame, votre fils… »

Je me suis installée devant l'ordinateur, à ma table
de travail, et je me suis connectée sur Internet. J'ai

tapé le mot « coma ». Les moteurs de recherche ont trouvé des dizaines de réponses. Malcolm était dans un coma stade 2 Glasgow 8. Le médecin nous l'avait dit. Sur le moment, je n'avais pas pensé à lui demander ce que « Glasgow » voulait dire. Maintenant, je savais. C'était une échelle de mesure, comme l'échelle de Richter mesurait la puissance des tremblements de terre. L'échelle de Glascow avait été mise au point en Ecosse, comme son nom l'indiquait. Elle évaluait les réactions du patient. Tout dépendait si le patient ouvrait les yeux, bougeait, murmurait des mots, avait les pupilles qui se dilataient ou pas. Stade 2 Glascow 8, ce n'était pas terrible. Cela voulait dire que Malcolm ne réagissait pas à grand-chose. Mais j'ai lu aussi que les comas évoluaient au jour le jour. Un coma pouvait durer quelques nuits, quelques mois, une année, ou plus. On ne savait jamais, avec un coma. Et on ne savait pas non plus quelles étaient ses séquelles.

J'ai éteint l'ordinateur et je suis allée dans la chambre. Une fatigue immense s'était infiltrée en moi. J'avais mal au dos, aux reins, comme après un voyage pénible. Je devais me reposer, ne serait-ce que pour quelques heures. Andrew n'était pas dans notre lit. Ni dans la salle de bains. J'ai fini par le trouver dans la chambre de notre fils, allongé de tout son long sur le lit. Il dormait. Son visage dans la pénombre était empreint d'une douleur qui m'a remuée. Je me suis allongée à ses côtés, et je l'ai entouré de mes bras, doucement, pour ne pas le réveiller. Je l'ai embrassé sur son épaule, sur son avant-bras. Il n'a pas bougé.

L'oreiller sentait Malcolm, cette odeur d'adolescent, salée, particulière, encore imprégnée de l'enfance.

Le coma de Malcolm avait évolué pendant la nuit. Stade 1 Glascow 10. Il n'était plus sous respiration artificielle. Son visage semblait plus rose. Mais le médecin nous a dit qu'il fallait rester prudents. Le traumatisme crânien était sévère. Il n'allait pas se réveiller tout de suite. Nous devions rester patients. Puis le médecin nous a demandé si on avait des nouvelles de l'enquête. Ce mot m'a surprise. L'enquête ? Des nouvelles pour retrouver celui qui avait renversé notre fils et qui avait pris la fuite. Andrew a dit que la police n'avait qu'une plaque incomplète. Alors il allait falloir ne pas les lâcher, a dit le médecin. Délit de fuite sur mineur, avec des blessures pareilles, ça pouvait aller chercher loin. Le type en prendrait pour son grade. Si on le retrouvait... Il y en avait qu'on ne retrouvait jamais. Andrew m'a dit qu'il passerait la matinée avec Malcolm. Il s'était organisé avec son bureau. Ce n'était pas la peine qu'on soit tous les deux à son chevet. Je n'avais qu'à rentrer travailler, finir cette traduction si importante. Mais je me sentais privée de mon fils. J'avais besoin de sa présence, aussi. Je suis restée un peu avec lui, avec Andrew. Une infirmière est passée vérifier les sondes, les poches de liquide. Elle était discrète, souriante. Je lui ai dit : « Comment on va faire pour la verrue de mon fils ? » Elle m'a regardée, étonnée. Andrew s'est redressé, les yeux ronds. J'ai senti le rouge me monter aux joues. J'ai bredouillé : « Mais oui, sa verrue, Malcolm a une verrue plantaire, il faut la gratter tous les soirs avec une petite lame, et mettre un produit spécial dessus. Il a attrapé ça à la piscine, c'est long comme traitement. » L'infirmière a murmuré quelque chose que je n'ai pas saisi. Puis elle est sortie rapidement. Andrew me regardait avec exaspération. Comme toujours, quand il était énervé, sa langue maternelle reprenait le dessus. Sait-on seulement à quel point la langue anglaise peut être cinglante ?

— For God's sake, Justine. How pathetic can you get !

J'ai levé la main, j'ai montré notre fils, j'ai chuchoté qu'il ne fallait pas qu'on s'engueule devant lui. Andrew s'est tu. Au bout de quelques minutes, je suis partie. Je ne supportais plus ni l'immobilité de mon fils, ni l'agacement de mon mari. Je suis rentrée.

Devant l'ordinateur, les mots que je devais traduire n'avaient plus aucun sens. Ni en anglais, ni en français. J'ai arrêté de les contempler au bout d'un moment. J'ai pris le téléphone et j'ai appelé le commissariat où Andrew et moi étions allés hier. On m'a passée de service en service. Puis j'ai enfin reconnu la voix un peu traînante du flic aux yeux clairs.

— Ah ! Oui, le délit de fuite sur mineur. Le mari anglais.

J'ai dit :

— Avez-vous des nouvelles, s'il vous plaît ?

Claquement d'un briquet à l'autre bout du fil. J'ai presque entendu ses épaules se hausser.

— Ça va être long, vous savez. Une plaque incomplète… c'est long. Puis on est débordés ici. Y a pas que vous, madame.

J'ai senti l'exaspération, l'impuissance monter en moi.

— Mais vous n'avez pas d'ordinateurs, des logiciels, je ne sais pas, moi, une façon ou une autre de retrouver cette foutue plaque ?

Longue bouffée de tabac.

— Vous n'êtes pas dans une série américaine, madame. Ça ne se passe pas comme ça, ici.

— Alors ça se passe comment ? Vous faites comment ?

Ma voix devenait stridente, elle raclait ma gorge.

— On a en effet un fichier informatisé qui s'appelle le STIC. Toutes les cartes grises y sont enregistrées. Mais ce n'est pas automatique. Il faut tout vérifier, les numéros, la marque de la voiture. Page par page. C'est pour ça que c'est long, madame.

J'ai failli raccrocher. J'avais envie de pleurer. Je n'ai rien dit, recroquevillée devant le téléphone, le ventre noué, les mains tremblantes.

Il a dû avoir pitié de moi. Il a murmuré :

— Comment il va, le gamin ?

— Un peu mieux, je crois. Mais il est toujours dans le coma.

— On le retrouvera, madame. Ça mettra du temps, mais on le retrouvera.

J'ai raccroché. Je suis allée dans la cuisine boire un verre de vin. Ce n'était pas l'heure, mais tant pis. J'en avais besoin. Puis je me suis dit que je devais appeler mes amies pour leur dire. Je n'en ai pas eu le courage.

J'ai envoyé quelques e-mails, sans trop rentrer dans les détails.

Le téléphone a sonné. Le numéro de maman s'est affiché. Je n'avais pas le courage de lui parler non plus. Sa voix a résonné dans la pièce après le bip sonore.

— Chérie, c'est moi. J'ai eu Andrew, il m'a donné les dernières nouvelles. Ta fille est à l'école. Elle a bien dormi. Elle sait que tu viens la chercher tout à l'heure, mais si tu as encore besoin de moi, n'hésite pas. Ton père est dans un état affreux. Il est effondré. J'ai parlé à ton frère, à ta sœur. Je sais qu'ils t'ont appelée. On est là, ma chérie. Je suis là, ma Justine, tu peux compter sur moi.

J'ai essayé de me concentrer sur mon travail. Impossible. Sur l'écran, je ne voyais que le visage immobile de Malcolm.

La voix de l'attachée de presse au téléphone.

— Vous devez venir, il y a un problème. Votre traduction ne correspond pas au produit. Cela ne va pas du tout. C'est catastrophique. Catastrophique !

J'ai eu envie de lui dire de mesurer ses mots. J'ai eu envie de la secouer comme un prunier, cette bonne femme ripolinée dans son bureau « zen » tout blanc, avec ses mules, ses bracelets en argent massif, ses cheveux noirs et brillants. Elle pourrait utiliser un autre mot que « catastrophique » pour une simple traduction. Est-ce qu'elle savait ce que cela voulait vraiment dire, catastrophique ? Un fils dans le coma, par exemple ? Mais je ne lui ai rien dit. J'ai respiré calmement. Puis j'ai répondu que c'était normal que ma traduction ne corresponde pas au produit, je lui ai rappelé, toujours aussi calmement, qu'elle n'avait jamais voulu que je le voie, le produit. Ce parfum était protégé, secret, personne ne l'avait vu, ni senti, avant sa sortie. Je ne connaissais même pas son nom, juste un nom de code : « X500 ». Comment traduire ce texte d'anglais en français sans avoir vu le flacon, humé le parfum ? Comment écrire quelque chose de sensuel, d'évocateur, qui fasse rêver dans les chaumières, alors qu'on ne m'avait donné qu'un résumé en anglais, sec comme du pain rassis ?

J'ai parcouru des yeux une partie de mon texte. Frivolité affreuse et soudaine des mots, obscénité de ces phrases futiles qui ne voulaient plus rien dire, images de femmes fardées et poudrées, parfumées, vaniteuses, rivées à leur physique, leur séduction, leurs aventures. « *La peau dorée, lissée par le soleil, je me sens libre, belle, insouciante. La chaleur du jour se prolonge jusqu'à tard dans la nuit, telle une envoûtante promesse. Dans le miroir je me découvre, hâlée, gorgée de lumière. La nuit m'investit, me nimbe d'une sensualité estivale. Le parfum que je porte m'habille de sa fraîcheur sombre, galvanise mes audaces, exprime toutes mes envies d'été. "X500" m'ouvre les portes de la nuit. Je sais déjà que je ne dormirai pas avant l'aube. "X500", pour m'abandonner à la sensualité des nuits d'été.* »

— Il faut que vous veniez tout de suite, nous avons pris une décision ! Nous avons décidé de vous montrer le flacon et de vous faire sentir le parfum. C'est hautement interdit, mais nous n'avons pas le choix.

J'ai eu envie de lui dire que je ne pouvais pas venir, tant pis pour le parfum, tant pis, que mon fils avait eu un accident grave, que c'était impossible, tant pis. Mais Andrew était avec lui. Andrew ne bougerait pas tant que je ne serais pas revenue. Je savais que je pouvais y aller. Alors j'ai dit oui.

Il fallait ôter mon jean, mes baskets, mon pull. La maison qui représentait le parfum avait une image de luxe. Moi pas. J'ai enfilé un tailleur sombre, classique. Des escarpins fins. Une tenue qui ne me ressemblait guère. Une tenue que je mettais pour aller à ce genre de rendez-vous, ou pour les enterrements.

Un enterrement. Malcolm. Sa mort. Son enterrement. Ce tailleur. Sa tombe. Je me suis laissée tomber sur le lit. J'ai fermé les yeux. Il fallait arrêter de penser à des choses si noires. Ma sœur m'avait dit au téléphone tout à l'heure : « Tu dois être positive, Justine, tu dois y croire, Malcolm a besoin que tu croies en lui, on croit tous en lui, il va se réveiller, il doit se réveiller, Justine, tu dois y croire. »

Je me suis raccrochée à la voix d'Emma, à son énergie, je l'imaginais dans son break familial cabossé, bondé d'enfants en bas âge, jonché de Pépitos émiettés, de doudous fatigués, son portable coincé entre la joue et l'épaule, ses longues mains racées sur le volant, son menton carré, volontaire que j'aimais tant et qui me manquait tant depuis qu'elle s'était entichée d'un colosse marseillais et qu'elle avait quitté Paris, je me raccrochais à sa voix ferme, sûre, vibrante : « Nous on y croit, Justine, alors toi, tu dois y croire aussi. » Puis mon petit frère, au téléphone, plus tard, de son bureau, à la Défense, la voix brisée, ne sachant que dire, bredouillant : « C'est affreux, trop affreux, Justine, j'espère qu'on va le choper ce salopard, j'espère qu'il ira en prison, qu'il y restera toute sa vie, ce salopard de merde. »

Devant l'attachée de presse, j'ai gardé un visage sobre, sans expression. Elle minaudait, me remerciait d'avoir fait le chemin. Elle semblait en transe rien qu'à l'idée de me montrer le parfum. Je l'ai suivie dans un long couloir feutré, peuplé d'autres dames longilignes en mules avec des bracelets clinquants, des cheveux brillants, comme elle. Malgré mon tailleur classique, mes escarpins, je sentais que je ne ressemblerais jamais à ces femmes-là.

Nous sommes entrées dans une petite pièce fermée à clef, sans fenêtres, blanc laqué, où il n'y avait rien à part une table et deux chaises. Elle m'a demandé de m'asseoir et nous avons attendu ainsi quelques instants. Silence. Elle m'a demandé poliment comment allaient mes enfants. Pourquoi cette question ? Je n'avais jamais parlé d'enfants avec elle. Nous n'avions parlé que de salaire, de texte, d'envoi par e-mail, par fax, de date butoir pour rendre le travail. Comment savait-elle, d'ailleurs, que j'avais des enfants ? C'était écrit sur mon front ? « Multipare » en grosses lettres ? Que lui dire ? La vérité ? Mon fils est dans le coma. Il est à l'hôpital.

Avant que je puisse lui répondre, quelqu'un a frappé à la porte. Elle s'est levée d'un bond, a ouvert presque

41

fébrilement. Un jeune homme est entré, un sac en plastique noir dans ses mains. Il le portait précautionneusement, comme s'il s'agissait d'un objet fragile d'une valeur inestimable. L'attachée de presse a dit : « Ah ! Nous y voici. » Elle m'a présenté le jeune homme qui s'occupait aussi du lancement du parfum. Gilles quelque chose. Il était brun, bouclé, les yeux clairs. Les deux semblaient étrangement excités. L'attachée de presse m'a dit, avec une voix grave, de circonstance :

— Vous allez être la seule personne en France, à part Gilles et moi, à voir le flacon, à sentir le parfum.

Ils portaient tous les deux sur moi des regards empreints d'une intensité bizarre. Le jeune homme a posé le sac délicatement sur la table. Il l'a ouvert, puis il a pris dans ses mains un flacon qu'il a donné à la jeune femme, avec des gestes révérencieux, comme s'il lui tendait le Graal.

Elle a saisi l'objet, puis me l'a montré, en me faisant comprendre que je pouvais regarder, mais pas toucher. Les deux semblaient attendre un commentaire de ma part. Je n'ai rien dit. Je trouvais leur comportement tellement ridicule que j'ai failli m'esclaffer.

L'attachée de presse a appuyé sur le vaporisateur, vers le plafond. Puis elle m'a dit : « Sentez. »

J'ai tenté d'attraper l'effluve en avançant mon nez. Sans succès. Agacée, elle a recommencé, plus près de moi cette fois. J'ai dit que je ne sentais rien, pouvait-elle le vaporiser sur moi ? Les deux m'ont regardée, scandalisés. Sur moi ? Mais je n'y pensais pas. C'était de la folie. Quelqu'un pourrait le sentir, et ce serait foutu. Tout ce travail, toute cette préparation, tout ce lancement serait foutu. J'ai dit : « Sur un morceau de papier alors, un mouchoir ? »

Elle a accepté, de mauvaise grâce. Sur un Kleenex j'ai capté une odeur sucrée, médicamenteuse, qui m'a rappelé les inhalations que me faisait subir ma mère lorsque j'étais enrhumée, tête recouverte par une serviette, penchée au-dessus d'une bassine.

— Inouï, non ? a dit l'attachée de presse.

Elle a plissé les yeux avec délices, caressant le flacon triangulaire d'un geste presque sexuel. Rien ne semblait aussi important que ce parfum. Le monde entier tournait autour de ce parfum. Ces gens étaient capables de me payer une petite fortune rien que pour ma traduction d'un texte ridicule concernant ce parfum. Il allait y avoir des publicités immenses, des affiches, des spots pour lancer ce parfum. Il allait sortir simultanément en Europe et aux Etats-Unis. On n'allait plus parler que de lui.

Jamais je ne me suis sentie aussi déconnectée, aussi lointaine. Aussi décalée. L'impression d'être dans un film surréaliste. Cette pièce laquée, cette odeur écœurante de médicament, ce flacon irisé, et mon fils, à l'hôpital, ses yeux clos, son corps qui ne bougeait plus.

L'attachée de presse me regardait. Le jeune homme également. Ils attendaient que je m'extasie moi aussi. J'ai simplement dit que j'allais me remettre au travail. Je suis partie, avec le poids de leurs regards dans mon dos.

Au chevet de Malcolm, Andrew pianotait sur son ordinateur portable. Je suis venue m'asseoir à côté de lui. Il m'a pris la main, l'a embrassée. J'ai regardé son profil, sa mèche poivre et sel qui lui tombait sur les yeux, sa petite bouche fine. Il a collé ma main contre ses lèvres. Puis il s'est tourné vers moi. Il avait l'air fatigué, triste. Il a rangé l'ordinateur, puis m'a prise dans ses bras. Je me suis accrochée à lui, et j'ai laissé quelques larmes couler. Il a murmuré : « I love you. »

Par-dessus son épaule, à travers les larmes, le visage pâle de Malcolm, figé dans son faux sommeil. J'ai pensé : Pourquoi nous ? Pourquoi ça nous arrive, à nous ? Qui décide de tout ça ? Qui décide qu'un jour, c'est telle personne, telle famille ?

Andrew me serrait contre lui. Il était si grand, si fort. Ma mère l'appelait « le géant silencieux ».

Andrew ne parlait pas beaucoup. Il n'aimait pas les bavardages, il n'aimait pas les paroles en l'air. Ses silences étaient riches. J'avais toujours aimé ça chez lui. Lors de notre première rencontre, il y avait quinze ans, dans une soirée parisienne, c'était moi qui avais parlé, pendant une heure. J'avais été intriguée par ce grand type silencieux aux épaules larges, au visage fin.

Quand j'avais enfin entendu le son de sa voix, perçu son accent anglais, j'avais été charmée. Il vivait en France depuis quelques années. Il travaillait dans un cabinet d'architecture. Je ne savais pas grand-chose de l'Angleterre, des Anglais. Je connaissais mieux les Etats-Unis, j'avais passé plusieurs étés là-bas. C'était l'Amérique qui me fascinait, pas l'Angleterre. Mais avec Andrew, j'ai appris à connaître ce peuple étrange. J'ai succombé à son charme, à son attrait. Au point d'en épouser un. Et de porter son nom, imprononçable pour la plupart des Français.

Peu de temps après notre rencontre, Andrew m'avait confié qu'il était daltonien. Il ne voyait pas la différence entre le marron et le vert, le violet et le bleu, le gris et le rose. Je ne comprenais pas ce qu'il percevait. Je me disais qu'il devait tout voir de la même couleur uniforme. Quelle tristesse ! Comment voyait-il Venise, avec ses tons si particuliers, ses teintes lavées, magiques ? Il avait souri. Il voyait autre chose que moi, c'était vrai. Mais il savait que c'était beau. La beauté ne lui échappait pas.

— C'est comme tes yeux, honey. Je suis incapable de définir la couleur de tes yeux. Verts ? Jaunes ? Gris ? Qu'importe. Je sais que tu as des magnificent eyes.

Andrew s'est levé, s'est penché sur son fils, l'a embrassé sur le front. Il a mis sa veste, pris son ordinateur, passé une main tendre dans mes cheveux.

— See you later, darling.

Je l'ai regardé partir, sa haute silhouette élégante, ses 195 centimètres qui faisaient que mon frère et mon père, pourtant grands, paraissaient des nains à côté d'Andrew. Tout le monde était immense dans la famille d'Andrew. Sa mère, sa sœur me dépassaient d'une tête. Quand j'allais leur rendre visite à Londres, je mettais toujours des talons. Malcolm, à treize ans, était déjà beaucoup plus grand que ses copains d'école. Même bébé, il était tout en longueur, comme son père.

Tellement anglais, gloussait ma mère, avec un sourire entendu. Andrew et Malcolm, et toute ma belle-famille, *tellement* anglais, Malcolm a tout pris de ta belle-famille. Tellement anglais. Sourire appuyé. C'était inimaginable comme cela m'énervait, à présent. J'avais souvent surpris maman, au début de notre mariage, quand elle venait dîner chez nous, en train de retourner subrepticement les fourchettes qu'Andrew plaçait « à l'anglaise », pointes en l'air, et non tournées vers la table. Ça ne se fait pas chez nous, chuchotait-elle. Je n'avais rien dit, penaude, jusqu'au jour où Andrew lui avait gentiment tapé sur le poignet pendant qu'elle œuvrait à remettre les fourchettes « à la française ». Elle avait rougi et Andrew avait hurlé de rire : « Et on nous appelle "la perfide Albion" ! » s'était-il exclamé, hilare. Chaque fois que mes beaux-parents ou ma belle-sœur débarquaient, c'était pareil. *Tellement* anglais. Mes parents et leurs sourires mi-figue mi-raisin, ce regard teinté d'une supériorité qui m'exaspérait. Tiens, quand tu mets ce chapeau, Justine, c'est fou ce que tu fais anglaise, on dirait ta belle-sœur. Et je comprenais de suite qu'il ne s'agissait pas d'un compliment. Arabella et Harry ne disaient jamais de mes parents : *so* French, avec des rictus crispés. Mais Isabella, la sœur d'Andrew, m'avait avoué lors d'un réveillon arrosé, juste après le *Auld Lang Syne*, à ce moment peu ragoûtant où tous les convives trempent leurs lèvres à tour de rôle dans une coupe qui circule pour fêter la nouvelle année (et qui me faisait invariablement penser à un bouillon de culture d'aphtes, herpès labial, et autres staphylocoques réjouissants), qu'au début de nos fiançailles, nous étions, mes parents, Emma, Olivier et moi, les « Frenchies ». Et pire, les « Frogs ». Andrew's going to marry a Frog. Good Lord ! Heavens above ! Et du côté français, une vieille tante édentée s'était écriée, affolée : « Elle ne va tout de même pas épouser un protestant ? »

Je me suis assise près de Malcolm, j'ai pris sa petite main chaude dans la mienne. Je ne savais pas quoi lui dire. Il paraît qu'il faut parler aux personnes dans le coma. On entend toujours dire cela. Parlez, parlez, parlez. Le médecin l'avait dit aussi, les infirmières, parlez, parlez, parlez. Mais les mots ne venaient pas. J'aurais voulu savoir si Andrew lui avait dit quelque chose. J'aurais aimé savoir quoi. Je me suis sentie nulle de ne pas pouvoir parler à mon fils.

Alors j'ai chanté, à voix basse, une comptine anglaise qu'il adorait, que son père et moi lui chantions, soir après soir, quand il était bébé et qu'il ne trouvait pas le sommeil, quand il était la plus belle chose que nous ayons jamais vue, rond et rose dans son couffin, à gigoter, ses yeux bleus allant de moi à Andrew, d'Andrew à moi, quand nous étions capables de rester des heures entières rien qu'à le regarder, main dans la main.

Lavender's blue dilly dilly
Lavender's green
When I am king dilly dilly
You shall be queen
Call up your men dilly dilly

Set them to work
Some to the plough dilly dilly
Some to the cart
Lavender's green dilly dilly
Lavender's blue
If you love me dilly dilly
I will love you.

Devant l'école, « l'heure des mamans ». Georgia s'est blottie contre moi. Je l'ai serrée très fort. Elle a commencé à me poser des questions tout de suite.

— Maman, il est où Malcolm ? Je peux le voir, dis ? On peut aller le voir ? Il dort toujours, maman ? Il va se réveiller quand ?

Dans la boulangerie en face de l'école, j'ai acheté son pain au chocolat habituel. Je ne savais pas quoi lui répondre. C'était difficile de lui dire que moi aussi, j'avais peur, que moi aussi, j'étais terrifiée, que je ne pensais plus qu'à ça, mon fils dans le coma. Elle a dû voir quelque chose dans mon visage, elle a dû deviner. Sa lèvre inférieure s'est mise à trembler. Elle n'a pas touché à son goûter.

Nous sommes rentrées sans parler, main dans la main. Plus tard, quand elle prenait son bain, elle m'a dit, d'une petite voix blanche : « Maman, pourquoi le monsieur qui a renversé Malcolm il s'est pas arrêté ? » J'avais envie de lui répondre : Parce que c'est un salaud, le pire des salauds, un lâche, j'avais envie de le crier, très fort, pour que ma voix résonne dans la salle de bains. Mais j'ai dit, d'une voix normale, calme : « Parce qu'il a eu peur, chérie. Alors il est parti. » Georgia a semblé réfléchir. Elle ne comprenait pas pourquoi le monsieur avait eu peur. Peur de quoi ? J'ai dit : « C'est comme toi, quand tu as fait une grosse bêtise, tu as peur de le dire à moi ou à papa. » Elle a compris.

— Le monsieur, il est parti parce qu'il a peur d'être puni.

Le téléphone a sonné. C'était le collège. On voulait savoir pourquoi Malcolm n'était pas venu ces derniers jours. Personne n'avait appelé pour signaler son absence. Etait-il souffrant ? Pendant un instant, je me suis imaginée en train de dire à cette femme : Oui, pardon, madame, j'ai oublié de vous prévenir, il a une gastro, mais ça va mieux, il sera là demain. J'aurais tant voulu pouvoir prononcer ces mots-là. Ces mots faciles, anodins. Mais je lui ai dit la vérité. L'accident, le traumatisme, le coma. Le délit de fuite. Elle est restée sans voix. J'aimais bien cette femme. Elle était chaleureuse, dynamique. Elle faisait bien son boulot de surveillante générale. Les enfants l'appréciaient, malgré sa sévérité.

Elle m'a dit : « Mon Dieu, madame, je ne peux pas y croire. Ce n'est pas possible. Mon Dieu, je ne sais pas quoi vous dire, je pense beaucoup à vous, madame. »

Elle m'a parlé longuement d'une voix hachée. Elle m'a dit qu'elle allait prévenir les délégués de la classe de Malcolm. Qu'elle me rappellerait pour avoir des nouvelles, que je pouvais appeler aussi. Que je pouvais compter sur elle, sur le collège.

J'ai dit : « Oui, merci, merci, oui, au revoir. » J'étais à la fois touchée et agacée. J'aurais voulu qu'elle ne dise rien aux délégués, qu'elle n'en parle pas au collège. Mais je comprenais que les amis de Malcolm devaient être prévenus, et je n'avais pas le cœur à le faire moi-même.

Je connaissais peu les amis de Malcolm. Depuis les portables, depuis Internet, les copains n'appelaient plus à la maison, le soir. On n'entendait jamais : Bonsoir, madame, est-ce que je peux parler à Malcolm, c'est de la part de… C'était fini, tout cela. On ne passait plus par les parents.

Je me suis souvenue du seul grand ami que je lui connaissais, Etienne. Ils étaient inséparables. Etienne venait dormir à la maison, passer le mois de juillet chez nous, en Bourgogne, Malcolm allait chez lui en retour, les week-ends, et en août, en Bretagne. J'étais devenue amie avec la mère, par la force des choses. Une femme divorcée, assez masculine, qui fumait deux paquets de cigarettes par jour, et qui avait des faux airs de Jeanne Moreau jeune. On pensait, avec Andrew, que cette amitié-là allait durer une vie, que Malcolm et Etienne seraient témoins à leurs futurs mariages, parrains de leurs enfants respectifs. On avait tant pris l'habitude de voir Etienne à la maison, qu'il était presque comme un fils adoptif, le frère de Malcolm. On connaissait ses goûts, on savait ce qui le faisait rire. On l'aimait bien, ce gosse. Puis il y a eu ce jour où Malcolm est rentré de l'école, livide. Il n'a rien voulu dire. Je pensais qu'il avait eu une mauvaise note, un problème avec un professeur. Il s'est enfermé dans sa chambre, sans un mot. La semaine entière, il est resté muet, blanc. J'ai compris très vite. Etienne l'avait laissé tomber, du jour au lendemain. Il ne lui avait plus adressé la parole. Il s'était trouvé un nouvel ami, avec qui il se pavanait devant Malcolm. On avait essayé de lui en parler, Andrew et moi, de lui dire que c'était idiot de la part d'Etienne, qu'Etienne était déplorable, lamentable de l'avoir abandonné comme ça, que c'était sûrement une broutille, une bêtise, que cela n'allait pas durer, qu'Etienne réagissait en gamin débile, que tout ça n'avait rien à voir avec Malcolm. Mais on n'avait pas mesuré à quel point Malcolm en souffrait. Et on n'avait pas prévu qu'Etienne le laisse vraiment tomber, pour toujours. J'avais retrouvé mon fils une nuit dans la cuisine, son cochon d'Inde blotti contre lui. Il était en larmes. Sa voix brisée, son visage gonflé : « Mais pourquoi, maman, pourquoi il ne veut plus être mon ami ? Qu'est-ce que j'ai fait ? Il ne veut même plus me parler, il ne me regarde même plus. Ça me fait tellement mal, maman, tellement mal. »

J'avais essayé de le consoler comme je pouvais. Sa tristesse me faisait mal aussi, mal au ventre. J'avais eu envie de pleurer comme lui. J'avais eu envie d'aller trouver Etienne sur-le-champ et de lui demander des explications. Le lendemain, j'avais téléphoné à Caroline, la mère. J'avais essayé de lui parler de l'incompréhension de Malcolm, de sa détresse absolue. Elle m'avait répondu que son fils choisissait lui-même ses amis, et que ces enfantillages ne l'intéressaient pas.

J'ai décidé de ne plus la voir. J'ai tenu parole. Malcolm a changé de collège et n'a jamais reparlé à Etienne. Quand il nous arrive de croiser Etienne ou sa mère dans le quartier, personne ne se dit bonjour.

Le téléphone sonnait, sonnait. La surveillante du collège avait dû prévenir tout le monde. Les voilà, enfin, au téléphone, tous les amis de Malcolm que je ne connaissais pas, les voilà tous en ligne, les uns après les autres, Raphaël, Pierre, Marina, Véra, et puis Jessica, et Jean, et Diego, et David, Laura, Mélanie, Nicolas, Antoine, une longue liste de prénoms que je notais au fur et à mesure sur un morceau de papier pour les lire à Malcolm. Et ces voix, jeunes, touchantes : « Madame, dites-lui qu'on pense à lui, on voulait juste dire ça, qu'il faut qu'il aille vite bien, madame, vous savez, votre fils c'est la mascotte de la classe, c'est le préféré de tout le monde, parce qu'il nous fait trop rire, parce qu'il fait rire même les profs, dites-lui, madame, est-ce qu'on peut lui écrire, est-ce qu'on peut vous envoyer un mail que vous lui lirez ? Mon père est médecin, madame, il veut savoir dans quel hôpital il est, qui le soigne. Dites-lui qu'il nous manque, madame, dites-lui qu'il doit vite revenir. Ma mère est avocate, madame, elle veut vous parler, pour le délit de fuite… »

J'étais si touchée, si émue par ces dizaines d'appels, par ces voix jeunes, qui ressemblaient tant à celle de Malcolm, que les larmes ont commencé à couler. Je faisais de mon mieux pour les cacher à Georgia, je lui tournais le dos, je reniflais, je m'essuyais les yeux avec le dos de la main. Ensuite, plus tard, Andrew rentré et la petite couchée, appel du professeur principal de Malcolm, que je connaissais pour l'avoir vu plusieurs fois. Malcolm s'était fait mal voir d'une enseignante remplaçante, dont l'anglais était bien moins bon que celui de mon fils, parfaitement bilingue depuis sa naissance. Malcolm en avait peut-être un peu trop fait, et la jeune femme avait peut-être réagi trop violemment. Le professeur principal, un homme prolixe d'une cinquantaine d'années, d'origine libanaise, était plein d'humour. Il avait réussi à calmer les susceptibilités de tout le monde. Mais ce soir-là au téléphone, il ne savait pas quoi me dire. Il cherchait ses mots. Silences et blancs à l'autre bout de la ligne. Sa respiration. La mienne.

Il m'a dit ceci, lentement : « Madame, Malcolm est dans mes prières. »

Retour au commissariat. On nous a fait attendre une heure dans une pièce bondée, crasseuse, pour nous annoncer qu'il n'y avait rien de nouveau. Tant qu'on n'aurait pas la plaque complète, on ne pouvait rien faire. Andrew écoutait, stoïque. Je sentais l'énervement m'envahir. Rien de nouveau. Rien à faire. C'était tout ce qu'on pouvait nous dire ? Malcolm entre la vie et la mort, le chauffard peinard, et rien à faire ? J'ai eu envie de leur cracher à la figure, à tous ces flics blasés au regard fuyant, imbus de leur sale satisfaction de flics, avec leurs uniformes mal coupés, leurs fesses carrées moulées dans ce tissu bleu marine luisant, immonde, leurs menottes qui pendouillaient à leur ceinture comme un trophée ridicule et qui faisaient des cliquetis contre leur flingue.

J'aurais voulu revoir le policier aux yeux clairs, celui qui m'avait dit au téléphone : « On va le retrouver, madame », j'aurais voulu voir ce type-là, ses yeux clairs, chaleureux, et pas ces flics-là, campés dans leur indifférence, dans leur insupportable supériorité. Je me suis mise à trembler de la tête aux pieds. Andrew a posé une main apaisante sur mon épaule : « Let them do their job, honey. »

Je lui ai répondu par une injure anglaise, ma préférée, celle que je trouve la plus forte, la plus puissante, la reine des injures, l'injure suprême, l'injure qu'aucune injure en français ne pourra jamais égaler, j'ai craché : « Fuck them. »

Malcolm n'était jamais malade. Il n'avait pas mis les pieds dans un hôpital depuis sa naissance. J'avais dû rester allongée cinq mois lors de ma grossesse, dans un hôpital du 14e arrondissement. Cela faisait treize ans, mais en me retrouvant là, aujourd'hui, avec lui, dans cet univers blanc, stérile, inquiétant, tout me revenait. La perfusion que j'avais dans le bras, qui empêchait les contractions, et que je devais garder nuit et jour. A la fin, on me piquait sur le dos de la main, car toutes les autres veines de mes avant-bras avaient lâché. C'était douloureux. J'en avais encore les traces, des petites taches blanchâtres qui ne s'étaient pas effacées avec le temps. Je me suis souvenue des cales au bout du lit pour que j'aie les pieds plus haut que le reste du corps, afin qu'il n'y ait aucun poids sur mon ventre. Pas le droit de me mettre assise, interdiction formelle de me mettre debout. Je me suis souvenue de mes mollets qui avaient fondu comme neige au soleil après cinq mois d'inactivité, de la kiné qui venait me les masser tous les jours, de la difficulté que j'avais eue à remarcher, une fois que Malcolm était venu au monde. Je me suis souvenue de la nourriture fade et tiède, du ballet des infirmières dès six heures du matin, du bassin en forme de poire, en plastique blanc, usé, qu'on me tendait, de la toilette qu'on me faisait d'une façon à la fois amicale et blasée, de ce bébé que je portais auquel je n'osais plus penser, que je n'avais pas nommé, tellement j'avais peur de le perdre. Je me suis souvenue de ce ventre qui poussait, qui poussait, tandis que je devenais de plus en plus pâle, le reste du corps de plus en plus maigre, décharné, mon visage se creusant tandis que le bébé grossissait, pompait tout de moi. Un petit vampire de bébé qui se nourrissait de moi. Et pourtant, quand j'étais arrivée à l'hôpital, cette nuit d'avril, avec le ventre encore plat qui se durcissait, qui se contractait, avec le sang qui coulait d'entre mes jambes, je m'étais dit que je ne le garderais jamais, que c'était fini, que la joie d'être enceinte avait été de courte durée, que c'était si injuste, qu'on ne se remettrait pas de cela. Andrew me tenait la main dans l'ambulance, le visage gris d'angoisse. Aux urgences, on m'avait installée un monitoring sur le ventre, et on nous avait laissés là, Andrew et moi, avec le bruit du cœur de ce bébé, ce bruit qui ressemblait à un cheval au galop, et j'ai pensé que c'était abominable d'entendre le cœur de son bébé qui va mourir, qui va naître trop tôt, et mourir. On avait cherché comment baisser le son sur cette maudite machine, et puis le grand chef était arrivé, suivi de son escorte d'internes, d'externes, d'infirmières, il m'avait examinée, et il nous avait dit : « On va bloquer tout ça, ce bébé, il va rester là où il est, il est beaucoup trop en avance. »

Malcolm. On était tout de suite tombés d'accord sur ce prénom, quand on avait su que c'était un garçon. Mais on avait dû attendre les fameuses trente-deux semaines d'aménorrhée, les fameux sept mois avant de pouvoir reparler de son prénom. Malcolm.

On voulait un nom qui se prononce aussi bien en français qu'en anglais. Un nom original, qui sonne bien,
un nom pas comme les autres. Ses origines celtiques
nous avaient plu. Mes parents avaient été surpris.
« Qu'est-ce que c'est que ce prénom ? Vous n'êtes pas
sérieux. Vous n'allez pas l'appeler comme ça ! » *Tellement* anglais. On avait tenu bon. Je ne me lassais pas
d'écouter Andrew le répéter : « *Mal*-cum » impérial,
aérien. Mais les Français ne le disaient pas comme il
fallait, je l'avais vite compris. Cela donnait « Malle-
colme », en prononçant le second « L » et en insistant
sur la dernière syllabe.

Mes parents voulaient venir dîner. Je ne le souhaitais pas, mais ma mère a insisté. Elle apporterait le vin et le dessert. J'ai capitulé. Comme d'habitude, ils sont arrivés dès dix-huit heures trente. Andrew n'était pas rentré. Depuis la retraite de mon père, et son hypocondrie, les dîners avec eux avaient lieu de plus en plus tôt. Malcolm en avait même inventé un nom : le « goûneur », une contraction de goûter et de dîner. Mon père, engoncé dans sa parka, avait son visage allongé des mauvais jours. Ma mère, trop maquillée, trop parfumée, s'activait dans la cuisine avec Georgia. Elle en faisait trop. Ses gestes appliqués. Ses vêtements apprêtés, ses foulards bon genre. Ses mocassins vernis. Pourquoi ce soir la regardais-je comme si c'était la première fois, avec une sorte d'horreur secrète et consternée ? Pourquoi me faisait-elle pitié alors qu'elle était venue pour nous aider, pour nous apporter son soutien ? Je rêvais qu'elle s'en aille, qu'ils partent tous les deux, qu'ils nous laissent. Vite, maintenant. Et Andrew qui n'était toujours pas là. Discrètement, j'ai envoyé un texto à mon mari : « Hurry up ! » Puis je suis allée retrouver mon père dans le salon. Je ne savais pas quoi lui raconter, à vrai dire, je n'avais vraiment pas envie de lui parler. Mais il était venu, lui

aussi, comme maman, il voulait me voir, nous voir.
Alors je me suis assise à côté de lui. C'était étrange.
Mon père, là, tout près, et je n'avais ni envie ni besoin
de sa présence, de son amour qu'il me montrait si peu.
Il était à jamais fermé pour moi, cadenassé, fortifié,
comme une statue du Commandeur rouillée, usée, fatiguée par les années.

Mon père ne savait pas aimer, donner. L'avait-il
jamais su ? Il n'avait fait que nous engueuler, Emma,
Olivier et moi. Il n'avait fait que brailler, critiquer.
Emma avait fui à Marseille. Olivier et moi, nous subis-
sions en silence. Mais pour combien de temps ? Déjà,
il entamait son discours, sans me regarder, la lippe
mauvaise, des plis dans le bas du menton, déjà sa
voix prenait de l'ampleur, il disait qu'il fallait qu'on
se bouge, Andrew et moi, que ce n'était pas possible
de laisser ce chauffard comme ça dans la nature, libre,
que ce n'était pas possible que cet homme ne soit pas
inquiété, mais que foutions-nous, enfin, Andrew et
moi, il fallait ne pas les lâcher, les flics, il fallait insister,
les emmerder, encore et encore, aller au commissariat
tous les jours, les emmerder, encore, encore, ne pas
lâcher prise, les forcer à faire leur boulot, comment
pouvait-on rester là, plantés, bras croisés, à ne rien
faire ?

J'ai cru que j'allais l'étrangler. Mon père avait le
don de me mettre hors de moi. J'ai senti mes oreilles
devenir rouges, chaudes. Pouvait-on frapper son
père ? Le gifler ? Même à quarante ans ? Non. Alors
j'ai subi, comme toujours, j'ai fermé les écoutilles, j'ai
débranché le son, je n'entendais même plus sa voix, je
ne voyais même plus son menton fripé qui s'agitait, je
contemplais le visage embarrassé et faible de ma mère,

marbré de fard rose, ma mère qui était arrivée avec son plateau d'apéritifs et de cacahuètes salées et qui ne savait pas quoi en faire.

Puis la porte d'entrée a claqué, il y a eu un bruit de clefs jetées sur le guéridon, et mon grand sauveur de mari a débarqué dans des effluves de *Sandalwood* de Crabtree & Evelyn, avec la petite qui a crié : « Daddy ! », et je savais que mon supplice était terminé. Devant Andrew, mon père s'écrasait. L'entente cordiale avait du bon.

Quelques jours plus tard, en sortant de l'hôpital, coup de fil du policier aux yeux clairs. Le commissaire Laurent. Il m'a dit qu'il n'y avait toujours rien de nouveau. Cela n'avançait pas. Mais on allait tout faire pour. J'ai écouté, sans parler. Je me suis sentie impuissante. Que faire pour que les choses avancent, justement ? Il fallait avoir un piston du côté du ministère de l'Intérieur ? C'était comme cela que ça marchait ? C'était la seule solution ? Il m'a demandé comment allait « le gosse ». J'ai dit, sèchement, que là aussi, rien de nouveau. Un coma qui durait. Une semaine de coma, déjà.

Une semaine déjà que ma vie ne ressemblait plus à grand-chose. Une semaine, sept jours, sept nuits, que Andrew et moi, on faisait semblant, on faisait ce qu'on pouvait, mais tout en nous était rivé à l'hôpital, aux journées passées là-bas, aux conversations avec les médecins qui avaient toujours les mêmes discours prudents de médecins, terrifiés à l'idée de se mouiller.

Alors on vivait comme ça, cahin-caha, en sursis, et le monde tournait, et la vie continuait, avec son cortège de mauvaises nouvelles au journal télévisé, d'accidents d'avion, d'attentats, d'explosions, de revendications, tout continuait, tout défilait, les impôts à payer, les pantalons à aller chercher au pressing, les courses, les tables de multiplication à faire apprendre par cœur à la petite, les rendez-vous avec la banquière pour parler retraite et assurance décès, parce que c'est à quarante ans qu'il fallait s'occuper de tout ça, paraît-il. La banquière faisait bien son boulot, nous expliquait ce qu'on allait toucher dans vingt ans, dans trente ans, pianotait sur son ordinateur, imprimait des évaluations, des estimations, des simulations, et moi je pensais à mon fils, là-bas, à l'hôpital, dans sa chambre blanche et silencieuse. Malcolm serait-il là dans vingt ans, dans trente ans ? Je me suis demandé comment on pouvait parler du futur, comment on pouvait le planifier de façon si concrète, alors que notre présent était si incertain, si atroce. J'ai laissé les larmes poindre. Andrew m'a pris la main, a dit à la banquière que j'étais un peu fatiguée. Puis nous sommes partis tous les deux.

— Et vous, madame, ça va ? Vous tenez le coup ?

Il m'avait dit ça, le flic aux yeux clairs, Laurent. J'ai failli rire. J'ai failli lui raccrocher au nez. Mais il y avait quelque chose dans sa voix. Une chaleur, une sincérité. J'aurais pu dire : Oui, merci, ça va, oui, je tiens le coup.

J'ai murmuré : « Non, je ne tiens pas le coup. Non, ça ne va pas. Et si vous ne retrouvez pas ce salopard, je vais péter les plombs. »

Il n'a rien dit. Mais je savais qu'il avait compris.

Ma sœur. Son odeur si familière, ses cheveux trop longs, emmêlés, sa haute taille. Emma. Elle a franchi le pas de la porte de ses grandes jambes, puis m'a prise dans ses bras. J'ai senti sa joue mouillée contre la mienne. Une tache de lait caillée sur son épaule, vestige du petit dernier qu'elle avait laissé à Marseille, avec son mari. Elle m'a dit : « Je veux le voir. Emmène-moi. » Nous sommes parties pour l'hôpital. Devant Malcolm, j'ai vu son menton trembler. Elle adorait mon fils. Son premier neveu. Son neveu préféré. Quand il était bébé, elle aimait se promener dans la rue et dire que c'était le sien. Elle n'avait pas encore rencontré Eric, son Marseillais. Emma a pris la main de Malcolm. Elle l'a embrassée plusieurs fois. Puis elle s'est penchée en avant, et elle a mis sa tête contre lui, comme si elle lui faisait un câlin du soir, celui qu'il lui réclamait encore il y a deux étés, lorsqu'on avait passé nos vacances ensemble. Elle est restée comme ça long-temps. J'en ai ressenti un certain apaisement. Le méde-cin est arrivé, celui au long visage. Il a salué Emma. Il a murmuré : « Vous pourriez être jumelles ! » C'était vrai. On n'avait que deux ans de différence. Les mêmes yeux dorés, les mêmes cheveux châtains, la même voix qui faisait qu'au téléphone, même nos parents se trompaient.

Emma a posé des questions claires, précises au docteur, toutes celles que je n'osais pas poser. Les risques. Les séquelles. Le cerveau. Tout. Il lui répondait, et me regardait en même temps. J'écoutais, sans rien dire. Quand il est parti, Emma a soupiré. Elle a dit : « Comment on va faire pour retrouver ce type ? » J'ai soupiré à mon tour. J'ai expliqué les lenteurs de la police, la plaque incomplète. Emma s'impatientait.

— Il te faut un avocat, Justine. Tu as pensé à ça ?

Oui, oui, j'y avais pensé. J'avais une amie avocate, Violaine. Je l'avais déjà eue au téléphone, elle était prête à m'aider. Mais pour l'instant, elle ne pouvait rien faire. Tant que la police n'avait pas retrouvé le type.

— Mais c'est n'importe quoi, Justine ! La police peut la retrouver, cette plaque, s'ils ont la marque, la couleur de la voiture. Tu te souviens de ce film avec Tom Hanks, quand il renverse un jeune dans le Bronx, eh bien on arrive à le retrouver avec une plaque incomplète, on y arrive. Et ton mari, il en pense quoi ?

Andrew et son stoïcisme. Andrew et sa foi en la police française. D'où la tenait-il ? Il était ridicule. « Let the police do their job. Just let them do their job. » Et moi j'avais hurlé : « Quel boulot ? De quoi parles-tu ? Ils ne foutent rien, ils s'en fichent, ils ne le trouveront jamais. Ils se foutent de nous, de notre fils. » Il avait tenté de me calmer, en vain. On avait fini la soirée sans se parler, moi bouillonnante d'énervement et de rancœur, lui imperturbable. The silent giant.

J'ai regardé ma sœur, avec lassitude. Je lui ai dit : « Emma, qu'est-ce que tu veux que je fasse ? J'essaie déjà de tenir, de tenir pour Georgia, pour Andrew, pour Malcolm. Je suis debout, tu vois. Qu'est-ce que tu veux que je fasse de plus ? »

Elle m'a pris la main, encore chaude de celle de Malcolm.

— Le retrouver, Justine. Le retrouver.

Après le départ d'Emma, retour à l'hôpital. Sur mon téléphone portable, je pouvais consulter mes e-mails. L'attachée de presse pour le parfum était ravie. Ma traduction était parfaite. C'était formidable. Pouvais-je l'appeler très vite pour un dernier détail ? Le mail d'après était celui d'une éditrice que je connaissais un peu, pour avoir déjà travaillé avec elle. Elle voulait me parler d'urgence d'un projet important. Pouvais-je l'appeler, très vite ? Envie de n'appeler personne. De rester là au chevet de mon fils, à lui transmettre mon amour, mon énergie. De rester là, sans bouger, près de lui.

Ce matin, avant l'arrivée d'Emma, j'avais mis les boucles d'oreilles de notre grand-mère Titine, celles qu'elle m'avait données juste avant sa mort. Lourdes perles en goutte comme celles du tableau de Vermeer. Je ne les avais pas portées depuis longtemps. Je me suis dit, en les enfilant dans mes lobes, les boucles de ma grand-mère vont me porter chance. Elles vont porter chance à Malcolm. Elles vont nous aider. Elles sont imprégnées de toute la personnalité merveilleuse de ma grand-mère, si fantasque, si drôle. Ma grand-mère, que j'adorais, pour son rire, sa bonne humeur, son parfum *Miss Dior* qu'elle portait avec toute la coquetterie de ses quatre-vingt-dix ans.

Des bruits étranges venaient de la chambre d'à côté. Des cris, des pleurs, des meubles qu'on bougeait. Je me suis levée, inquiète. J'ai entrouvert la porte. Dans le couloir, j'ai vu passer une femme effondrée, soutenue par un homme dont le visage était baigné de larmes. Derrière eux, le médecin, des infirmières. Je les ai regardés, le cœur serré. Je savais que dans cette unité, il n'y avait que des personnes dans le coma. Je me doutais qu'il venait de se dérouler quelque chose d'épouvantable. Je voulais tout savoir, en même temps j'avais peur, j'avais honte de contempler le malheur d'autres parents. Une des infirmières m'a vue. Elle a secoué la tête.

— Rentrez, madame, retournez dans votre chambre.

J'ai posé des questions, j'ai dit que je voulais savoir. Ses yeux étaient à la fois gênés et méprisants.

— Ça ne sert à rien, madame, ça ne vous avancera à rien.

J'ai supplié. Elle a baissé les yeux, elle semblait au bord des larmes. Elle s'est appuyée contre le battant de la porte.

— C'est la petite du 8. C'est fini. Elle avait été renversée, comme le vôtre, ça faisait quatre mois. C'est fini. Elle avait onze ans.

Je suis retournée vers Malcolm. Je me suis assise, tremblante, puis j'ai senti une énorme nausée me secouer. Je me suis levée, vite, j'ai ouvert la porte de la petite salle de bains, et j'ai vomi dans les toilettes. A chaque spasme, une douleur insupportable m'envahissait. Je me suis effondrée contre la cuvette en sanglotant. Une des perles est tombée de mes oreilles sur le carrelage blanc. Je l'ai ramassée, serrée de toutes mes forces dans ma main.

Je pensais à la petite fille. A ses parents. Je pensais à Malcolm, à ce qu'on allait devoir faire, Andrew et moi, si. Non, ne pas y penser. Ne plus penser. Penser à tout sauf à la gamine. A tout sauf à Malcolm. Penser à rien. Faire le vide. Impossible de m'arrêter de pleurer. Impossible de ne pas avoir mal au cœur. Impossible d'arrêter les contractions de mon abdomen. Je me suis mise à gémir, recroquevillée sur moi-même. Je ne sais pas combien de temps je suis restée là. Je me suis dit que j'allais mourir, que j'allais en finir, que je ne voulais plus vivre.

Quand je me suis enfin levée, après ce qui m'a semblé être une éternité, j'avais l'impression d'être devenue une vieillarde aux articulations douloureuses, au visage ravagé.

Le lendemain. Seule à nouveau avec Malcolm. On avait décidé, avec Andrew, que c'était trop dur pour Georgia de voir son frère ainsi. Mais elle le réclamait tant qu'on commençait à revenir sur notre décision. On avait dit qu'on en parlerait au médecin, pour avoir son avis. J'avais passé une nuit sans sommeil. A peine sortie du lit, le thé avalé, la petite déposée à l'école, j'étais venue retrouver mon fils. Andrew prendrait le relais dans l'après-midi. J'avais pris des journaux, mon ordinateur, mon téléphone, mais je restais immobile, près de lui, sans travailler, sans parler, sans lire. Après ce qui s'était passé hier, après le décès de la petite fille, la peur s'était installée en moi. Je ne pouvais que rester près de lui, comme si je le protégeais, comme si mon corps, ma présence faisaient barrage au pire. J'étais une forteresse de chair. Hier soir, en rentrant, j'avais succombé à une tentation idiote. Ecouter la voix de Malcolm sur la messagerie de son portable. Cette voix à la fois douce et grave, enfantine et adolescente.

— Salut, t'es bien sur la messagerie de Malcolm. Tu peux parler, ou pas, à toi de voir. Hasta la vista, baby.

Cette voix, si familière. Si vivante. Drôle. Irrévérencieuse. Sa voix. Est-ce que je l'entendrai à nouveau, en vrai, cette voix ? Je l'ai écoutée une dizaine de fois. Comment était-ce possible d'entendre cette voix, de l'écouter au plus profond de soi-même, et d'avoir devant soi son fils dans le coma, qui ne parlerait peut-être plus ?

Voilà Malcolm et moi, de retour à l'hôpital, treize ans après sa naissance. Comme si on en avait pas eu assez, lui et moi. Comme si ces longs mois passés allongée, enceinte, dans l'angoisse, devaient reprendre à présent, sauf que là, c'était lui qui était au lit, et moi toujours aussi angoissée. Quand il était dans mon ventre, j'avais eu peur de le perdre. Il n'était plus dans mon ventre, mais j'avais toujours aussi peur. Peut-être que toutes les mères sont comme ça. Peut-être qu'être mère, c'est ça, c'est cette peur qui ne vous quitte jamais, qui ne vous lâche jamais. Tandis que j'étais là, à côté de lui, à chanter *Lavender's Blue* pour la vingtième fois, à lui lire la liste de ses copains qui appelaient soir après soir, à me souvenir, à regarder son petit visage blanc, je me suis posé des questions. Des questions qui me rongeaient. Et si j'avais été le chercher ce fameux mercredi après son cours de musique ? Et si j'avais été là ? La voiture aurait peut-être ralenti. Peut-être qu'un adolescent de treize ans a toujours besoin d'être accompagné. Et si c'était ma faute ? Et si j'étais une mère qui ne s'occupait pas convenablement de ses enfants ? J'étais ridicule. Bien sûr que ce n'était pas ma faute.

C'était la faute de ce type au volant de la Mercedes, de ce type qui ne s'était pas arrêté, de ce lâche. Pensait-il à Malcolm ? Se réveillait-il depuis mercredi avec le cœur léger, ou au contraire se disait-il : Merde, ce gosse... ce gosse que j'ai renversé. Comment cet homme pouvait-il se lever, se regarder dans la glace ?

71

Pensait-il qu'on allait le retrouver ? Avait-il peur ? Pensait-il qu'il allait s'en tirer ? S'en tirer, comme ça, « peinardos les doigts dans le nez », comme dirait Malcolm. Over my dead body. Intraduisible expression anglaise. En français, cela donnait : il faudrait me passer sur le corps. Mais c'était moins fort, en français. Il aurait fallu rajouter : sur mon corps mort.

Jamais cette expression anglaise ne m'a semblé aussi claire, aussi intelligible que ce matin. J'ai pensé à nouveau à la fillette décédée. Au visage de ses parents. A la souffrance, au vide, insupportables. A ce que j'avais ressenti hier dans la salle de bains, à cette atroce douleur qui m'avait vrillé le corps. Non, ce type ne s'en tirerait pas. Over my dead body. Ce type n'allait pas s'en tirer. Tant que j'avais encore le souffle d'une vie en moi, tant que j'étais vaillante, en pleine possession de mes moyens, tant que j'avais un cerveau et un corps en état de marche, un cœur, des poumons, un ventre, des tripes, des jambes, et l'énergie du désespoir, je chercherais ce type, je le retrouverais et le ferais payer. Treize ans d'une vie avec mon fils. Treize ans de Malcolm. Et tout ce qui attendait Malcolm. Tout ce qu'il devait encore nous donner, à son père et à moi. Tout ce qu'on avait encore à lui apporter. Si ce type disparaissait dans la nature et si Malcolm ne sortait pas de son coma, ce mec allait crever. Oui, crever. Comme dans ces films américains où le père et la mère font la justice quand on a tué leur enfant. Moi aussi, j'allais me transformer en justicière. J'ai serré la main de Malcolm de toutes mes forces.

Et tout à coup, j'ai pu lui parler vraiment. J'ai pu lui dire autre chose que *Lavender's Blue* et la liste des copains. J'ai pu tout lui dire.

— On va le retrouver, mon ange, mon bébé. Mal-colm, écoute-moi. On va retrouver le type qui t'a renversé et qui a pris la fuite. Je vais le retrouver, moi. Je te le promets. Tant pis si les flics prennent du temps, tant pis si ça met des mois, tant pis si on me dit que ce n'est pas possible, qu'il a disparu dans la nature, moi, je vais le retrouver. Je ne sais pas très bien comment, mais je le ferai. Tant pis si ton père n'est pas d'accord, s'il dit qu'il faut laisser la police faire son travail, tant pis. Il ne s'en tirera jamais. Je te le jure. Over my dead body.

II

Je le repérais dès la sortie du métro. Il ne portait jamais son uniforme. Il devait l'enfiler une fois dans le commissariat, au vestiaire. Il était différent, habillé ainsi. Rien d'un flic. Un homme comme les autres. Je connaissais ses habitudes maintenant, pour avoir passé plusieurs jours à le guetter. Il arrivait chaque matin vers huit heures. Il se rendait au café devant le commissariat où il prenait un grand crème et un croissant. Il restait toute la journée dans le grand immeuble carré, il devait aller déjeuner à la cantine avec ses collègues. Vers dix-huit heures, il rentrait chez lui.

Une fois, je l'avais suivi. Il habitait près du Père-Lachaise, dans un immeuble visiblement loué à des policiers. J'avais repéré son appartement, l'étage, la porte. Dans l'annuaire, j'avais trouvé son téléphone, sous le nom de Laurent, L. Avait-il une femme, des enfants? Je n'en savais rien. Je n'avais informé personne de mon plan. Ni Emma, ni Andrew. Ce n'était pas un plan à proprement parler, d'ailleurs, c'était une solution. Une idée. Quelque chose qui me permettait d'avancer. De me lever tous les matins et d'avoir de l'espoir. Quelque chose qui me réconfortait, qui faisait que le visage cireux de mon fils était moins difficile à regarder, jour après jour. C'était mon secret.

Je me suis sentie prête le huitième jour. Je suis rentrée dans le commissariat et j'ai demandé à le voir. On m'a dit qu'il allait venir. C'était facile, jusqu'ici. Il est arrivé assez vite. J'ai vu dans son regard qu'il me reconnaissait. Un léger sourire. Les yeux toujours aussi clairs. J'ai dit que je devais lui parler. Il m'a emmenée dans un couloir, à côté d'une machine à café branlante. Il m'en a proposé un. J'ai dit non. Je ne savais pas comment débuter la conversation. Je cherchais mes mots. Mais c'est lui qui a parlé en premier.

— Le petit, toujours pareil ?

J'ai hoché la tête.

Il a soupiré.

— Rien de nouveau ici, madame. C'est long.

Je m'étais préparée à cela.

— Je voudrais voir le dossier. Les dépositions des témoins. Vous pouvez me les montrer ?

Il n'a pas eu l'air surpris. Quelques instants plus tard, j'étais dans la même pièce que le premier jour, ce jour inoubliable où nous étions venus Andrew et moi. Ce jour qui semblait si lointain. Laurent m'a tendu un dossier avec notre nom dessus et un matricule. Je me suis installée sur la chaise et j'ai lu. C'était comme un roman. Nos états civils, à tous, puis nos mots. Nos récits. Trois personnes avaient témoigné : deux passants et un chauffeur de bus de la ligne 91. Ils avaient vu l'accident, puis le chauffard prendre la fuite. Le chauffeur de bus avait un nom belge. Vandenbossche. Il vivait en banlieue sud. Il avait déclaré : « Je n'ai pas pu voir qui était au volant. Mais il me semble que c'était une femme. J'ai vu des cheveux bouclés et blonds. »

J'ai senti mon cœur se serrer. J'ai brandi la feuille vers Laurent. Il a sursauté.

— Vous avez lu ça ? Une femme. Le conducteur du 91 pense que c'était une femme.

Une femme. Quelle femme était capable de renverser un adolescent sur un passage piéton et de ne pas s'arrêter ? Quelle femme était capable de faire une chose pareille ? Une femme. Monstrueux. Impossible. Pour moi, le chauffard était un homme. D'ailleurs, on ne disait pas « chauffarde ». Ça n'existait pas.

Laurent n'a rien dit. Il a relu la feuille. J'aurais voulu qu'il parle, qu'il prononce un mot, mais rien n'est venu. J'ai continué ma lecture. « Une Mercedes marron. Un vieux modèle. La plaque était sale, poussiéreuse. J'ai pu noter les premiers numéros : 86 ou 56, ensuite LYR puis j'ai cru voir la fin : 54, 64 ou 84. Mais je n'en suis pas certain. Mais je suis certain que ce n'était pas 75. »

J'ai dit :

— Ecoutez-moi maintenant. Je voudrais qu'on avance. Avec tout ce qu'on a là, on peut agir. On a des informations. Ce n'est pas comme si on était dans le flou, vous comprenez. On a des possibilités pour la plaque, ce n'est pas Paris, on le sait. Il faut avancer, passer des coups de fil, ça va sûrement être compliqué, mais c'est ce qu'il faut faire, non ?

Il m'écoutait poliment.

— On a un manque d'effectifs ici, madame. Et puis il y a eu tous les ponts de mai. Voilà. On est en train de restructurer le service, mais c'est long. Il faut du temps pour passer ces appels, pour faire ces vérifications. On fait ça manuellement, je vous l'ai dit. On n'est pas assez nombreux. Mais c'est en cours. Il faut être patiente.

Je l'ai regardé, sans rien dire. Je me suis rongé l'ongle du pouce, avec une nervosité que je n'arrivais pas à maîtriser.

Il a continué, avec la même voix indolente, calme.

— Un collègue a commencé. Il a déjà recueilli des informations. Mais on n'a pas encore trouvé. Soyez patiente, madame.

J'aurais voulu qu'il s'énerve, qu'il arrête d'être aussi calme. Qu'il me dise vraiment les choses. Qu'il me dise que personne n'avait vraiment avancé parce que tout le monde s'en fichait, parce qu'il y avait les ponts, les RTT, parce qu'il fallait aller au plus pressé, s'occuper des terroristes, des cambrioleurs, des braqueurs, et pas des lâches qui renversaient des gamins sur des passages piétons les mercredis après-midi.

Je me suis penchée vers lui.

— J'en ai marre d'être patiente. Je crois que vous n'avez pas compris. Je ne sais pas bien comment vous l'expliquer, mais si vous n'agissez pas plus rapidement, je vais devenir folle. Complètement folle. Vous m'entendez ?

J'ai hurlé le dernier mot. Il s'est levé, et il est revenu avec un verre d'eau. Il me l'a tendu. Je l'ai bu, en une grosse gorgée. Puis son téléphone a sonné. Il m'a priée de l'excuser, et il a répondu. Pendant ce temps, je laissais traîner mon regard sur le bureau. La déposition du conducteur de bus au nom belge. Son numéro de téléphone. Son adresse. Les chiffres de la plaque. Discrètement, j'ai sorti de mon sac un stylo, mon carnet. Pendant que Laurent parlait au téléphone, j'ai tout noté. La conversation téléphonique se prolongeait. Je me suis levée. Je lui ai fait signe que je devais partir. Il a eu l'air agité, m'a montré la chaise pour que je me rasseye. Mais je suis partie, à toute vitesse. Je n'en pouvais plus d'attendre.

A présent, j'avais ce que je voulais. Je pouvais commencer.

L'éditrice était une femme sympathique de mon âge. Je la connaissais mal, mais elle a immédiatement remarqué mon état. Je lui ai tout dit. Que mon fils était dans le coma depuis deux semaines. Qu'on ne savait toujours pas qui l'avait renversé. Que je n'en dormais plus. Elle m'a pris la main. La sienne était chaude, douce. Nous sommes restées ainsi quelques minutes, main dans la main. Puis elle m'a dit : « Vous avez envie de retravailler avec moi ? Si vous ne voulez pas, si c'est trop dur en ce moment avec votre fils, je comprendrai. » Je l'ai remerciée. J'ai dit qu'il fallait que je me change les idées, que je ne passe pas mes journées entières à l'hôpital. Et de toute façon, il fallait bien aussi que je gagne ma vie. En prononçant ces mots, j'ai songé à leur ironie. Ma vie s'écroulait, mais il me fallait encore la gagner.

Elle m'a parlé du projet en cours. Un roman américain qui avait défrayé la chronique, écrit sous pseudonyme par une journaliste célèbre qui n'avait pas révélé son identité. Certaines scènes étaient franchement érotiques.

— J'ai beaucoup de mal à le faire traduire, avoua l'éditrice. Surtout les scènes chaudes. Les résultats sont vraiment mauvais. Vous êtes mon dernier espoir.

Elle me donna un manuscrit dans une chemise car-
tonnée rouge.

— Jetez-y un coup d'œil.

J'ai dit : « Pourquoi moi ? Vous savez bien que ce
n'est pas dans mes cordes. Moi, c'est plutôt les dossiers de presse, le marketing. Je fais très rarement des
livres, encore moins des romans. »

Elle a souri.

— Oui, je sais. Mais je vous fais confiance. Vous
regarderez, vous me direz.

De retour chez moi, j'ai feuilleté le livre. D'un point
de vue politique, il était intéressant, bien construit,
rappelant l'affaire Lewinsky. D'un point de vue érotique, il était explicite. Un langage direct. Je ne me
voyais pas traduire cela. D'autant plus que c'était de
l'américain. Je maîtrisais mieux l'anglais. Pourquoi
m'embarquer dans cette galère ? Pourquoi me ridiculi-
ser ? J'avais besoin d'argent, oui, mais pas au point de
m'aventurer à traduire un texte aussi périlleux. Vous
êtes mon dernier espoir. Un autre jour, à un autre
moment, ces mots-là m'auraient fait plaisir. J'avais mis
tant d'années à bâtir ma réputation, à refuser de travailler en agence pour continuer à être free-lance, afin
de garder mon indépendance malgré des salaires en
dents de scie. Pas facile. Mais j'y étais arrivée, à force
de travail, de rigueur. J'avais réussi à passer outre le
fait que pour beaucoup de gens, traduire, ce n'est pas
un métier noble.

C'est un labeur de l'ombre, comme d'être nègre, ou
écrivain public. On considère toujours un traducteur
avec une certaine condescendance. Comme quelqu'un
qui aurait raté une carrière d'écrivain, de journaliste.
Je m'étais longtemps insurgée contre cette injustice.

A présent, c'était derrière moi. Je faisais ce métier depuis dix ans. Pour rien au monde je n'en changerais. Mais pourquoi n'écris-tu pas des romans ? me demandait-on. Des livres, des essais, pourquoi te cantonner aux créations des autres, comme si tu te cachais derrière leur texte ? Mon père disait : « Justine élève ses enfants, et elle fait un "peu de traduction" pour joindre les deux bouts. » Un peu de traduction. Son mépris me rendait folle. « Mais ce n'est pas un vrai travail, insistait-il. C'est du bricolage. Tu ne vas pas dans un bureau, comme ton frère, par exemple, ou ton mari. Tu fais ça comme ça, ce n'est pas un vrai boulot. » J'essayais de lui expliquer, le plus patiemment possible, ce qui n'était jamais facile avec mon père, que pour aimer traduire, il fallait d'abord aimer lire. Ce qu'il faisait rarement. Ensuite, il fallait aimer deux langues, passionnément, être capable de jauger leurs différences, leurs similitudes, leurs surprises, leurs pièges.

J'avais toujours eu un attrait pour la langue anglaise, qui pourtant n'était pas ma langue maternelle. Une langue qui me séduisait par ses contrastes. Depuis que j'avais été capable de lire Daphné du Maurier dans le texte. J'étais tombée par hasard sur une ancienne traduction de *Rebecca* en poche, bâclée, lamentable. Du haut de mes treize ans, j'avais frémi d'indignation. Des passages entiers avaient été malhabilement tronqués. Même la première phrase, mythique, « Last night I dreamt I went to Manderley again », avait été massacrée pour donner : « Je rêvai la nuit passée d'être retournée à Manderley. » C'était la pire des trahisons. Cela m'a mise hors de moi. Le passé simple, quelle hérésie ! J'ai traduit l'ouverture, consciencieusement, la rage au ventre. Voilà. J'avais rendu justice à Daphné. Et j'avais découvert un plaisir inédit. Débusquer le mot juste tout en fuyant le mot à mot. Ne pas coller au texte d'origine, ce qui irrémédiablement le rendait lourd, surfait, mais le faire renaître à sa façon. Respecter la fluidité. Aimer jouer avec le secret des mots. Décrypter les arcanes de la langue anglaise, cette langue qui me fascinait par sa sécheresse apparente, par ses richesses cachées. Lui rendre la pareille en français. Et vice versa. Aller et venir entre les deux langues.

Avec les années, et à force de vivre avec un Anglais, je me sentais de plus en plus proche de ce drôle de peuple. Je les trouvais plus fins, plus espiègles que les Français. J'aimais leur humour, leur détachement. Les Monty Python et Peter Sellers me faisaient davantage rire que Louis de Funès ou Bourvil. J'aimais leur grain de folie. Leur réserve, aussi. Et pourtant, j'avais trouvé ma belle-sœur Isabella réfrigérante, au début. Un parapluie dans le cul, comme disait prosaïquement Emma. Puis il avait suffi d'une soirée dans un pub, en bas de chez elle, à Islington, et de quelques confidences au-dessus d'une pinte de Lager et de chips au goût bacon, pour que je voie apparaître derrière ce grand front austère et ces yeux pâles et gris une fille facétieuse à l'humour aussi pointu qu'original.

Mon portable a vibré dans ma poche. C'était M. Vandenbossche, le conducteur de bus. Il avait eu mon message hier, mais n'avait pu me rappeler que ce matin. Il avait une voix très jeune.

— Vous savez, madame, la personne qui a fait ça à votre fils, il faut qu'elle paie. Il faut qu'on l'arrête. Moi, j'ai tout vu, madame. C'est honteux, de prendre la fuite quand on a fait ça à un gamin. Honteux. (Sa voix grondait d'indignation.) Moi, je vois beaucoup de choses depuis que je suis chauffeur de bus. Des choses pas drôles, vous savez. Mais ce qu'on a fait à votre gamin, c'est impardonnable.

Je lui ai dit que je souhaitais le rencontrer. C'était urgent, important. Il ne m'a pas demandé pourquoi. Il m'a donné rendez-vous dans un café près de la gare Montparnasse, à la fin de son service, vers dix-neuf heures. J'ai demandé comment je pouvais le reconnaître. Il a ri : « Un grand Belge blond avec un costard RATP. »

J'ai passé la journée à ronger mon frein. Je n'ai parlé du rendez-vous à personne. J'étais incapable de travailler. Je n'ai pas touché à la chemise rouge, posée sur mon bureau. Je suis restée assise devant mon ordinateur, à regarder l'écran d'attente s'installer. Puis je bougeais la souris pour le faire disparaître.

Le temps s'écoulait, lentement. Je pensais à mon fils. A cette nouvelle vie que je ne reconnaissais plus. A tout ce qui avait changé, si brutalement. A Andrew qui s'enfonçait jour après jour dans le silence. On se parlait peu. Il rentrait fatigué, las. Le visage fermé, sa petite bouche serrée. Il faisait illusion devant la petite. Puis il se renfermait dans sa coquille. On n'avait pas fait l'amour depuis l'accident. C'était comme si un mur s'était dressé entre lui et moi. Pourtant, j'avais soif de sa tendresse, de ses caresses. La nuit, quand il dormait, je me blottissais contre lui. Sa chaleur, sa force.

Mais il ne se réveillait jamais.

M. Vandenbossche devait avoir une petite trentaine. Il avait un léger accent belge, un teint de brique. Il était très remonté : « Je suis certain d'avoir vu des cheveux blonds, bouclés, assez longs, derrière le volant. Et un homme à la place du passager avant. Mais ils sont passés si vite. Je suis sorti comme un fou pour m'occuper du petit. J'ai planté là tous les gens dans mon bus ! »

La police prenait son temps ? Mais c'était scandaleux. Honteux. Je lui ai dit que j'avais décidé de retrouver le chauffard. Toute seule. Je n'en avais pas parlé, ni à mon mari, ni à mes parents. Seulement à ma sœur. Elle était comme moi, folle à l'idée que cette personne n'avait pas encore été arrêtée. C'était pour cela que j'étais venue le voir ce soir. Pour recueillir le maximum d'informations. Pour faire mon petit bonhomme de chemin. La police allait peut-être « s'y mettre », mais elle prenait trop de temps à mon goût. Je ne pouvais plus attendre. Je n'en pouvais plus.

Le jeune conducteur a hoché la tête. Il m'a dit qu'il me comprenait. Qu'il ferait la même chose à ma place. Quand il s'agissait d'enfant, de son enfant, on n'était plus le même. Sa femme avait eu une petite fille, cet hiver. Il en était si fier. Sa fille, c'était le centre de sa vie. Toute sa vie. Il m'a dit : « La personne qui a renversé votre fils et qui a pris la fuite, c'est la pire des lâches. Attrapez-la, madame. Faites tout ce que vous pourrez pour l'attraper. Vous l'aurez. Je le vois dans vos yeux. »

Une femme. Je n'arrêtais pas d'y penser. Une femme ? Etait-ce possible ? Je n'en avais pas parlé à Andrew. Je ne lui avais rien dit de ma rencontre avec le conducteur de bus, avec Laurent. Je gardais tout pour moi. J'en parlais seulement à Emma. Elle m'encourageait. Me poussait. Me disait qu'il fallait que je continue. Qu'il fallait que j'avance. Sur mon ordinateur, j'avais noté tout ce que je savais concernant la plaque. *86 ou 56, ensuite LYR puis 54, 64 ou 84.* J'avais été sur Internet trouver des vieux modèles de Mercedes. Celle qui avait renversé Malcolm devait être un modèle 500 SE. Elle devait dater de la fin des années 80. Elle était marron. Chez Mercedes, on appelait ce coloris précis « moka ».

Coma en verlan. Moka. Coma. 54 : Meurthe-et-Moselle. 64 : Pyrénées-Atlantiques. 84 : Vaucluse.

Que faisait cette personne à Paris ce mercredi-là ? Vivait-elle ici, dans la capitale, avec une plaque d'un autre département ? Où allait-elle ce jour-là ? Pourquoi roulait-elle si vite ? Ces questions revenaient, inlassablement. Je voyais la voiture. Son parcours. Sa vitesse. Le feu grillé. Le choc. Malcolm étendu sur le macadam. La fuite. Je ne pouvais plus passer devant l'endroit de l'accident. Je faisais tous les détours possibles pour l'éviter. J'aurais voulu que cet endroit n'existe plus, qu'il soit rayé de la carte. A jamais.

Le plus dur, c'était de tenir. Tenir. Calquer le quotidien sur l'horreur qui nous arrivait. Et puis le réveil. Le moment où on ouvrait les yeux, on ne se souvenait de rien, on se sentait léger, du moins le croyait-on. Puis tout revenait. Le poids qui s'installait, qui étouffait. On se souvenait qu'on avait un fils dans le coma, à l'hôpital. Et qu'il fallait se lever, et continuer. Vivre sa vie, malgré tout. Tenir pour la petite. Tenir pour soi. Tenir. Aller au Franprix, errer dans les rayons, poussant son Caddie. La radio qui passait des vieux airs de Mylène Farmer. Les clients qui chantaient malgré eux « Je suis libertine, je suis une catin ». Ne pas regarder les céréales et les pains au chocolat qu'il fallait stocker en masse pour Malcolm. Ne pas les voir. Passer devant. Avoir envie de les acheter quand même. Tenir. Répondre au gentil monsieur du magasin de journaux, qui n'était pas au courant, que Malcolm allait bien. Pleurer sur le chemin du retour. Dans l'ascenseur, essuyer ses larmes. Tenir.

Parce que je devais me dépenser, d'une façon ou d'une autre, brûler ce désespoir qui me rongeait, j'allais nager dans la piscine municipale qui sentait le chlore et les pieds, je faisais des longueurs, une longueur après l'autre, crawl, brasse coulée, dos crawlé, un ersatz de papillon, des longueurs à en perdre haleine. Jamais je n'avais nagé avec une telle férocité, une telle détermination, mes mains aux doigts collés fendaient l'eau avec une puissance nouvelle, j'avançais encore et encore, une longueur après l'autre, et encore une autre, mes bras et mes jambes battaient l'eau, luttaient contre elle, et je sortais de là exsangue, la peau fripée, les yeux rougis malgré mes lunettes spéciales, et le corps élastique, léger. Léger, avant que le poids se réinstalle et prenne possession de moi.

Une autre façon de tenir, c'était de me jeter dans le travail. J'avais accepté la traduction du livre américain. C'était sûrement une erreur, mais au point où j'en étais, je n'avais pas le choix. Le livre était dense, riche. J'allais mettre des mois à le traduire. Je n'avais jamais traduit un texte où il était question d'actes sexuels explicites. Cela ne me faisait pas peur. J'avais besoin de mettre la barre très haut. J'avais besoin de plonger dans la difficulté. De ne plus y voir clair. De m'enfoncer dans quelque chose d'obscur, d'interminable. La première scène érotique ne m'a pas impressionnée. Ce n'étaient que des mots, après tout. Et mon travail, c'était les mots. Mais je n'ai pas pu m'empêcher de sourire, à cause de ces mots-là. Ils n'avaient rien à voir avec les mots que je traduisais d'habitude. Ils étaient les mots qu'on ne disait pas. Les mots qu'on ne prononçait pas. Pourtant ils étaient là, noir sur blanc, sur l'écran de mon ordinateur. *Cock. Fuck. Dick. Asshole. Cunt. Pussy. Twat. Blow-job.* Me paraissaient-ils moins obscènes en anglais ? Moins forts, moins puissants, car ils n'étaient pas dans ma langue maternelle ? Ils ne me faisaient pas rougir, devant mon clavier. Ce qui me faisait rougir, c'étaient ces hommes croisés rue de la G., à dix heures du matin, qui sortaient pressés des sex-shops aux rideaux pailletés (devantures qui fascinaient Georgia : « Mais maman, c'est quoi ces magasins avec les jolis rideaux où il n'y a que des messieurs ? »). Des hommes comme Andrew, comme mon frère ou mon père, des hommes aux yeux furtifs, honteux, l'attaché-case à la main, et qui n'osaient pas soutenir mon regard. Je les imaginais dans leur petite cabine poisseuse, visionnant ces films aux couleurs criardes, le Kleenex à la main, un quart d'heure de plaisir solitaire avant d'aller travailler ou de retrouver leur vie, leur femme. Bizarrement, c'étaient ces hommes-là qui me faisaient rougir, c'était leur gêne, leur malaise, leur façon de s'éloigner rapidement, tête basse. Leur honte me faisait rougir.

Mes journées se découpaient entre l'hôpital, chaque matin, puis le retour à la maison, Georgia, et le soir, la traduction. Andrew n'avait plus vraiment sa place dans ce nouvel emploi du temps. Il passait voir Malcolm en début de soirée. On se retrouvait pour le dîner avec la petite. Puis je m'installais devant mon ordinateur, et lui devant la télévision, dans la chambre. On se parlait peu. Juste des échanges sur l'état de notre fils ce jour-là. Ou parfois un commentaire sur une infirmière du matin qu'on préférait à celle du soir, sur le médecin et ce qu'il avait pu nous dire, à l'un ou à l'autre.

Andrew ne posait jamais de questions sur l'enquête de la police. Je ne comprenais pas pourquoi. Il semblait se contenter de cet état de fait. Il leur faisait confiance. Cela me mettait hors de moi. Sa passivité me donnait envie de hurler. Parfois, je devais lui tourner le dos, ou regarder autre part pour ne pas lui dévoiler mon écœurement. J'avais besoin de parler. De partager avec lui cette peur qui me vrillait le ventre. D'envisager le pire. De lui dire ces mots si difficiles à prononcer. Mais je ne pouvais pas. Il se fermait. Il ne voulait pas m'entendre. Il se protégeait. Alors je parlais à mes amies. Je leur parlais des soirées, des nuits entières. Elles m'écoutaient. Elles me donnaient ce qu'Andrew ne me donnait pas. Leur soutien, leur empathie. Souvent, après le dîner, après une heure ou deux passées sur la traduction, je filais. Je le laissais devant sa télévision, avec Georgia endormie dans sa chambre. J'allais retrouver Laure, Catherine ou Valérie, dans un des bars du quartier. Dans le bruit et la fumée, dans la nuit qui avançait, dans la chaleur de leur amitié, je me sentais revivre.

C'était un court répit. Sur le chemin du retour, le poids s'installait à nouveau sur ma poitrine. J'avais du mal à respirer. A avancer. Quelqu'un m'avait dit, il y a longtemps, que c'était dans l'épreuve qu'un couple se révélait. Dans la douleur. C'était ainsi qu'un couple tenait, ou pas. Soir après soir, dans notre salon, où l'absence de Malcolm se faisait de plus en plus criante, je sentais Andrew s'éloigner.

Il était dans la même pièce que moi pourtant, à quelques mètres. Mais je le sentais partir. Et je ne faisais rien pour le retenir.

Les week-ends, on allait en famille à Saint-Julien-du-Sault, un petit village près de Sens, où on avait acheté une vieille maison pour une bouchée de pain au début de notre mariage. Depuis l'accident, on n'y était pas retournés. J'ai eu envie de m'y rendre, après l'hôpital, un matin. Sans personne. J'ai roulé sur une autoroute étrangement vide. La maison sentait le renfermé, l'humidité. J'ai ouvert toutes les fenêtres, j'ai laissé entrer la lumière.

Je me suis souvenue du dernier week-end avant l'accident. Malcolm avait passé beaucoup de temps dans le jardin, à construire une sorte de cabane avec des vieux morceaux de bois et de taule. Il avait fait beau, dès le matin. Andrew avait tondu le gazon devant la maison. Georgia avait invité sa petite copine, Stéphanie. Je nous revoyais. Une famille parfaite. Heureuse. Une famille qui ne se doutait pas, en reprenant la route le dimanche soir, après avoir fermé la maison, que tout allait basculer, le mercredi après-midi. Je me suis promenée à travers les pièces, comme une étrangère qui visitait des lieux pour la première fois. De cette vieille bicoque sombre, mon architecte de mari avait patiemment fait naître un miracle. Il y a quinze ans, il n'avait pas encore monté sa boîte. Il avait tout fait lui-même, avec l'aide d'un ami hollandais, un entrepreneur qui connaissait une filière de Polonais payés au noir, ravis de venir passer un peu de temps en France pour retaper une maison. Les Polonais ne parlaient ni anglais, ni français, mais souriaient en permanence. Je leur faisais des sandwichs au pâté, distribuais des bières. En quelques mois, la petite bâtisse renfrognée fut transformée. Elle était devenue une maison lumineuse, simple, chaleureuse. Elle n'avait pas vraiment de style particulier. C'était pour cela que je l'aimais tant. Elle n'avait pas de nom, notre maison. On disait : on va à Saint-Julien. Cette maison, c'était notre famille. C'était nous.

Ce jour-là, en marchant dans les chambres, je me sentais mal à l'aise, triste. Je n'aurais pas dû venir. J'avais la sensation de contempler un pan de mon passé. Rien ne serait désormais comme avant. Allions-nous revenir ici passer le mois d'août, comme d'habitude ? Allions-nous revenir chaque week-end si Malcolm… Si Malcolm. Non. Ne pas dire les mots. Ne plus dire ces mots-là. En montant l'escalier, j'ai laissé ma paume caresser la vieille balustrade lisse. Un geste esquissé tant de fois. Comment les gens faisaient-ils pour tourner la page ? Les gens qui vivaient un malheur ? Les gens qui connaissaient le pire ? Comment faisaient-ils ? Peut-être qu'ils ne tournaient jamais la page. Peut-être que ces pages-là, les plus lourdes, les plus terribles, on ne les tournait pas. On devait apprendre à vivre avec. Comment ?

Dans la salle à manger, j'ai revu les repas de fête. Les anniversaires, les Noëls, les dîners à l'improviste. Mon père, quand il n'était pas encore le vieux monsieur qu'il voulait absolument être à présent, quand il était encore drôle, pince-sans-rire. Ma sœur avant son Marseillais. Mon frère, un gamin joufflu. Maman, rayonnante, avant que papa ne la rende folle. Et mes beaux-parents, exquis, ponctuant chaque phrase de « marvellous », « splendid », « wonderful », leur verre de vin à la main, des géants aux cheveux argentés et aux pieds immenses, toujours si contents d'être là avec nous. Puis Andrew qui apparaissait, triomphant, les reins ceints de son tablier Sex Pistols, brandissant son rhubarb crumble. Je me suis souvenue des interminables parties d'« Ambassadeur », de l'équipe redoutable formée par Malcolm et Andrew. Il suffisait d'un regard, d'un geste, souvent infime, pour qu'ils se comprennent.

Tout me revenait, un boomerang chargé d'émotions, de souvenirs. Les premiers pas de Malcolm sur le gazon, son extase devant ses premières jonquilles, qu'il avait essayé de manger. Les œufs cachés dans le jardin pour Pâques, une année, ce fut sous la pluie, avec Georgia en larmes car son frère trouvait tout avant elle. Kaléidoscope d'un bonheur passé. De quelque chose d'évanoui. De parti. A jamais. Les moments difficiles. La mort de ma grand-mère, je l'avais apprise ici. La maladie d'un ami, ici aussi. Les deux cambriolages successifs, notre choc, notre consternation devant la maison chaque fois vandalisée. Et la septième année de notre mariage, Andrew m'avait avoué une aventure. La première. Celle qui fait le plus mal. Je m'étais effondrée, là, dans ce canapé. Soirée de pleurs, de cris. Les enfants, encore petits, dormaient, n'avaient rien entendu.

Notre dernier week-end. Les devoirs hâtifs du dimanche après-midi, sur la table de la cuisine. La nuque penchée de mon fils, longue et blanche, hérissée d'un duvet blond. Georgia occupée à ses dessins.

Andrew qui lisait le *Sunday Times* sur l'écran de son ordinateur. Le silence studieux. Le feu qui crépitait dans la cheminée. Je n'ai pas voulu aller dans la chambre de Malcolm. Je suis passée devant, sans tourner la tête. C'était trop dur. Je me suis arrêtée dans celle de Georgia, je me suis assise sur son petit lit envahi de peluches, puis j'ai regardé par la fenêtre, au-delà du jardin, des arbres, du bois, jusqu'aux champs de colza au loin. Depuis notre dernière visite, le printemps s'était installé. Tout était vert, tout s'épanouissait. Ma saison préférée. Mais cette année, je n'avais pas envie de me réjouir des plantes qui poussaient, du premier coucou qu'on entendait venir du bois. Andrew faisait croire aux enfants qu'en entendant le premier coucou de l'année, il fallait courir. Une coutume anglaise. Ça portait bonheur, paraît-il. J'avais envie de lui dire qu'il s'était trompé, que ça ne nous avait pas porté bonheur, que ça nous avait porté malheur.

Dans notre chambre au plafond en pointe, coincée sous la vieille charpente, j'ai senti mon cœur se serrer. On avait tant fait l'amour, Andrew et moi, dans ce grand lit blanc. Malcolm et Georgia avaient été conçus ici. A Paris, notre chambre était trop près de celles des enfants, on avait souvent peur qu'ils nous entendent. Ici, on était dans notre coin, seuls à l'étage. J'ai fermé les yeux. J'ai pensé au long corps chaud d'Andrew, à sa tendresse, à ses mains, à sa bouche sur moi. Tout cela me manquait, me creusait. J'aurais voulu lui téléphoner, lui dire que j'étais là, que je pensais à nous, à notre amour. Mais je ne l'ai pas fait.

Mon portable a sonné dans mon sac. C'était Laurent, le flic.

— On est sur une piste. Venez.

Devant lui, au commissariat.

— Comment ça, vous ne pouvez pas me donner de nom ?

Il baissa les yeux.

— C'est comme ça, madame. Tout ce que je peux vous dire, c'est que la personne habite dans le Vaucluse.

Je ne le lâchais pas.

— Mais vous allez faire quoi exactement ? Qu'est-ce que vous allez faire pour la choper, cette personne ? Vous allez lui téléphoner, vous allez envoyer quelqu'un là-bas pour l'interpeller ? Demain matin ?

Il me regardait avec un sourire ironique, mais gentil.

— Non, pas demain matin, madame, tout de même. Il faut d'abord trouver son numéro. Si c'est sur liste rouge, c'est plus long, car même si on est de la police, il faut des autorisations, des choses comme ça, mais ne vous inquiétez pas, on va s'en occuper, on va tout faire pour. On a transmis les informations du dossier au commissariat d'Orange. C'est à eux maintenant d'interroger la personne. C'est eux qui vont prendre en charge l'enquête. Ça va donc prendre un peu de temps, je vous préviens. C'est normal.

Je trépignais. Je voulais aller au plus vite. En sortant du commissariat, j'ai téléphoné à Violaine, mon amie avocate. Elle m'a dit : « Je vais t'obtenir ce nom. Ce n'est pas très éthique, mais je peux le faire. Je te rappelle. »

Je suis allée attendre dans un café devant le commissariat. Mon cœur battait fort, me faisait mal. Ma bouche était sèche. J'allais enfin savoir. J'allais savoir qui avait renversé mon fils. Je n'ai pas pensé à téléphoner à Andrew. Ni à ma sœur. J'attendais, immobile, les yeux fixés sur le boulevard. J'ai attendu assez longtemps, je crois.

Puis le portable a sonné. C'était Violaine. Elle avait obtenu le nom. Un couple de retraités, domiciliés dans le Vaucluse.

M. et Mme Jacques Secrey. Ils habitaient Orange, possédaient une Mercedes marron, ancien modèle. La plaque correspondait. 56 LYR 84. J'ai tout noté, j'ai remercié Violaine et je suis rentrée à la maison.

Andrew était aussi calme que le flic. Il a hoché la tête. C'est bien, ils ont une piste, c'est bien, il faut les laisser travailler. Je ne supportais plus qu'il dise ça. J'avais envie de le gifler. Comment faisait-il pour rester si calme, si imperturbable ? Je ne comprenais pas. Il venait d'une autre planète. Il n'y avait qu'Emma pour comprendre et partager ma fébrilité. Emma pour me dire au bout du fil, devant son ordinateur, en baissant la voix pour ne pas réveiller son bébé qui dormait : « Secrey, Jacques, c'est ça ? Attends, je vais sur pages blanches, je clique, attends… Juju, ça y est, on les a. Ils ne sont pas sur liste rouge. 28, rue de P., Orange. On les tient. »

M. et Mme Jacques Secrey, 28, rue de P., 84100 Orange.

Pendant la soirée, leur nom, leur adresse ne m'ont pas quittée. Pendant que je travaillais sur la traduction, pendant que je mettais le couvert, préparais les lasagnes, faisais réciter la poésie de Georgia, leur nom revenait encore et encore, comme un refrain. Je les imaginais, dans une maison proprette, des géraniums et un jardin ordonné, la Mercedes marron dans le garage. Madame, blonde et bouclée, pimpante. Monsieur, replet, chauve, qui tondait le gazon, suivi d'un

yorkshire qui jappait. Ils avaient peut-être des petits-
enfants de l'âge de Malcolm et Georgia, des gamins
qui les appelaient papy et mamie, qui venaient goûter
les week-ends. Une petite vie tranquille, des parties de
bridge, des siestes d'après-midi à l'ombre d'une ton-
nelle, des sauts à Avignon pour le festival, quand il
ne faisait pas trop chaud. Madame au volant. Blonde,
il avait dit, le conducteur de bus. Blonde ménopau-
sée, comme dirait Emma. J'avais une envie folle de
leur téléphoner, de leur dire d'une horrible voix
chuchotante :

— Voilà, c'est fini pour vous, la petite vie pépère,
tranquille, c'est fini, demain matin, la police va vous
appeler et vous demander ce que vous faisiez le mercredi 23 mai à quatorze heures trente, boulevard M.,
à Paris. Et vous allez dire la vérité, vous allez dire que
vous étiez pressés, et que vous n'avez pas vu le gosse,
et que vous avez eu peur de vous arrêter. Vous allez
dire tout ça, et on va vous embarquer, et votre petite
vie de retraités, c'est fini.

Que faisaient-ils à Paris ce jour-là ? Madame au
volant. Pressée. Etaient-ils montés d'Orange en voiture ? Un sacré bout de chemin, pour deux vieux.
Avaient-ils de la famille à Paris ? J'ai tapé « Secrey »
sur le site « pages blanches, région parisienne ». Plusieurs réponses. Dont une Estelle Secrey, 12, avenue
S., dans le 15e. C'était peut-être leur fille. Ils étaient
venus à Paris la voir, ce jour-là. Et madame avait brûlé
le feu. Pourquoi ne s'était-elle pas arrêtée ? Une mère.
Une grand-mère. C'était abominable. Incompréhensible. J'ai regardé la peau autour de mon pouce droit.
J'avais tout rongé. Ça faisait des petits lambeaux
rouges. C'était laid.

Je me suis souvenue de ce film avec Andy Garcia. *Oceans 11.* George Clooney vient de cambrioler le casino de Garcia, d'empocher des milliards de dollars. Garcia n'y croit pas, n'a pas encore compris qu'il est victime d'un vol machiavélique et ingénieux. Garcia menace l'acolyte de Clooney, Brad Pitt, au téléphone. Il susurre :

— Run and hide, ass-hole, run and hide.

Je voyais encore sa lèvre supérieure se retrousser, dévoiler ses dents d'un mouvement à la fois animal et sensuel. Oui, j'avais envie de leur dire ça, à ces deux inconnus que je haïssais déjà, à ces deux vieux croûtons dont je ne connaissais même pas le visage, mais dont j'imaginais si bien la vie :

— Run and hide, ass-holes, courez vous planquer, trous du cul, mais il est trop tard, vous n'irez pas bien loin, parce que demain matin, c'est fini, demain matin, ce sera fini pour vous. Terminé. Over.

Andrew s'était penché par-dessus mon épaule. Il s'était approché sans bruit.

— Que fais-tu, darling ?

C'était ma traduction. Je ne lui en avais pas parlé. Il a posé son menton sur le haut de ma tête. Il a lu à voix haute les phrases dans l'anglais d'origine. Je n'ai pas pu m'empêcher de sourire. Son accent de la BBC qui prononçait ces mots obscènes. Ses mains sur mes épaules, sur mon cou. Je ne souriais plus, j'étais troublée. Andrew chuchotait.

— Comment tu traduirais *dick*, Justine ? Would that be « bite » or « queue » ? Et le *pussy* ? It's « chatte », isn't it ?

La voix d'Andrew dans le creux de mon oreille. Son souffle. J'ai fermé les yeux. Il s'est arrêté de lire. Sa bouche à la racine de mes cheveux, sur ma nuque. J'ai essayé de moins penser à l'accident, au coma. L'hôpital. Malcolm sur son petit lit blanc. J'ai laissé les lèvres, les mains d'Andrew prendre possession de moi. J'ai baissé la garde. J'avais l'impression de retrouver un chemin familier, perdu depuis longtemps. Le corps d'Andrew, sa puissance, son réconfort. Son odeur. Le grain de sa peau. Sa salive. Si familière, si délicieuse. Sa façon de me toucher, de m'investir, si particulière, qui n'était qu'à lui. Si longtemps, cela faisait si long-temps. L'espace de quelques instants miraculeux, j'ai pu effacer ce qui nous arrivait. Il n'y avait plus que nos deux peaux, collées l'une contre l'autre, nos souffles, notre urgence, nos mains qui se réapprivoisaient, nos bras qui se serraient avec violence, des baisers voraces, des caresses précises, exquises. La voix d'Andrew.

— You beautiful girl. Beautiful girl. Love my beautiful girl.

Sa voix m'ouvrait, me pénétrait. L'oubli. L'aban-don. Mon corps comme un poing qui se desserrait. Mais au moment où le plaisir s'annonçait, où je le sen-tais poindre de loin, où je savais comment l'attraper, l'amadouer, brutalement le visage de mon fils s'est imprimé devant mes yeux. Sa peau blanche, ses yeux clos.

Tout en moi s'est barricadé. Je me suis débattue, dégagée comme une folle. J'ai repoussé Andrew avec violence. J'ai éclaté en sanglots. Larmes brûlantes le long de mes joues. Andrew silencieux à côté de moi. Immobile. Le silence dans la chambre. Mes sanglots. Puis sa voix grave.

— Life must go on, Justine. Life must go on.

Je ne voulais pas l'écouter. Il avait tort. Rien ne pouvait continuer. Plus rien ne pouvait continuer comme avant. La vie ne pouvait pas continuer comme avant. Il se trompait. Je ne pouvais pas faire semblant de jouir. Je ne pouvais plus faire l'amour comme si de rien n'était, comme si Malcolm n'était pas dans le coma. Encore une différence entre les hommes et les femmes. Entre un père et une mère. Lui pouvait faire l'amour dans de telles circonstances. Moi, non. Tant que Malcolm ne sortait pas de son coma, impossible de me laisser aller, impossible de me laisser pénétrer. Tant que le chauffard n'avait pas été retrouvé, impossible de jouir, de ressentir du plaisir. Mon corps s'était refermé. Il s'était endurci, comme une forteresse. Il me protégeait. Faire l'amour, c'était baisser ma garde. Faire l'amour, c'était ne plus penser à mon fils.

Je me suis levée, et je suis allée dans la salle de bains. Je suis restée longtemps, le temps que les sanglots cessent. Andrew n'est pas venu. Quand je suis retournée me coucher, il dormait.

Le lendemain, pas de nouvelles de Laurent. J'ai passé la matinée à regarder ma montre, le téléphone. Le temps s'écoulait. Le téléphone restait muet. En fin de journée, après avoir vu Malcolm à l'hôpital, retrouvé Georgia, avancé sur la traduction, j'ai appelé le commissariat. Laurent n'était pas là. J'ai dit : « Mais où est-il ? Pourquoi n'est-il pas là ? Il devait me tenir au courant de quelque chose de très important. » J'ai demandé qu'on me passe quelqu'un d'autre, quelqu'un qui connaissait mon dossier. Mais on m'a répondu qu'il n'y avait personne. Tout le monde s'occupait en ce moment d'une affaire très urgente, des menaces d'attentat dans le métro. On me rappellera, au revoir, madame. J'ai raccroché, excédée.

Georgia était dans la cuisine, en train de finir son goûter. Si sage, si silencieuse. Son frère lui manquait. « Dis, maman, si Malcolm il se réveille un jour, il sera comme avant ? Il sera pareil ? » Je n'avais pas su quoi lui répondre. De mon bureau, j'apercevais le haut de sa tête blonde, sa queue-de-cheval. Les petites épaules maigres, graciles. C'était Andrew qui lui avait choisi son prénom. D'après la chanson de Ray Charles. « Georgia on my mind. » Elle était très fière d'avoir sa chanson. Elle la fredonnait souvent. « A song of you comes as sweet and clear as moonlight through the pines. » Le clair de lune entre les pins.

Je ne sais pas ce qui m'a pris. J'ai saisi le combiné du téléphone, et j'ai composé le numéro des Secrey, noté devant moi, sur un Post-it jaune collé sur ma table de travail. Plusieurs sonneries. Puis une voix féminine, enjouée, avec un accent du Midi.

— Bonjour, vous êtes bien chez Jacques et Mireille, mais on n'est pas là ! Alors laissez-nous un petit message, et on vous rappelle très vite. Après le bip, c'est à vous !

Silence. Impossible de parler. Impossible de leur dire : Je m'appelle Justine Wright. Je vous appelle parce que je sais que vous avez renversé mon fils, il y a trois semaines, boulevard M. à Paris. Vous l'avez renversé et vous avez pris la fuite. Mon fils est dans le coma. On ne sait pas s'il va s'en sortir. Je ne sais pas si la police vous a déjà contactés, mais je vous appelle pour vous dire que je sais que c'est vous. Je le sais.

J'ai reposé le combiné. Je me suis frotté les yeux, ils me démangeaient. Je suis restée longtemps comme ça, sans bouger.

La soirée s'étirait devant moi, morne, triste. Comment supporter le silence d'Andrew ? Les questions de Georgia ? La chambre vide de Malcolm ? Les coups de fil du soir, les incessants « Alors, comment il va ? ». Les amies, la famille, les copains, leur répondre encore et toujours : « Rien de neuf depuis hier. Rien. »

Le téléphone a sonné, me faisant sursauter.

— Allô ?

Une voix d'homme, inconnue.

— Bonjour, je suis Jacques Secrey, vous avez tenté de me joindre.

J'avais oublié que maintenant, grâce à la technologie moderne, le numéro et le nom de l'abonné s'affichaient à chaque appel. M. Secrey avait eu un blanc sur son répondeur, et sur son mouchard : « Wright Andrew », suivi de notre numéro.

Je suis restée parfaitement calme. J'aurais pu bafouiller, mais non. Ma voix n'a pas failli. J'ai dit :

— Je pense que c'est une erreur.

Mon cœur battait à tout rompre.

— Ah. Mais vous avez appelé chez moi, insista-t-il.

Toujours aussi calme (ce qui m'a étonnée, comment était-ce possible ?), j'ai répondu :

— Peut-être, mais je me suis trompée de numéro. Pardon, monsieur.

J'ai raccroché, les mains tremblantes.

Pardon, monsieur. Pardon au type qui avait renversé mon fils ! J'avais dit pardon ! Alors que j'aurais pu tout déballer, d'un coup. Envie de crier, de trépigner. Une peureuse, voilà ce que j'étais. Une trouillarde. Une pauvre créature, avec la peur au ventre. Une petite chose. Une petite merde. Une incapable. Emma, elle, elle aurait tout balancé, à ce Jacques Secrey. Emma, elle n'avait peur de rien. Quand on était petites, c'était elle qui prenait les risques, c'était elle qui grimpait aux arbres les plus hauts, c'était elle qui fonçait en skis, tout schuss, alors que moi je suivais d'un pleutre chasse-neige. Emma, elle aurait tout dit, à ce Jacques Secrey. Elle aurait gueulé. J'ai posé ma tête sur les avant-bras, et j'ai caché mes larmes. Je ne voulais pas que la petite me voie.

Mon frère au téléphone. Il n'osait rien me demander. Rien me dire. Gentil, respectueux. Trop gentil, trop respectueux. Enfant, adolescent, il se faisait houspiller par mon père, aduler par ma mère. Encore aujourd'hui, ma mère regardait son fils d'une autre façon. Elle ne le regardait pas comme elle regardait Emma et moi. Son fils. Olivier était « son fils ». Elle l'avait mis sur un piédestal. La trentaine passée, il n'en pouvait plus. Mais il ne le lui avait jamais dit. Mon frère n'avait pas l'énergie carnassière d'Emma. Il se laissait porter par la vie. Il était plus doux, plus sensible. J'aimais son visage rond, resté poupon malgré ses premiers cheveux blancs. Il a proposé qu'on se retrouve ce soir, après le dîner. Il serait dans notre coin, il voulait passer nous voir. J'ai dit oui, bien sûr. Pas un mot sur Malcolm. Mais je savais qu'il ne cessait d'y penser, jour et nuit. La seule fois qu'il s'était rendu à l'hôpital, il était devenu gris. Ses genoux avaient lâché. Il s'était laissé tomber sur une chaise, près du lit, et il avait enfoui son visage dans ses mains. Sans bruit, sans larmes. Sans bouger. Comme moi, Olivier avait passé des nuits entières devant son ordinateur à débusquer des informations sur le coma. Comme moi, il en savait à présent presque trop. Les risques, les séquelles, les durées. Andrew n'avait rien voulu savoir de tout ça, il écoutait simplement le médecin, il s'en contentait, alors qu'Olivier et moi, on traquait les informations, on s'en nourrissait. On avait appris que la première semaine d'un coma était décisive. Si Malcolm dépassait ces sept jours, il avait peut-être une chance de s'en sortir. Il l'avait fait. Presque trois semaines. Trois semaines de coma, déjà. Mais après… Après ? Ce qui m'impressionnait le plus, c'était l'EVC : l'état végétatif chronique, où un patient dans le coma pouvait ouvrir les yeux, respirer de façon autonome tout en n'étant pas encore réveillé. C'était cela qui me faisait peur, Malcolm en petit être végétatif, vide, sans voix, comme un petit pantin. J'en avais vu, à l'hôpital, des gens faussement réveillés, yeux ouverts, fixes, mais le visage affaissé, le regard mort. On leur parlait d'une voix forte et précise, comme on parle aux vieux. Ils ne réagissaient pas.

J'ai dit à Olivier que la police avait retrouvé un couple à partir de la plaque. Les Secrey, à Orange. J'ai dit que je n'avais pas encore de nouvelles de la police, que c'était une attente insupportable. Puis tout est sorti, d'un coup. Un torrent au téléphone. J'ai pleuré. J'ai dit à Olivier que j'avais l'impression de devenir folle, que je ne savais pas comment j'allais faire pour tenir. Que mon mariage allait péter. J'avais envie de fuir, mais je savais bien que je ne le ferais jamais. S'il ne se passait pas quelque chose, très vite, ce serait la fin. La fin de tout. Je n'avais jamais parlé comme ça à mon frère. C'était un type pudique. Il devait être embarrassé. Mais il n'a pas montré de gêne. Il m'a dit qu'il pensait très fort à nous, à Malcolm, Andrew, Georgia et moi. Qu'il nous aimait. Je me suis souvenue d'Olivier au moment où notre Titine avait eu une attaque. Du jour au lendemain, la voilà un légume, le côté droit paralysé, l'œil droit éteint, la bouche tordue. Ma sœur et moi, nous ne savions pas quoi lui dire. Nous entendait-elle ? Où était passée notre Titine, cette vieille dame flamboyante, cocasse, qui nous faisait tant rire, qui nous considérait comme ses propres enfants ? Celle qui nous avait appris, à Emma et à moi, à danser le cha-cha-cha, à mettre du khôl à l'intérieur des paupières inférieures, à marcher avec des dictionnaires sur la tête pour vaincre nos scolioses. Nous nous étions tenues au bout du lit, stupéfaites, horrifiées. Mon père contemplait sa belle-mère sans un mot. Maman restait digne devant les vestiges de sa mère. Et puis Olivier. Ce fut le seul à prendre la vieille main desséchée, parsemée de taches de soleil, à la serrer et à la porter à ses lèvres.

Le lendemain, sur un grand boulevard, je me suis retrouvée nez à nez avec une ancienne amie assez proche. Florence. J'ai tout de suite vu dans ses yeux qu'elle savait. Elle souriait trop, ses maxillaires se plissaient. Son regard me fuyait. Elle était incapable de me dire quoi que ce soit concernant Malcolm. Elle était terriblement pressée, en retard, devait emmener ses gamins chez le dentiste, elle trépignait : « Allez bisou bisou, embrasse ton mari, à bientôt, Justine, ciao ciao. » Je voulais la rattraper, la prendre par le bras, la secouer, lui demander de quoi elle avait peur. J'ai failli le faire. J'aurais dû. Je l'ai regardée s'enfuir à toute vitesse. Like a bat out of hell. En français, ça pourrait donner : ventre à terre. Elle devait croire que je portais la poisse. Ou alors, elle ne savait vraiment pas quoi me dire. Etait-ce si difficile, pourtant, de murmurer : J'ai su pour ton fils, je suis avec vous, avec toi. Etait-ce si dur de prononcer ces mots-là ? Moi-même, l'aurais-je fait, à sa place ?

Je me suis souvenue de certains amis chers qui, depuis l'accident, n'osaient plus nous téléphoner. La poisse, ça devait être ça. On portait la poisse. Mais j'ai pensé aussi aux plus fidèles, à ceux qui nous écrivaient, qui envoyaient des e-mails tous les jours, qui débarquaient le soir avec une bouteille de vin, comme ça, parce qu'ils étaient dans le quartier, par hasard, et qu'ils avaient vu de la lumière aux fenêtres. On n'était pas dupes, Andrew et moi, mais on était heureux de les voir. On avait besoin d'eux. Même si on passait la soirée sans prononcer le nom de notre fils, on se sentait soutenus par cette amitié, cette présence.

Je ne pouvais plus supporter l'absence de Malcolm. Son lit vide. Sa chambre silencieuse. Je ressortais les vieux albums de photos, je les parcourais avec une sorte de fascination douloureuse. Voilà toute notre vie, étalée sur ces pages cartonnées, estampillée de la petite écriture ronde d'Andrew. Des dates, des lieux. Des vacances, des anniversaires, des Noëls. Malcolm tour à tour rieur, boudeur, hilare, rêveur, son regard bleu, sa chevelure dressée d'épis. Une absence vaste, incompréhensible. Je me retrouvais souvent roulée en boule sur le lit, à gémir comme un chien blessé. Était-ce moi qui poussais ces cris de souffrance ? Oui, c'était moi. C'était moi qui débusquais la moindre trace de lui, ses cartes, ses mails, ses petits mots, ses textos. J'étais comme un Petit Poucet désespéré, égaré sur un chemin de larmes. Je ne devrais pas regarder tout ça, remuer tout ça. Trop dur, trop difficile. Mais je ne pouvais pas faire autrement. Tout me ramenait à Malcolm, à son absence. Un adolescent longiligne croisé dans la rue, avec la même démarche nonchalante : coup de couteau dans la plaie. Une chanson de Supertramp à la radio : comme de l'alcool à 90° sur une blessure. Malcolm adorait *Breakfast in America, School, Fool's Overture*, surtout le moment où on capte en fond sonore la voix de Churchill. Malcolm faisait la moue, gonflait ses joues comme un bouledogue, prenait cet accent anglais parfait, hérité de son père, déclamait : « We shall never surrender. »

Churchill m'avait donné une idée. J'ai pris mon vieux Discman, retrouvé le CD de Supertramp. A l'hôpital, j'ai demandé aux infirmières si je pouvais faire écouter de la musique à mon fils. Je le pouvais, m'a-t-on dit. Avec précaution, j'ai installé des écouteurs sur ses oreilles, réglé le volume sonore. *Fool's Overture*, sa préférée. C'était étrange, son goût pour Supertramp. Ça nous avait toujours amusés, Andrew et moi. On ne pensait pas qu'un adolescent de son âge y succombe à ce point. Tous ses copains écoutaient du R'n'B.

History recalls how great the fall can be
When everybody's sleeping, the boats put out to sea
Borne on the wings of time
It seemed the answers were so easy to find…

Le visage de Malcolm restait immobile, comme du marbre. Je me disais que ce n'était pas grave, qu'il devait forcément entendre quelque chose, dans les limbes noires de ce coma qui s'éternisait, ce no man's land opaque, insaisissable, inaccessible, auquel je me heurtais jour après jour. Drôles de paroles. Je ne les avais jamais vraiment écoutées. Par déformation professionnelle, parce que je ne pouvais pas faire autrement, je me suis mise à les traduire.

L'histoire retiendra comme la chute peut être immense
Pendant que tout le monde dort, les bateaux prennent
                                                    [la mer

113

J'ai remis la chanson plusieurs fois. Toujours le petit visage pointu, sans mouvement, sans réaction. Mais à quoi m'attendais-je donc ? Qu'il sourie, qu'il batte la mesure avec ses doigts, qu'il me dise « Merci, maman » ? J'ai laissé le casque sur ses oreilles, et je me suis tournée vers ma traduction, ordinateur portable posé sur les genoux. Successions de mots sur l'écran, des mots que je ne lisais pas. Laurent. Le flic. Toujours pas de nouvelles de lui. Où en était-il avec les Secrey ? Pourquoi n'avait-il pas téléphoné ? Pourquoi ce silence ? Pourquoi était-ce si long, si compliqué ? Pourquoi tout cela prenait-il tant de temps ? Que faisait le commissariat d'Orange ? J'aurais déjà pu faire un aller-retour à Orange, j'aurais pu frapper à la porte des Secrey de bon matin, les tirer de leur sommeil, leur dire ce qui les attendait. Oui, j'aurais pu le faire, le tout en quelques heures. Que foutaient ces flics ? Que foutaient-ils, bon sang ? Je m'entendais parler comme mon père. J'utilisais les mêmes mots que lui.

Sur la table de nuit de Malcolm, son portefeuille Quiksilver. Il l'avait dans sa poche, le jour de l'accident. A la rentrée scolaire, j'y avais glissé une de mes cartes de visite, avec ces mots dessus : Personne à prévenir en cas d'accident. Et j'avais mis entre parenthèses : Maman. Quand on écrit des mots pareils, on ne pense jamais à l'accident. On écrit à toute vitesse, mal à l'aise. Surtout ne pas penser à un éventuel accident. Surtout pas. Mais c'était grâce à cette petite carte crème, que j'avais toujours trouvée d'une grande élégance, que j'avais choisie avec tant de soin, que la police avait pu me joindre si vite, ce jour-là.

La chanson passait en boucle. Je l'entendais à peine, atténuée, à partir des oreillettes de Malcolm. Mais je la connaissais par cœur. Big Ben qui sonne, solennel. Une rumeur de foule qui enfle. La voix de Churchill, vibrante d'autorité. « We shall go on to the end. We shall fight on the seas and the oceans. » Nous tiendrons jusqu'au bout. Nous nous battrons sur les mers et sur les océans. « We shall defend our island, whatever the cost maybe. We shall never surrender. » Nous défendrons notre île, à n'importe quel prix. Nous ne nous rendrons jamais.

J'ai regardé Malcolm.

J'ai hurlé. Il avait les yeux grands ouverts, écarquillés. Bleus, si bleus. J'avais oublié à quel point ses yeux étaient bleus.

Mon hurlement a fait venir une infirmière. J'ai failli lâcher mon ordinateur qui glissait de mes genoux. Mon cœur battait à tout rompre. Mes mains tremblaient, mes jambes aussi. Ses yeux, si bleus, si grands, vides de toute expression. J'ai crié : Malcolm, c'est maman, tu m'entends, tu peux m'entendre, mon bébé ? Je n'osais pas le toucher. Il me faisait peur avec son visage blanc, ce regard exorbité.

L'infirmière m'a calmée. Elle m'a dit que c'était normal, que cela arrivait. Cela ne voulait pas dire que Malcolm était sorti de son coma. Mais il avait réagi à quelque chose. Churchill, j'ai dit à voix basse. Il a réagi à Churchill. L'infirmière souriait, gênée. Elle ne savait pas quoi dire. Elle était toute jeune, elle devait avoir vingt ans. Je lui ai montré les oreillettes, le CD de Supertramp. Je lui ai expliqué le moment préféré de Malcolm sur la chanson, quand Churchill dit qu'il ne se rendra jamais. Elle hochait la tête, gentille. Elle devait avoir pitié de moi, de mon visage fatigué, de mes mains tremblantes. Elle n'avait sans doute jamais entendu parler de Supertramp, et elle ignorait probablement qui était Churchill et pourquoi il ne voulait pas se rendre.

Malcolm a fermé les yeux, doucement. J'étais à la fois apaisée et triste. J'aurais voulu voir ses iris bleus, encore et encore. Mais ce regard fixe, terrible, m'était insoutenable. Je me suis assise près de lui, j'ai pris sa petite main molle, et une fois de plus, j'ai sangloté en silence.

Tout me touchait. Tout me faisait pleurer. Comme si l'accident de mon fils avait ravivé une sensibilité déjà à fleur de peau. Une SDF qui raccommodait ses fripes sur le trottoir, fil et aiguille dans ses grosses mains pataudes, violacées, et je sentais mon cœur se serrer. Le jeune homme qui jouait du violon au changement entre les lignes 10 et 13 à Duroc me donnait envie de m'arrêter, de lui parler, de lui dire que sa musique était belle. Il posait son étui précautionneusement sur une feuille de papier-calque, pour ne pas l'abîmer. Je ne sais pas pourquoi, mais la vue du papier-calque et du CD qui ornait l'étui, où l'on voyait une photocopie trop pâle du jeune homme et de son violon, avec 15 euros écrit d'une main appliquée, faisait poindre des larmes.

Sans parler de ce que je voyais, quotidiennement, à l'hôpital. La chambre de Malcolm donnait sur les urgences. J'avais appris à détourner le visage quand une ambulance ou le camion rouge des pompiers arrivait. Je ne regardais plus la souffrance, la détresse des autres, car elles devenaient miennes. Elles m'envahissaient. Elles me possédaient. La salle d'attente, j'avais aussi compris qu'il me fallait passer droit devant, les yeux baissés, car je ne me sentais plus capable de voir de face ces parents brisés, recroquevillés sur les chaises en métal, sous les plantes vertes en plastique, la blancheur de leur visage, l'horreur de leur perte.

L'hôpital, ses couloirs, ses escaliers, sa machine à café étaient devenus aussi familiers que mon appartement. Mais je ne les supportais plus. L'odeur, l'ambiance, les drames quotidiens, je ne les supportais plus. J'aurais voulu y arracher Malcolm, l'emmener loin, sur une plage, face à la mer. Le vent dans ses cheveux, le soleil sur son visage blanc. Il y avait des infirmières qui m'étaient indifférentes. Et d'autres, une ou deux, que je n'oublierai jamais. Il m'est arrivé de pleurer sur leur épaule. Il m'est arrivé de rire avec elles, et puis de me sentir coupable, et de m'en vouloir.

Une, en particulier, Eliane. Jeune, une trentaine d'années. J'aimais la regarder faire la toilette de Malcolm. Elle le manipulait avec une affection facile. Elle lui parlait. Elle lui disait : « Alors comme ça on est moitié angliche, mon grand bonhomme ? » Et elle me regardait, très sérieusement, un sourcil relevé, l'œil pétillant, tout en savonnant le long dos laiteux de mon fils.

— Mais quelle idée d'avoir épousé un Anglais, tout de même !

Je lui répondais du tac au tac que cette remarque, on me l'avait tellement faite qu'il fallait trouver autre chose, pas très original, Eliane, tout de même. Alors elle regardait Malcolm comme s'il pouvait lui répondre, comme s'il l'entendait parfaitement, elle lui passait une main douce dans les cheveux, et elle lui soufflait au creux de l'oreille :

— Dis donc, ta mère ! Faudra lui expliquer, mon vieux, que les Angliches et nous, c'est des ennemis héréditaires, la guerre de Cent Ans, Jeanne d'Arc, tout ça, elle a rien compris ta maman, ça doit être l'amour, elle est folle d'amour pour ton grand et beau papa so british, hein mon trésor, qu'est-ce que t'en dis ?

J'aimais me convaincre que Malcolm l'entendait, qu'il aimait la voix un peu rauque de cette fille, son affection, sa gentillesse. Quand je m'effondrais, ce qui m'arrivait tout de même souvent, trop souvent, elle faisait le tour du lit, elle appuyait sa main sur le haut de mon dos, avec ces gestes fermes, sûrs qui trahissaient son métier, et elle me disait : « Courage, madame, courage, tenez bon, tenez bon pour lui, pour votre fils, pour votre petite fille. » Et je me redressais, je lui souriais à travers mes larmes, et je la remerciais.

Ma petite fille. Comment Georgia vivait-elle cette tempête ? Si calme, si silencieuse. Comme elle parlait peu, j'avais fait l'erreur de ne pas lui accorder toute mon attention. Un soir, elle m'avait apporté son carnet de correspondance. Il y avait un mot de sa maîtresse, qui voulait me voir. C'était urgent. Pourquoi elle veut me voir ta maîtresse, chérie ? Petit visage fermé.

— Je ne sais pas, maman.

Le lendemain, je suis allée à l'école, à l'heure du déjeuner. La maîtresse m'a dit que Georgia avait complètement décroché. Elle ne se concentrait plus, ses notes étaient en chute libre. Elle bavardait en classe, ce qui ne lui arrivait jamais. Je l'écoutais, abasourdie. La maîtresse m'a demandé, avec une certaine pudeur, si tout allait bien « chez nous ». Je lui ai dit, pour Malcolm. Un mois de coma, déjà. On avait emmené la petite le voir à l'hôpital, et devant son frère, elle était devenue blanche, silencieuse, on n'aurait peut-être pas dû.

La maîtresse est restée sans voix.

— Mais vous auriez dû me le dire, vous auriez dû prévenir la directrice tout de suite. Quelle tristesse, madame, quelle épreuve.

— Oui, j'ai répondu, oui, oui. J'ai oublié de vous en parler. Pardon. Le collège de Malcolm prend tout ça très à cœur. Je n'ai pas pensé à vous en parler, à en parler avec l'école. Pardon.

Penaude, je regardais mes mains sur mes genoux. Pardon, ma Georgia. Pardon de ne pas avoir pensé à toi, à ta détresse, à ta peur. Pardon, mon petit ange blond, pardon, ma beauté. Pardon. Une envie folle de la serrer dans mes bras.

— Je peux voir ma fille, madame ?

— Oui, bien sûr, elle est à la cantine, venez, je vous emmène.

J'ai compris, ce jour-là, combien je devais faire attention à Georgia, combien ses silences étaient trompeurs, combien elle souffrait du haut de ses neuf ans, autant que son père, autant que moi.

« Georgia on my mind. »

— Madame Wright ? C'est Laurent.

Enfin. Dix jours d'attente, et enfin il appelait.

J'ai juste soupiré. Il a dû entendre mon souffle. Il n'a rien dit. J'ai tout de suite compris.

J'ai crié, un râle étranglé.

— Ce n'est pas eux… C'est ça ?

— Oui, c'est ça. Pas eux.

J'ai fermé les yeux. Je tenais le téléphone si fort que j'en avais mal aux doigts. Andrew me regardait, anxieux.

— Mais vous en êtes certain ? Comment le savez-vous ? Comment vous pouvez en être sûr ?

Ma voix dérapait, devenait aiguë.

Sa voix calme à lui, un peu traînante.

— Le commissariat d'Orange a envoyé ses hommes. Le couple a été interrogé longuement. Les collègues ont tout vérifié. Les personnes n'ont pas quitté Orange le jour de l'accident.

— Mais ce n'est pas possible ! Pas possible !

Main d'Andrew sur mon épaule. Il m'a pris le combiné.

— Oui, bonsoir, c'est Andrew Wright.

Ce n'était pas eux. Pas les Secrey. Il fallait tout reprendre de zéro. Je suis allée dans la cuisine, j'ai passé mes poignets sous le robinet d'eau froide. Que disait Laurent à Andrew ? Aucune importance. Ce n'était pas eux. Il fallait tout recommencer. L'attente. Comment faire ? Comment ? Je ne savais pas. L'eau coulait sur mes paumes, et je restais là, immobile, le regard rivé à l'évier. Pas eux. Ce n'était pas eux.

Ces dix jours d'attente avaient été les pires. Dix jours. Dix nuits sans sommeil. Le médecin au long visage qui avait demandé à nous voir. On s'était retrouvés dans ce petit bureau que je commençais à connaître par cœur. Sa voix prudente, son regard grave. Il fallait nous préparer. Il fallait qu'on soit forts, avait-il dit. L'état de Malcolm n'était pas bon. Il préférait nous le dire, dès à présent. Le coma était profond. Il fallait qu'on se montre forts, pour notre fils. Nous l'avons écouté, sans parler. Nous sommes rentrés à la maison, sonnés.

Andrew m'a prise dans ses bras, dès le seuil franchi. Nous avons pleuré tous les deux, en silence. J'ai senti ce soir-là que ma vie s'effritait petit à petit, comme une falaise rongée par la mer. Puis, comme si tout cela ne suffisait pas, comme si quelqu'un là-haut s'amusait à s'acharner sur nous, il y avait eu l'appel de Violaine, l'avocate. Elle voulait nous prévenir que fin juin, c'était le début des vacances judiciaires. Même si on trouvait le chauffard demain, il ne se passerait rien avant septembre.

L'été. Les vacances. Personne n'osait nous demander ce qu'on allait faire pour les vacances. Quelles vacances ? Je ne savais plus ce que ce mot voulait dire. Vacances. On n'en avait d'ailleurs même pas parlé entre nous. Pourtant il fallait penser à la petite. Dernier jour d'école demain. Elle ne pouvait pas passer l'été à Paris, entre l'hôpital et la maison. Il fallait trouver une solution pour elle. Mes parents ? Mes beaux-parents ?

L'été dernier, on était allés en Italie tous les quatre. On avait loué une petite maison dans un village de Ligurie, San Rocco, entre Portofino et Gênes. Il fallait se garer sur un parking lointain et faire un long chemin à pied, valises aux mains, avant d'accéder à la maison qui dominait la baie. Elle était d'une simplicité rudimentaire qui nous avait plu d'emblée. Quatre grandes pièces, dotées d'un sol en dalles anciennes, inégales et fraîches. Pour descendre à la mer, on suivait un long sentier en terre battue, dont on se doutait que la remontée serait dantesque sous la chaleur qui croissait, et on débouchait sur une crique déserte, hérissée d'une masse de rochers gris et glissants. Pas de plage. Il fallait escalader les rochers, et plonger de leur extrémité pour se baigner. Les enfants, habitués au sable de nos plages, à pénétrer dans la mer petit à petit en ayant toujours pied, avaient peur. Les rochers les impressionnaient, surtout Georgia. Malcolm, lui, redoutait la profondeur de la mer transparente. Au fond, on devinait d'autres rochers, sombres, mystérieux, et des bancs de poissons moirés. On avait dû, Andrew et moi, faire preuve d'une patience infinie. Leur montrer qu'on ne risquait rien, qu'on était seuls dans cet endroit paradisiaque, qu'ils devaient nous faire confiance. Puis, enfin, une fois dans l'eau, émerveillés par la beauté et la tiédeur de cette mer bleu et vert, ils avaient crié de joie et de plaisir.

Cet été, on ne retournerait pas à San Rocco.

Andrew discutait encore au téléphone. Je ne l'écoutais plus. Il a enfin raccroché. Je suis restée très calme. Il devait s'attendre à une crise, à de la violence. Il n'y a rien eu de cela. Calme, un peu distante. Je sentais ses yeux sur moi, ceux de Georgia. Ils devaient se demander ce que j'avais. Pourquoi je parlais si peu. Pourquoi mon visage était dénué de toute expression.

Pendant que je préparais le dîner, je me demandais où j'allais trouver la force pour continuer. Pour y croire. Pour croire qu'on allait arrêter le chauffard, pour croire que Malcolm allait sortir de son coma. Les deux choses paraissaient vastes, insurmontables. Quand Andrew m'avait avoué sa liaison, il y avait de cela quelques années, j'avais cru qu'il s'agissait là du pire moment de ma vie. Il m'avait fait cet aveu de son plein gré, car il se sentait trop coupable, il ne pouvait plus me cacher quoi que ce soit, et je l'avais ressenti comme un séisme. En y repensant ce soir-là, tout en essuyant la table de la cuisine, je n'ai pas pu m'empêcher de sourire avec amertume. Le pire moment de ma vie. Cette sensation insoutenable d'avoir été trahie. Elle était si peu de chose comparée à ce que je ressentais à présent. Pourtant, j'avais cru cette nuit-là, cette nuit de l'aveu à Saint-Julien, que rien ne pouvait être aussi douloureux, aussi dur. Je m'étais trompée. Mais comment aurais-je pu le savoir ? On avait décidé de rester ensemble. J'avais pu tourner la page. On s'aimait. C'était devenu un souvenir désagréable, épineux, auquel je pensais le moins possible. Mais maintenant. Maintenant. Tout était différent. Le coma de Malcolm avait changé notre vie. Tout avait changé. Comme si une main invisible avait tout repeint en noir.

— You OK ? me demanda Andrew.

Fond des yeux inquiet.

J'ai dit : « Oui, oui, ça va. »

Je ne l'ai pas regardé. Je suis allée coucher la petite. Il fallait dire la prière pour Malcolm. Elle y tenait beaucoup. On se mettait toutes les deux à genoux devant le lit et on priait pour Malcolm.

Pendant la prière, pendant que j'écoutais la petite voix de Georgia, j'ai compris. Tout compris.

J'ai compris que je n'allais plus pouvoir attendre en silence. J'ai compris que je n'aurais plus de patience. J'ai compris qu'il me fallait prendre tout en main. Prendre mon destin en main, celui de Malcolm. Si Andrew pouvait attendre en silence, tant mieux pour lui. Si les autres le pouvaient, tant mieux pour eux. Moi, c'était impossible. La passivité m'était impossible. C'était si clair, si évident, que j'ai failli en rire. J'ai senti un poids qui se levait. Quelque chose qui me libérait.

Après avoir couché Georgia, quand j'ai aperçu mon visage dans le miroir de l'entrée, j'ai eu l'impression étrange de contempler quelqu'un d'autre. Une femme que je ne connaissais pas. Une femme au regard dur, déterminé.

Une femme qui n'allait plus attendre en silence que le téléphone sonne.

— Djoustine, c'est moi.

La voix de ma belle-mère à l'autre bout du fil. Arabella Wright. Voix grave, éraillée. Elle était à la gare du Nord. Elle serait chez nous dans une demi-heure. Elle venait voir the little one, le petit.

J'avais toujours été fascinée par la haute taille de cette femme, par sa distinction, son port de tête, son épaisse crinière de cheveux argent qu'elle n'avait jamais voulu teindre, et qu'elle avait eus très tôt, d'après les photographies que j'avais pu voir d'elle, vers vingt-cinq, trente ans. Elle ressemblait à une autruche d'une grande élégance, avec un nez pointu, aquilin, une petite tête, et une démarche particulière, pieds en dedans, genoux qui se frottaient, le tout pourtant d'une grâce folle. Elle persistait à me parler en français. C'était sa fierté, sa joie. Elle le parlait assez correctement, ne parvenait pas à tutoyer, mais ne s'avouait jamais vaincue quand elle ne trouvait pas le mot qu'elle voulait. Lorsqu'elle prononçait mon prénom, elle disait : Djoustine. Ce « J » à l'anglaise, infiniment plus dur, plus sec que notre « J » français, si doux, trop soumis.

Elle m'avait aimée dès le départ. Dès ce premier week-end chez eux, à Londres, où j'étais venue avec Andrew passer quelques jours. Tout était facile avec

Arabella. La conversation. La cuisine. Le jardinage. Les courses. Elle adorait m'emmener faire du shopping, me demandait mon avis sur tout, les couleurs, les tissus, la coupe, comme si le simple fait d'être parisienne signifiait que j'étais forcément une spécialiste de la mode, ce qui était loin d'être le cas. Elle m'avait fait découvrir des romancières anglaises contemporaines que j'appréciais presque autant que Daphné Du Maurier : Penelope Lively, Rose Tremain, Joanna Trollope, A. S. Byatt. Elle avait même réussi à me faire cuisiner « british », à la stupéfaction de mon entourage français. Désormais, je maîtrisais à la perfection le *kedgeree*, le *Coronation chicken* et même le redoutable *Christmas pudding*, ses six heures de cuisson et qu'on prépare deux mois à l'avance.

Je me sentais bien chez eux, dans leur duplex londonien délabré, jamais rangé, au joyeux bazar coloré de Sunday papers qu'on ne jetait pas, de grosses chaussures de marche qui encombraient l'entrée, de chapeaux en tous genres empilés les uns sur les autres, et où le vieux labrador noir, Jasper, venait invariablement poser son museau grisonnant sur mes genoux, dès que je m'asseyais quelque part. Harry écoutait *Le Messie* de Haendel en boucle. De sa grande cuisine désordonnée, tandis qu'elle préparait un *cottage pie* ou une salade de poires au Stilton, Arabella chantait divinement faux. *O daughter of Jerusalem, rejoice !* J'aimais la regarder pendant qu'elle s'affairait, vêtue d'un tablier d'homme, une mèche argentée qui lui tombait dans l'œil, domptant sa vieille cuisinière Aga de quelques gestes experts.

Chaque matin, lorsque j'étais chez eux, Arabella me pressait mon jus d'orange, me demandait si je préférais des œufs, du bacon, ou nos céréales préférées à Malcolm et moi, les Grape-Nuts, dont de petits morceaux restaient coincés entre les dents. Harry lisait son journal dans un silence religieux. Il fallait toujours lui réserver le début de la bouteille de lait (celle déposée chaque matin par le « milkman »), la partie la plus crémeuse, la plus onctueuse. Après le petit déjeuner, il fallait promener Jasper, qui à la vue de sa laisse retrouvait une seconde jeunesse. Arabella parlait aux chiens comme s'il s'agissait d'êtres humains. Au bout de la rue, on avait accès à un jardin privé. Chaque habitant de Queensgate Place en avait la clef. L'endroit était impeccablement tenu. Jasper avait seulement droit à une partie du jardin et il fallait bien sûr ramasser ses déjections. « Come on, old boy, lançait Arabella au chien qui se traînait en ahanant, such a lazy fellow. » Jasper me regardait d'un air las, comprenant parfaitement qu'elle le traitait de paresseux. Depuis l'Eurostar, j'emmenais souvent les enfants voir leurs grands-parents. Avant, c'était long, compliqué. A présent, on était au cœur de Londres en quelques heures.

— Je serais venue plus vite, vous savez, Djoustine, me dit-elle en arrivant, tandis que Georgia se précipitait sur elle, mais Andrew avait vraiment l'air de croire que the little one allait réveiller. J'ai cru. Puis j'ai trouvé que c'était longue, alors j'ai venu.

J'ai pris son châle rose, son sac. Georgia dansait autour de sa grand-mère en piaillant comme un moineau. Dans la cuisine, j'ai fait chauffer de l'eau pour du thé. Andrew croyait ça, tiens donc. Andrew était tellement plus positif que moi. Andrew ne voulait pas inquiéter sa mère. Mais la fine Arabella avait su lire entre les lignes.

J'ai dit :

— Andrew se protège, vous savez. Chacun fait comme il peut.

Elle posa sa grande main osseuse sur mon avant-bras. Effluves de *Blue Grass*. Elle ne parla pas, mais son silence m'enveloppa comme une caresse. Arabella savait donner son affection. Elle l'avait toujours fait. J'ai failli me retourner, blottir mon visage contre ses salières pointues, pleurer, tout lâcher, mais je n'ai rien fait de cela, j'ai continué à surveiller l'eau de la bouilloire qui n'avait pas besoin d'être surveillée. J'aurais voulu tout lui dire, pourtant.

Lui raconter mes journées, leur douleur, leur poids. Ces trajets que je m'étais mise à faire dans le métro, pour aller nulle part, toute la ligne 6 ou 4 ou 13, aller-retour, yeux vitreux, tête dodelinante. Voyages sans destination, sans but. Il suffisait de monter dans le wagon, de tirer un strapontin vers soi, de s'asseoir, d'attendre. Plus rien à faire. Juste attendre. Le ballet des stations qui défilaient. Les visages de ces inconnus qui vaquaient à leur vie. Le signal sonore. Les cliquetis des portes qui se refermaient, qui s'ouvraient. La crasse du sol. La voix monotone des SDF qui venaient vendre un journal ou mendier. Au terminus, descendre, faire le tour du quai, remonter, repartir. Quand un adolescent montait, je baissais les yeux. Je ne regardais que les vieillards, les femmes de mon âge, les hommes, et les enfants. Impossible de regarder tout ce qui se rapprochait de Malcolm. Parfois, je pleurais. Larmes silencieuses. Sanglots contenus. Yeux surpris, puis indifférents. Les gens détournaient leurs visages pour ne pas me voir. D'autres me dévisageaient avec une insistance malsaine. Une seule fois, une femme, un peu plus âgée que moi, était venue vers moi me demander si j'avais besoin d'aide.

J'aurais voulu raconter mes nuits à Arabella. Le sommeil ne venait plus. Pour ne pas déranger Andrew, j'allais m'allonger sur le canapé du salon, et j'attendais que la nuit se déroule. Interminable. Le médecin me proposait des calmants, des somnifères, mais je les refusais. Lorsque je m'endormais enfin, d'un sommeil lourd, opaque, je me réveillais quelques heures plus tard, en sursaut, le souffle court, avec un poids immense sur la poitrine qui m'empêchait de respirer. Atroce sensation d'étouffement, de noyade. Mes doigts tâtonnants ne parvenaient pas à trouver l'interrupteur. Mon cœur battait à tout rompre. J'avais envie de crier, d'appeler Andrew tant j'étais certaine que j'allais mourir, là, étouffée.

J'aurais voulu dire tout ça à Arabella, me libérer de ce poids que je sentais encore sur moi, rien que d'y penser. Pendant qu'elle buvait son thé, Georgia installée sur ses genoux, Arabella me contemplait. Etranges yeux bleu pâle, tachetés de jaune. J'ai piqué du menton. Elle, si élégante, je savais bien ce qu'elle pensait. Que sa belle-fille se laissait aller. Cheveux négligemment attachés à la va-vite. Visage nu. Ongles rongés. Vêtements fripés. Mais son regard était empreint d'amour, d'encouragement.

— Ne perdez pas la foi, Djoustine. Ne la perdez pas, darling.

Je me suis souvenue alors de tout ce que je savais de ma belle-mère, sans jamais lui en avoir parlé. La maladie qu'elle avait eue jeune, et dont elle avait guéri de justesse. Un mariage laborieux, conflictuel avec Harry, union dont je ne savais pas grand-chose, sauf que c'était avec l'âge qu'ils avaient su faire la paix, et que l'enfance d'Andrew, et de sa sœur Isabella, avait pâti de cette longue discorde. Et, last but not least, le décès d'un petit dernier, Mark, quand Andrew avait huit ans, Isabella, six. Personne n'en parlait. Dans le grand duplex de Queensgate Place où Andrew avait grandi, parmi les photographies de lui et de sa sœur sur le mur de l'entrée, il y avait le cliché d'un bébé mystérieux, porté avec amour par Arabella et Harry. Andrew m'avait dit : « Le jour où Mark est mort, j'ai tout oublié. » Je n'avais pas osé le questionner. Mort de quoi ? Mort comment ? Où ? Je ne l'avais jamais su. Never explain, etc.

Je me suis souvenue de mon premier Noël chez mes beaux-parents, juste après notre mariage. La température glaciale de l'appartement que personne ne semblait remarquer, sauf moi. Le cérémonial joyeux du houx drapé sur chaque coin de tableau, d'embrasure de porte. Le gui sous lequel on s'embrassait affectueusement. La cuisinière en fonte bleue qui chauffait la journée entière et sur laquelle mijotaient toutes sortes de plats appétissants. La dégustation des *mince-pie*, petits gâteaux chauds et sablés, fourrés de confiture, qu'on mangeait pendant les fêtes de fin d'année. Il ne fallait pas parler pendant qu'ils étaient en bouche, sinon ça portait malheur. Isabella et Andrew faisaient tout leur possible pour faire rire leur mère, mais Arabella tenait bon, les ignorait, mâchait son *mince-pie* dans un mutisme stoïque.

En buvant mon thé, tandis que ma belle-mère admirait les dessins de Georgia, je contemplais son long visage à la Virginia Woolf, ses mains immenses et racées, ses bras d'échassier distingué. Arabella dégageait une énergie paisible, une harmonie qui parvenait à me calmer. Elle était bien la seule personne de mon entourage qui avait ce pouvoir-là sur moi. Pourquoi n'était-elle pas venue plus tôt ? Pourquoi n'avais-je pas pensé à elle dans ces moments si noirs, si difficiles ?

Elle me tendit un petit paquet de cartes. Un mot de Harry, très affectueux. Une longue lettre d'Isabella, d'une gentillesse et d'une tendresse qui m'ont fait venir les larmes aux yeux. Et des missives d'autres membres de la famille, Auntie Lilias, la sœur d'Arabella, qui vivait à Bath, Uncle Humbo, le frère de Harry, de son Ecosse brumeuse, et quelques cousines et cousins d'Andrew : Sarah, Virginia, Lawrence. Tous nous souhaitaient beaucoup de courage et nous envoyaient leur « love ». Oui, les Anglais envoient leur amour. Cela m'avait toujours enchantée. « Send you lots and lots of love. Send you all my love. Send Malcolm all our love. » Et les petites croix – xxx – pour signifier des baisers.

Plus tard, au chevet de Malcolm, alors qu'Arabella se tenait à mes côtés, son bras passé autour de mes épaules, j'ai perçu de plein fouet sa puissance prodigieuse. Je m'y suis accrochée de toutes mes forces. Arabella me galvanisait, m'obligeait à fuir toute passivité, à redresser la tête, à carrer mes épaules.

A voix basse, elle m'a demandé où cela en était avec l'enquête. Je lui ai tout dit. Les fausses pistes. Les fausses espérances. Les lenteurs de la police. Les vacances judiciaires. Andrew et sa patience qui me rendait folle.

Arabella se tenait droite comme un I, son profil acéré se découpait contre les murs trop blancs, trop lisses. Elle ne disait rien, mais comme toujours, je savais qu'elle m'accompagnait de sa pensée.

Sa main pesait sur mon épaule, et pour la première fois, j'ai puisé dans sa force, pour me nourrir d'elle, pour grandir avec elle.

Il était chez lui. Odeur de cigarette qui passait sous la porte. Match de foot en fond sonore. Il était seul. De temps en temps, il répondait au téléphone. Conversations. Rires. Bruit de frigo qui s'ouvrait, d'une bière décapsulée. Bientôt les vacances. Il devait aller rejoindre « Sophie à Hossegor », dans quelques jours.

La nuit tombait sur la ville poussiéreuse, sale. J'étais loin de chez moi. Cela faisait longtemps que j'attendais. J'avais chaud. Ce n'était pas grave. J'étais prête. C'était maintenant. Il était en pleine conversation, il répétait qu'il partait retrouver « Sophie à Hossegor », et j'ai sonné. Longuement. Il s'est tu. Je l'ai imaginé en train de jeter un regard rapide à sa montre, de se demander qui cela pouvait bien être, à cette heure-ci. Il a marmonné quelque chose, j'ai entendu le bruit du combiné qu'il posait, puis il a ouvert la porte d'un coup, sans exiger de savoir qui était sur le palier. D'un coup, comme ça, comme s'il n'avait pas peur de qui pouvait l'attendre, devant chez lui, si tard.

Quand il m'a vue et m'a reconnue, son visage s'est figé. Il ne savait pas quoi me dire. Il devait penser que j'étais folle, pour avoir trouvé son adresse, pour débarquer comme ça chez lui, à cette heure tardive. Il portait un T-shirt noir, un jean usé. Il était pieds nus. Il faisait plus jeune que dans son commissariat, vêtu de son uniforme. Derrière lui, un grand studio, une bibliothèque, une télévision allumée. Nous sommes restés assez longtemps à nous regarder, sans parler. Puis il a esquissé un pas en arrière et m'a laissée entrer. Je suis passée devant lui, et je me suis assise sur un petit canapé, face à la télévision. Il se grattait l'oreille, perplexe. Il a refermé la porte, doucement, puis a baissé le son de la télévision, sans l'éteindre.

J'ai dit :

— On n'est pas certains que mon fils s'en sorte.

Il a hoché la tête, toujours avec la main derrière l'oreille, l'air un peu gauche. J'ai respiré un grand coup, j'ai continué.

— Vous allez me dire certainement que je n'ai pas le droit de venir ici, chez vous, comme ça. Que c'est totalement fou de ma part, que vous pouvez me mettre dehors. Mais si je suis là, c'est pour vous parler. Vous dire les choses, vous comprenez ?

Il a hoché la tête à nouveau.

— Le temps passe, et on n'a pas encore trouvé le chauffard. Mon mari, lui, il arrive à vivre avec ça. Il vous fait confiance, je ne sais pas comment, il pense que ça mettra du temps, que c'est ainsi, et il est prêt à attendre. Moi, je ne le peux pas. C'est ce que je suis venue vous dire. Je ne peux plus attendre.

Silence. Il regardait ses pieds nus.

— Je sais que vous partez en vacances. Rejoindre « Sophie à Hossegor ».

Il m'a observée, méfiant, embarrassé.

— Vous écoutez aux portes ?

J'ai souri, malgré moi.

— Oui. Je sais que vous partez bientôt. C'est les vacances pour tout le monde. Les gens partent, enfin presque tout le monde part. Moi je ne pars pas. Moi je reste ici. Vous savez pourquoi.

Silence encore.

— Je suis venue vous demander quelque chose. Ecoutez-moi, s'il vous plaît.

Il a éteint la télévision. Il a tourné son visage vers moi. Il semblait triste, mal à l'aise.

— Je ne peux pas faire grand-chose, madame.

— Si, vous le pouvez, Laurent. Avant de partir en vacances, retrouvez-moi ce nom. Même si c'est long, même si vous êtes en RTT, même si vous rêvez de partir, retrouvez-le. S'il vous plaît. Parce que vous savez très bien qu'avec cette histoire de vacances judiciaires, rien ne sera fait avant la rentrée. Vous le savez.

Il s'est levé, il a allumé une cigarette. Il est allé se poster devant la fenêtre ouverte. Il faisait noir maintenant. Un peu moins chaud. On entendait le bruit de la rue, des voitures, des passants. Les bruits de l'été à Paris, les rires, les portes qui claquent, les pas sur le trottoir. Pendant un long moment, il n'a rien dit. Il fumait en silence, se retournait de temps en temps pour déposer sa cendre dans une petite soucoupe. J'attendais. Je regardais autour de moi, et j'ai essayé un instant d'imaginer la vie de ce jeune homme. Sur la bibliothèque, une photo d'une jeune femme brune. Sûrement « Sophie ». Quelques livres, les ouvrages de Marc Levy, de Mary Higgins Clark, une série d'Agatha Christie.

Il a soupiré.

— Vous êtes tenace, comme bonne femme.

— Très.

— Et ce nom, si je le trouve, j'en fais quoi ? Je n'ai pas le droit de vous le donner, vous le savez parfaitement.

Il s'impatientait.

— Je trouverai un moyen de le savoir.

— Par votre avocate ?

Sourire ironique de sa part.

— Par exemple.

— Et après, vous allez faire quoi ? Faire justice vous-même ? Aller voir ces gens, mener votre enquête ? Comme dans les films ?

Je me suis approchée de lui, j'ai mis une main sur son bras.

— Non, vous n'avez pas compris. L'enquête, tout ça, c'est votre boulot. Le boulot de la police. Moi, je veux juste savoir. Savoir que cette personne a été retrouvée. Savoir que c'est elle. Savoir, vous comprenez ?

En disant ces mots, j'étais consciente de ne pas lui dire la vérité. Savoir. Juste savoir. Ce n'était pas assez pour moi. Savoir, ce n'était que le début. Je voulais tout savoir. Savoir pourquoi cette personne ne s'était pas arrêtée ce mercredi-là. Savoir comment et pourquoi cette personne continuait à vivre avec ce poids sur la conscience. Savoir que cette personne ne serait plus à l'abri.

Parce que j'allais venir la chercher. Parce que sa vie ne serait plus pareille, tout comme la mienne et celle de Malcolm n'étaient plus pareilles.

Mais je n'ai rien dit de tout ça à Laurent. M'a-t-il crue ? Il a paru perplexe. Il m'a dévisagée longtemps de ses yeux clairs. Il semblait troublé par ma main sur son bras.

136

Je me suis sentie ridicule, tout à coup, pathétique. Pauvre mère pathétique au bout du rouleau, pauvre créature désespérée. Il devait avoir pitié de moi. J'ai eu honte.

J'ai balbutié :

— Pardon de vous embêter avec ça. Je m'en vais, excusez-moi, bonnes vacances…

J'ai titubé vers la porte, les yeux remplis de larmes soudaines. Il m'a rattrapée par l'épaule, m'a fait pivoter vers lui.

Si étrange de pleurer dans les bras d'un homme qui n'était ni mon mari, ni mon frère. Dans les bras d'un étranger. Une odeur inconnue, une nuque inconnue. Il me tenait fermement, comme on tient un enfant qui s'est blessé, une personne qui a eu un malaise. Il me disait qu'il ne fallait pas que je me laisse aller, que j'étais extraordinairement courageuse, que mon fils pouvait être fier de moi. J'écoutais, et je pleurais tout mon soûl. Son T-shirt noir était trempé à l'épaule.

— Je vous promets que je vous aiderai.

Je le croyais. J'ai souri, essuyé mes larmes, puis sans le regarder dans les yeux, je suis partie.

Je ne sais pas ce qu'il a fait de sa nuit. Il a dû retourner au commissariat. Se remettre devant son ordinateur. Taper son code pour rentrer dans le fameux fichier STIC. J'avais fait des recherches pour savoir ce que ça voulait dire, STIC. Système de traitement informatisé de l'information criminelle. Avait-il le droit de faire ça ? Je ne le savais pas. Risquait-il quelque chose ? Il pouvait toujours prétexter des heures supplémentaires avant ses vacances. Combien de temps était-il resté là ? Combien de temps avait-il mis pour trouver ? Je ne le saurais jamais. Tandis que je rentrais rue D., affronter le silence de l'appartement, lui avait dû mettre ses chaussures en vitesse, prendre ses clefs, filer au commissariat. Pendant que je me couchais sur le canapé du salon, il était devant l'écran, il avait déjà commencé son travail. Pendant que je sombrais dans le demi-sommeil difficile qui me guettait nuit après nuit, il faisait défiler chaque page, chaque carte grise qui correspondait aux informations connues. Mercedes ancien modèle. Couleur « moka ».

Quand je me suis réveillée, le dos douloureux, Andrew était déjà parti. Georgia jouait à la Play Station. Arabella allait bientôt arriver, elle logeait dans un des petits hôtels voisins de la rue.

J'ai allumé mon portable, comme je le faisais tous les matins. Quelques textos, de ma sœur, qui m'embrassait, d'une amie, qui partait en vacances et me souhaitait beaucoup de courage.

Puis celui-ci, envoyé à quatre heures du matin, par un numéro de portable inconnu :

Marville Eva
Villa Etche Tikki
Promenade des Basques
64000 Biarritz

J'ai senti mon cœur se serrer. J'avais du mal à respirer, j'ai dû m'asseoir.

Marville, Eva. La femme blonde au volant.

C'était elle. J'en étais absolument persuadée. Si Laurent m'avait envoyé ce texto, c'est qu'il devait l'être aussi. C'était elle.

Et maintenant je savais.

III

Dans le miroir de la salle de bains, mon visage m'a semblé plus lisse que d'habitude. Paupières moins froissées, regard plus clair. Comme si, déjà, rien qu'en sachant son nom, son adresse, une partie de moi, une partie enfouie, inconnue, s'était mise au repos. Je me suis habillée comme si de rien n'était. Je n'ai téléphoné à personne, ni à Andrew, ni à Emma. Pourquoi ? Je n'en savais rien. Je savourais mon secret.

Eva Marville. Eva Marville.

En dégustant mon thé, son nom revenait comme une rengaine. Je ne connaissais pas Biarritz. Je n'y avais jamais été. Il m'a semblé qu'il y avait un bel hôtel, l'hôtel du Palais, au bord de la plage. Un phare. Des vagues. Le Rocher de la Vierge.

Eva Marville. La blonde derrière le volant. La femme qui ne s'était pas arrêtée. Il ne fallait pas en parler aux autres. Sinon cela ferait comme avec les Secrey. Cela risquerait de ne pas marcher. Non, il fallait ne rien dire.

Je suis partie à l'hôpital après avoir déposé Georgia au centre de loisirs. Devant mon fils, dans le creux de son oreille, j'ai chuchoté : « Je sais qui c'est, mon ange adoré. Je sais qui c'est. » J'ai eu l'impression fugace qu'il m'a serré les doigts. Qu'est-ce que Malcolm captait de ma voix, de ma peau contre la sienne ? M'entendait-il de là où il était ? A quoi ressemblait son coma ? Pensait-il ? Rêvait-il ? Ou alors se trouvait-il dans le noir, sans lumière ? Je me suis demandé dans quelle langue lui venaient ses rêves, ses pensées. Malcolm m'avait avoué un jour souffrir de son bilinguisme parfait. Il n'avait pas de langue maternelle. Il avait appris les deux en même temps : l'anglais avec son père, le français avec moi. Il s'était plaint aussi de ne pas avoir de patrie, de ressentir la même émotion en entendant *La Marseillaise* que le *God Save the Queen*, de souffrir le martyre lors d'un match de foot France/Angleterre. « I have the cul entre deux chaises », il s'amusait à clamer. « Moitié Frog, moitié Rosbif. Le pire des mix ! La preuve que deux races qui adorent se détester sont capables de tomber in love et de faire des babies. Amazing, non ? »

Et puis il avait demandé à son père, plus tard, pourquoi les Anglais et les Français se méprisaient avec une telle passion. Andrew avait répondu avec un sourire ironique : « Les Anglais haïssent les Frogs parce qu'ils ont tué leur Princesse. » Malcolm s'était esclaffé : « Bollocks ! » Son père ne l'avait même pas grondé pour ce gros mot. Mais j'avais bien compris ce soir-là qu'il supportait mal cette double culture, pas si évidente à porter. Et que, peut-être, devenu adolescent, cela n'allait pas être facile, quand tout ce qui vous rend différent peut parfois se muer en enfer.

En sortant de l'hôpital, une grande affiche publicitaire m'a sauté aux yeux. On y voyait une femme brune à la peau dorée, allongée sur un lit aux draps froissés. Elle était nue. En lettres immenses, le mot CHARNELLE. Puis cette phrase : « Un sortilège sensuel qui prend possession de vous. » C'était le fameux parfum dont la traduction du dossier de presse m'avait donné tant de mal. Le parfum qui sentait une odeur de camphre, d'inhalation et dont on ne m'avait communiqué que le nom de code. Cela m'a paru surréaliste, cette femme alanguie sur tout un pan de mur, vautrée dans sa superbe futilité, et dans mon dos, l'hôpital, la chambre sinistre, et mon fils dans le coma.

Contraste d'images douloureuses. L'affiche était placardée à chaque coin de rue. On ne pouvait pas y échapper. Dans la devanture des parfumeries, la femme brune s'étalait de tout son long. Sur les Abribus. Je ne voulais plus la regarder. Je ne pouvais plus la regarder. J'étais hors de moi. J'ai senti une sorte de désespoir, de fureur me gagner. Mes bras, mes jambes se sont mis à sautiller, fébriles. Mon regard fuyait obstinément l'affiche tandis que je quittais l'hôpital.

Maintenant. Il me fallait avancer, maintenant. Je voulais prendre les choses en main ? Alors à moi de le faire. Personne n'allait faire quoi que ce soit à ma place. Personne.

Eva Marville. Biarritz.

Il m'a semblé que le temps s'était arrêté. Il s'étirait. Il n'avait plus de cadence, plus de rythme. Il s'était ramolli, distendu. C'était étrange, cela me donnait mal à la tête. J'ai pris les billets à la gare Montparnasse. Trois allers simples pour Biarritz, en TGV. Pour Arabella, Georgia et moi. Elles n'avaient aucune idée de mon projet. Je n'avais encore rien dit. C'était si facile, pourtant. Réserver, payer, prendre les billets. Départ jeudi matin. Aller à Biarritz. Et après ? On verrait. Pour l'hôtel, on verrait, en arrivant.

Je n'ai toujours rien dit, en rentrant à la maison. Du travail m'attendait, pourtant. Des factures, du courrier. Je n'ai pas allumé l'ordinateur, je n'ai pas ouvert les lettres. Je suis restée assise à mon bureau, en silence. J'avais gardé le même silence lorsque Andrew m'avait avoué sa liaison. Je n'en avais pas parlé. Je n'avais pas voulu partager la honte, la douleur. Le silence me protégeait. Impossible de me confier à ma sœur, à mes amies. Mais j'avais voulu tout savoir de la fille, savoir à quoi elle ressemblait, et pourquoi mon mari la baisait. Savoir m'avait fait encore plus de mal. Andrew n'avait pas su comment me répondre. Il avait été maladroit, embarrassé. Les détails affluaient, sordides. La fille, ce n'était pas important, c'était une connerie. Il m'avouait tout parce que c'était une connerie. Mais j'avais eu mal. Elle était le contraire de moi. Rousse, petite. Le grain de sa peau. Son parfum. Les mains d'Andrew sur elle. Andrew dans elle. Leur liaison avait duré un an. Puis Andrew y avait coupé court. Elle l'aimait. Lui, il disait qu'il m'aimait, moi. Devant mon bureau, les mains à plat sur la table, je me suis dit que j'aurais aimé retrouver cette ancienne douleur, ces moments d'effroi quand Andrew s'était senti obligé de lever le voile sur leurs ébats, sur les lieux de leurs rencontres, sur les vêtements qu'elle portait. C'était une douleur que je connaissais, une douleur qui m'était familière. Je savais comment la dompter. Je savais comment la rouler en boule, la balayer sous le lit.

Elle n'avait rien à voir avec l'horreur qui vivait en moi à présent. Celle qui avait pris possession de moi, le jour de l'accident. Qu'on me rende mon fils. Qu'on me le rende intact, ni mort, ni en petit légume branché sur une machine. Qu'on me rende mon Malcolm, sa voix grave, ses yeux bleus, ses péniches taille 44. Qu'on me le rende avec son passé, son présent, et le futur qui l'attendait, son futur d'adolescent ronchon, qui ne voudra pas ranger sa chambre, éteindre l'ordinateur, prendre sa douche, faire ses devoirs. Qu'on me le rende avec ses défauts d'origine, son effronterie, sa verrue plantaire, sa cicatrice sur l'avant-bras, ses dents du bonheur et l'appareil dentaire dont le devis était chez le dentiste. Qu'on me rende Malcolm et toute la cohorte de souvenirs qui le suivaient de près comme les poissons pilotes un requin : Malcolm stoïque sur le pot à deux ans, déclarant d'une voix de Premier ministre : « Il faut attendre »; Malcolm rentrant une fois de plus avec deux heures de colle parce qu'il avait osé commenter l'accent du professeur d'anglais; Malcolm, cinq ans, qui m'avait dit à la mort de son arrière-grand-père : « Regarde tout là-haut dans le ciel, maman, tu vois l'avion ? C'est l'avion de l'âme de Papi, fais-lui un bisou ! »; Malcolm à dix ans, en Floride, qui nageait avec les dauphins, mains agrippées à l'aileron, ivre de bonheur. Qu'on me rende mon fils, nom de Dieu, que je puisse le voir grandir, dépasser allégrement mon mètre soixante-treize pour atteindre les cimes enneigées de son père. Qu'on me rende ce gamin, le fruit de mes entrailles, à l'identique, le même, cet inimitable mélange franco-anglais, ce panachage d'Andrew et moi : le long visage d'Andrew, ses yeux bleus, mes sourcils, mon menton. Qu'on me rende mon petit Franglais.

Un été, à Saint-Julien, il y avait cinq ou six ans, en arrivant un vendredi soir, on avait découvert un gros nid de frelons dans la chambre de Malcolm. Le nid s'étalait tel un ballon jaune clair, le long de la fenêtre. Des dizaines de frelons avaient envahi la pièce. Andrew avait insisté pour appeler les pompiers. Il ne fallait pas rigoler avec les frelons, disait-il. Deux piqûres de suite, et c'était la fin.

Les pompiers avaient débarqué, harnachés de tenues d'apiculteurs qui impressionnèrent Georgia, encore bébé. Nous étions restés dans notre chambre, tous les quatre, le temps qu'ils détruisent le nid. Ce fut l'affaire d'une demi-heure. Nous avions contemplé le nid vidé de ses habitants, éventré dans un sac-poubelle. Une construction étonnante, parfaitement symétrique, des milliers de losanges dans une spirale truffée de larves. Malcolm, sept ans, était resté muet. De toutes les chambres de la maison, les frelons avaient choisi la sienne. Et voilà qu'on avait fracassé leur beau nid si patiemment construit, qu'on les avait tués et chassés. Il s'était mis à pleurer de rage et de tristesse et n'avait rien voulu entendre quand on lui avait parlé des dangers de ces bestioles.

Pourquoi ces fragments de souvenirs me revenaient-ils ? Petites bulles de mon passé avec mon fils qui remontaient inopinément à la surface et me faisaient chanceler. Andrew vivait-il la même chose ? Il n'en parlait pas. Il ne me parlait pas. Il s'était enfermé dans un endroit secret où il ne voulait pas que je vienne. Il en avait le droit, après tout. Chacun réagissait à sa façon. Chacun se protégeait à sa façon. Certains se perdaient dans l'attente. D'autres avançaient à leurs risques et périls. Je savais qu'Andrew avait choisi d'attendre. Moi d'agir. La tristesse, c'était que j'avais besoin de lui. Et j'étais incapable de lui dire.

Treize ans. Avait-on idée de finir sa vie à treize ans ? Mais non, voyons, impossible. Treize ans, c'est toute la promesse de l'adulte à venir. Treize ans, c'est le premier soleil de la vie. On n'a pas le droit de mourir à treize ans. C'est hors de question.

Je suis allée fouiller dans des vieux papiers, prise d'une inspiration subite. Je me souvenais peu ou mal de mon adolescence. Une période pénible, laborieuse. Des pieds en dedans, des complexes, une sœur plus jolie. Non sans mal, au fond d'un dossier oublié, poussiéreux, j'ai repêché mes photos de classe, des lettres, des bulletins. Me voilà à l'âge de Malcolm. Je ne lui ai jamais montré tout ça. Une adolescente beaucoup plus avenante que dans mon souvenir. Longs cheveux châtains, yeux espiègles. Des jeans MacKeen. Un sweat-shirt UCLA. Des sabots suédois noirs. Un badge à l'effigie de Björn Borg. Un parfum, *Green Apple*. A mon étonnement, je me souvenais parfaitement du jour de cette photo de classe. Madeleine, à ma gauche, les yeux trop maquillés. Roxane et son décolleté. Antonella et ses Levi's serrés. Christine et sa coiffure dégradée. On était déjà des petites femmes. Derrière nous, les garçons se tenaient raides comme des piquets, pommes d'Adam apparentes, acnés fertiles.

J'ai compris en regardant cette photographie, à peine jaunie aux bords, qu'à treize ans, je ne me considérais pas du tout comme une petite fille. Je lisais *Lolita* de Nabokov, j'avais un amoureux – comment s'appelait-il… Ludovic –, et j'avais parfaitement conscience du monde qui m'entourait, des enjeux de l'amour, de la fragilité de la vie. Cette découverte me bouleversa. Malcolm savait donc déjà tant de choses. Il avait suffi que je regarde ce portrait de moi à son âge pour le situer, lui. Il ne possédait peut-être pas la maturité d'une fille, souvent plus précoce, mais il s'acheminait lui aussi vers l'adolescence, vers ce grand chambardement.

Eva Marville, la blonde au volant de sa Mercedes « moka » ancien modèle, avait pilonné tout ça, parce qu'elle était pressée un mercredi après-midi. Elle avait renversé un adolescent, elle avait pris la fuite, et elle continuait à vivre sa vie, insouciante, à Biarritz, pendant que Malcolm s'enfonçait dans le noir et moi avec.

Le téléphone a sonné. J'ai laissé le répondeur prendre l'appel. Mes parents. Ils avaient été voir Malcolm à l'hôpital, et pensaient me trouver encore là-bas. Maman avait sa mauvaise voix, larmoyante, chevrotante. « Ma petite chérie, on pense tellement à toi, ma pauvre petite fille, et à ton pauvre petit garçon. Ton père et moi, on est si tristes pour toi. Comment tu fais pour tenir, mon pauvre chou, ma petite fille… »

J'ai eu un haut-le-cœur. Le deuxième de la journée après l'affiche. Je suis sortie de la pièce, je ne pouvais plus l'écouter. Cette voix, ces mots. Comment je faisais pour tenir, maman ? Hein ? Comment ? Parce que je ne pouvais pas faire autrement, maman. Parce que c'était tenir ou crever, maman. Tu ne le savais pas, peut-être ?

Un mépris monstrueux pour ma mère montait en moi comme de la bile. C'était donc ça, la quarantaine, parvenir à mépriser ses parents sans en être coupable ? Ce n'était pas à l'adolescence qu'on les méprisait, non, c'était bien plus tard, quand on se rendait compte avec une sorte de terreur joyeuse qu'il n'était pas question qu'on finisse comme eux. Qu'il n'était pas question qu'on leur ressemble, plus tard.

Maman, pourquoi n'as-tu rien de la classe de ma belle-mère, de son instinct, de son maintien, de sa force, pourquoi dois-tu tout déballer, tout montrer, flancher, gémir ? Pourquoi toi et papa vous baissez les bras, vous chialez, vous pliez l'échine ? Moi je tiens, maman, je tiens, ta pauvre petite fille tient. Je tiens, parce que jeudi, je vais partir, voir cette femme. L'affronter. Lui mettre le nez dans sa merde. Partir. Voir. Comprendre. C'est ça ou crever, maman.

Pauvre petite maman pleurnicharde, toi-même. Et ton pauvre petit mari ratatiné, mon père.

Des e-mails auxquels je ne répondais pas. Des clients qui ne comprenaient plus. Moi, Justine Wright, irréprochable sur les délais, jamais en retard pour rendre un travail. Moi, Justine Wright, je ne les prenais plus au téléphone, je ne leur répondais plus. J'attendais jeudi.

Andrew, le soir avant mon départ.

— Que se passe-t-il ? Je te trouve étrange. Es-tu malade ?

Je l'ai regardé avec un sourire tordu.

— Malade ? Non, pas malade, Andrew.

Il semblait désemparé. Il ne comprenait plus. Je m'étais enfermée dans une bulle, selon lui.

— Mais je pourrais dire la même chose de toi, Andrew ! Toi aussi, tu es dans ta bulle. Nous vivons deux vies parallèles, qui se télescopent seulement au chevet de notre fils. Ne le vois-tu pas ?

Non, il n'avait pas vu. Pour lui, ça venait de moi. C'était moi qui me renfermais. C'était moi qui ne parlais plus. Je devais penser à lui, à Georgia. Je devais faire un effort. Je devais m'arranger aussi, physiquement ; je me laissais aller, selon lui. Mes cheveux, mes vêtements. C'était n'importe quoi. Il fallait que je me regarde dans une glace. Que je réalise.

J'ai vu rouge. Comment osait-il ? Comment pouvait-il me dire des choses pareilles ? J'ai eu envie de le frapper aussi, comme ma mère l'autre jour. Mais une immense lassitude s'est emparée de moi. A quoi bon ? A quoi bon me battre avec mon mari ? Je me suis détournée de lui. Je lui ai montré mon dos, ma nuque.

Un mur. Voilà ce que nous étions devenus lui et moi, un mur. Dos à dos. Lui dans sa souffrance, moi dans la mienne. Incapables de la partager. Incapables de nous aider l'un l'autre. Des incapables. Andrew avait toujours été là pour moi, dans les moments difficiles. Et moi, je l'avais toujours écouté, conseillé. Nous étions une équipe. On disait de nous, Justine la bavarde, l'espiègle, la rigolote, Andrew le roc, Andrew le silencieux. Une fine équipe. Une équipe qui allait durer. Alors que tous nos amis divorçaient autour de nous à tour de rôle, se disputaient la garde des enfants, se battaient à coups de pensions alimentaires, nous on tenait. Le roc et le rire. La force et la joie de vivre. Les Wright. Justine et Andrew, c'était du costaud. Justine et Andrew, c'était pour la vie. Oui, il y avait eu cette petite rouquine, oui, une histoire de fesses, sans importance, ils avaient su tourner la page, Justine merveilleuse de dignité, Andrew de franchise, et l'orage était passé. Justine et Andrew, le couple admirable. Dos à dos. Le mur. Moi dans le salon. Lui dans notre lit. Notre couple admirable.

Dans la pénombre du salon, je regardais le plafond. Demain, il fallait parler à Arabella. Comment lui dire ? Comment lui expliquer ? Je vous emmène à Biarritz pour voir la femme qui a renversé Malcolm. Pour la voir avant la police. Pour comprendre. Georgia vient avec nous. Absurde ? Fou ? Non, elle viendrait. Arabella viendrait. Je le savais. Demain.

Demain. « Demain, dès l'aube, à l'heure où blanchit la campagne, je partirai. » Un poème appris par Malcolm, l'année dernière. Victor Hugo. La mort de sa fille Léopoldine, noyée avec son fiancé. Malcolm en train de me réciter le poème dans la cuisine, son cochon d'Inde sur les genoux. « J'irai par la forêt, j'irai par la montagne. » La voix de Malcolm, encore si présente. Le ronronnement du cobaye. Moi debout, le cahier de poésies à la main, une cuillère en bois dans l'autre pour touiller les pâtes. « Et quand j'arriverai, je mettrai sur ta tombe un bouquet de houx vert et de bruyère en fleur. »

Demain, dès l'aube. Le début du voyage. Eva Marville qui ne se doutait de rien. Elle devait dormir à cette heure-ci. Elle ne savait pas que demain, je serai dans un train, que chaque kilomètre avalé me rapprocherait d'elle. Elle dormait, tranquille. Dormez, madame. Dormez sur vos deux oreilles.

Arabella a juste dit :

— Voulez-vous que je prépare the picnic, Djous-tine ? Quelque chose pour la petite ?

Je venais de lui annoncer notre départ pour Biarritz. Pendant quelques jours. Pour changer d'air. Elle n'a rien demandé de plus. N'a pas cillé. Elle m'a souri. C'est très bien. Puis : Andrew le sait ? J'ai bredouillé que non, je n'avais pas encore prévenu Andrew. Silence prégnant.

J'aurais tant voulu lui dire, lui dire comme c'était devenu difficile, compliqué avec son fils, lui dire que nous étions lui et moi sur deux planètes différentes, qu'on se parlait à peine, ou alors pour se lancer des choses blessantes, qu'on ne s'embrassait plus, qu'on n'avait plus fait l'amour depuis le fameux jour où je n'avais pas pu, où j'avais pleuré. Oui, lui avouer tout cela, m'ouvrir à elle, tout dire. Lui parler de mon travail qui foutait le camp, des clients que je perdais, des problèmes d'argent qui s'annonçaient. De l'éditrice qui essayait de comprendre, gentiment, poliment (mais pour combien de temps resterait-elle gentille, polie ?), pourquoi j'avais arrêté de lui rendre les textes traduits. Lui raconter mes amies à qui je ne voulais plus adresser la parole, à qui j'avais claqué la porte au nez parce que leur bonheur tranquille (qui ressemblait tant à celui que j'avais connu) me donnait envie de mourir. Lui parler de ma sœur, pourtant si proche, mais qui ne savait pas, pauvre Emma, elle non plus, pour Eva Marville, et pour ce que j'allais faire. Lui dire ma tristesse, mon écœurement, mon dégoût subit de la vie.

Je n'en ai pas eu besoin. Arabella a mis sa main sur mon épaule, l'a serrée. Elle savait. Elle comprenait. Elle ne me jugeait pas. Je l'ai regardée préparer nos sandwichs au concombre avec sa dextérité et son calme habituels. J'ai pris dans un grand sac quelques affaires pour Georgia et moi, assez pour deux ou trois jours. Et j'ai laissé un mot pour Andrew sur notre lit. « Nous partons juste quelques jours, au bord de la mer, avec ta mère et la petite. Joignable portable. Ne t'en fais pas. J. » Incapable de rajouter : « Je t'aime, darling. » Même pas capable de griffonner en bas de la feuille : « Veille sur notre Malcolm pour moi. » Vite la porte qui claque, vite la courte marche de la rue D. à la gare. Composter les billets. Coup de sifflet, départ. La petite, tout sourire. Un voyage surprise avec maman et Granbella. La plage, la mer. Cela faisait longtemps que je n'avais pas vu ce sourire-là sur le visage de ma fille. Cela faisait du bien.

Le train était bondé. Où allaient tous ces gens ? En vacances ? Retrouver leur famille, leurs enfants ? Sans doute. Air béat des grands départs. Je les regardais d'un œil morne. Se doutaient-ils de ce que j'allais faire ? Certainement pas. Pour eux, j'étais une banale mère de famille comme une autre. Ils ne savaient pas que j'avais un fils dans le coma et que j'allais me confronter à celle qui l'y avait précipité. Ce n'était pas écrit sur mon front. Cela ne se voyait pas à mon expression. Une quadragénaire comme une autre, accompagnée de sa fille et de la grand-mère, en route pour Biarritz. Personne ne savait. Personne ne se doutait.

Je n'avais pas pris le train depuis longtemps. Cela me rappelait les vacances d'été quand, adolescente, je partais avec maman, Olivier et Emma chez notre grand-mère, près d'Angers. Il n'y avait pas de TGV, à l'époque. On mettait l'après-midi. Maman lisait Modiano dans son coin du compartiment. Moi, Daphné Du Maurier. Papa nous retrouvait les week-ends. Olivier et Emma chahutaient, et je me faisais gronder, parce que l'aînée, c'était moi. Même si je n'avais rien fait. Il fallait que je montre l'exemple. Cela m'exaspérait. A Beaufort, chez Titine, maman se soumettait.

Ma grand-mère était si autoritaire, qu'elle n'aurait pas pu faire autrement. Autoritaire, mais merveilleuse. Originale. Têtue. Un peu folle. Elle me manquait. J'aurais voulu qu'elle soit là, maintenant, à côté d'Arabella, assise juste là, en face de moi. Lors de mes fiançailles avec Andrew, elle m'avait dit ce que ma mère et mon père n'avaient pas osé me dire : « Tiens, tu épouses un Anglais ! Quelle idée. Les Français ne sont donc pas assez bien pour toi ? » Mais j'avais bien vu que son œil pétillait. Plus tard, elle m'avait glissé à l'oreille : « Il est pas mal, ton Prince Charming. Un peu anglais, certes, mais pas mal du tout. » Elle s'était prise de passion pour Malcolm, son premier arrière-petit-enfant. Oui, elle me manquait. Elle n'aurait pas supporté le coma de Malcolm. Elle n'aurait pas supporté cette attente, cette incertitude. C'était mieux, qu'elle ne soit pas là.

Une fois arrivée, qu'allais-je faire ? J'avais déjà repéré sur un plan la Promenade des Basques. J'allais me rendre devant la maison d'Eva Marville. J'allais sonner ? Peut-être. Cela me paraissait fou, inconcevable. Et lui dire quoi ? Je ne le savais pas encore. C'était nébuleux. Pas clair. L'important, c'était d'être dans ce train, d'y aller. L'important, c'était d'avoir fait ce pas. A plusieurs reprises, j'ai surpris le regard d'Arabella sur moi. Attentif, curieux. Comme si elle savait. Comme si elle savait tout.

Nous avons joué à Old Maid, le Pouilleux anglais. Georgia avait appris à garder un visage de marbre tandis qu'elle tentait désespérément de nous refourguer la dame de pique. Malcolm, lui, ne parvenait jamais à maîtriser sa bouche, ni ses narines qui frémissaient comme celles d'un poulain nerveux. On devinait tout de suite qu'il avait la fameuse carte dans son jeu. Au Mah-Jong, en revanche, il était plus sobre, prenant exemple sur son père, capable d'abattre les petites briquettes de bois d'un coup de phalange blasé, avec une voix neutre mais souveraine : « Pong mah-jong. »

Rien à faire. Tout me ramenait sans cesse à Malcolm. Il était là. En permanence. Il n'avait rien à voir avec l'adolescent au visage cireux, là-bas, dans la chambre d'hôpital. Il était là comme tous les jours, il prenait sa place, il s'étirait, il m'occupait. Il prenait ses aises. Il m'habitait, comme lorsqu'il grandissait dans mon ventre.

Andrew a appelé quand nous étions en gare de Dax.

— What the hell are you doing, Justine ?

J'aurais pu le prévenir, non ? J'étais folle, ou quoi ? Depuis quand je faisais des trucs comme ça derrière son dos ? Pourquoi j'abandonnais Malcolm ? Comment osais-je faire une chose pareille ? Sa voix grésillait, furieuse. Arabella et Georgia me regardaient, inquiètes.

— Papa est fâché parce qu'il voulait venir, c'est ça ? chuchota la petite.

Arabella a pris le téléphone. Elle s'est levée, elle est passée dans le couloir, et elle a parlé à son fils. Je n'ai jamais su ce qu'elle lui a dit. Quand elle est revenue, ses joues étaient rosies, elle mordillait sa lèvre supérieure, un tic qu'elle avait lorsqu'elle était contrariée. Elle m'a souri, m'a rendu mon téléphone.

— Andrew ressemble beaucoup à son père, vous savez. Parfois... (Elle semblait chercher ses mots, esquissa quelques gestes avec ses grandes mains, puis elle a haussé les épaules :) Ils comprennent pas toujours nous les mères. Etre mère, ils peuvent pas comprendre ça, les hommes, impossible, voilà.

J'ai eu l'impression qu'elle voulait m'en dire beaucoup plus, qu'une souffrance secrète se dessinait sur son long visage, prenait forme dans ses yeux, mais elle s'est tue. Le train s'est remis en route. Georgia s'était assoupie contre sa grand-mère. Nous étions presque arrivées.

A Bayonne, Arabella m'a demandé, à voix basse pour ne pas réveiller la petite, si j'avais organisé un hôtel. Je me suis troublée. Je n'avais rien organisé du tout. Je pensais que cela se ferait dans la foulée, de façon fluide, avec une sorte de facilité magique. J'ai eu honte de lui dire ça. Elle a souri, son drôle de sourire si anglais, un peu dentu, teinté d'ironie taquine.

— Vous savez, Djoustine, j'ai une très grande amie qui vit à Biarritz, Candida Saxton. Nous étions à

Londres, sous le blitz. Si vous me donnez votre phone, je peux lui passer une ring ?

Candida Saxton était thrilled, over the moon, d'entendre sa vieille copine. Il était hors de question d'aller à l'hôtel. Elle nous attendait, toutes les trois, chez elle, dans son appartement en ville. How absolutely marvellous !

Dans le taxi, mon portable a encore sonné. Numéro masqué. C'était Laurent, le flic. Celui qui devait être à « Hossegor, avec Sophie ». Sa voix était gênée. Il m'a dit qu'il venait de recevoir un coup de fil de mon mari. Andrew lui a posé toutes sortes de questions. Laurent avait été obligé de lui avouer qu'il avait trouvé un nom qui correspondait à la plaque. Eva Marville, à Biarritz. Laurent a poursuivi : « C'est vrai que vous êtes à Biarritz ? Votre mari m'a appris ça. Qu'est-ce que vous êtes allée faire à Biarritz, Justine ? » C'était la première fois qu'il m'appelait Justine. Pas madame, ou Mme Wright. « Justine. »

J'ai hésité. Puis j'ai murmuré :

— Je suis avec ma fille et ma belle-mère. On va chez une amie de ma belle-mère, pour quelques jours, histoire de prendre l'air, de respirer un peu.

Silence à l'autre bout du fil. Il n'était pas dupe.

— Pas de conneries, Justine. Laissez-nous faire notre boulot. Faites pas n'importe quoi.

Je n'ai rien dit. Mais j'avais envie de lui rire au nez : Vous croyez que je vais me pointer devant chez elle avec un fusil, que je vais la menacer ? Vous me prenez pour qui ? J'ai marmonné au revoir et j'ai raccroché.

Sonnerie à nouveau. Andrew. Il était calme, presque froid. Il m'a parlé en français, d'une voix maîtrisée, comme celle d'un professeur.

— Pourquoi Biarritz, Justine ? Parce que la fameuse dame habite là-bas ? Tu as obtenu son nom, et tu vas la voir. C'est ça ? Pourquoi fais-tu cela ? Sans rien me dire, partir, sans rien me dire, sans m'expliquer ? Pourquoi ? Parce que tu penses que je ne peux pas comprendre ? Parce que tu penses que moi, je ne souffre pas ? Je ne souffre pas comme toi, pas autant que toi ?

Sa voix s'est brisée. Je m'attendais à tout, sauf à la douleur d'Andrew. Elle venait à point nommé, mais elle m'enfonçait, elle me pesait. Que lui dire ? Comment lui expliquer ?

Il s'est repris :

— Je veux que tu reviennes, Justine, le plus vite possible. J'ai besoin de toi. I need you. Malcolm aussi, on a besoin de toi tous les deux. Reviens vite, s'il te plaît. Ramène Georgia, j'ai besoin d'elle aussi, de vous deux.

Je me suis retournée vers la portière, tandis qu'Arabella montrait la mer à la petite. Mon mari ne parlait plus. Il s'était muré dans sa tristesse, son incompréhension. Je lui ai chuchoté : « I love you », mais je n'étais pas certaine qu'il m'ait entendue. La ligne a coupé. Le taxi s'est arrêté devant un immeuble moderne au bord de la mer.

En sortant de la voiture, je me suis demandé pour la première fois si j'avais eu raison de venir. Si je n'allais pas précipiter les événements. Si je n'allais pas tout regretter.

La nuit était tombée sur Biarritz. Debout, sur le balcon qui surplombait la plage du Miramar, je regardais la mer. Vagues puissantes, moutons crémeux qui frisaient à la surface. Vent salé. Le phare blanc balayait de son œil lumineux la ville aux immeubles disparates, carrés modernes sans grâce qui côtoyaient des villas anciennes et fantasques. Derrière moi, dans le salon aux lumières tamisées, les voix enjouées d'Arabella et Candida.

Candida nous avait préparé un dîner délicieux, une salade de poulet, du riz au chutney de tomates et un crumble qui rivalisait avec celui d'Arabella. Encore une Anglaise qui savait divinement faire la cuisine. Je me demandais souvent d'où venait ce mépris français envers la cuisine anglaise. Pourtant, j'avais assez vécu à Londres, voyagé à travers l'Angleterre avec Andrew pour devoir faire ce constat : la gastronomie anglaise n'avait rien à envier à celle de son ennemie héréditaire. C'était différent, certes, mais c'était aussi bon. « You know how the French are, disait Andrew en soupirant, les Français pensent avoir une suprématie sur tout ce qui concerne la bouffe, le vin. Ça leur fait tellement plaisir de clamer haut et fort que les Brits mangent de la merde… » Sourire pince-sans-rire.

Candida était une petite blonde aux yeux bleus, aux faux airs de Camilla Parker-Bowles. Elle connaissait Arabella depuis qu'elles avaient dix ans, elles s'étaient liées d'amitié au pensionnat pour young girls de East Haddon Hall, dans le Northamptonshire. Puis elles avaient connu Londres à feu et à sang pendant le blitz, en 1941. Candida était la veuve d'un Biarrot rondouillard et jovial dont la photographie trônait dans presque toutes les pièces de l'appartement.

Je respirais le même oxygène qu'« elle ». Eva Marville. Elle n'était pas loin, je pouvais deviner le début de la Côte des Basques. Candida m'avait répondu que c'était par là, un quart d'heure à pied, pas plus, au-delà du toit pointu d'une étrange villa aux allures gothiques qui s'appelait la Villa Belza, juste là, derrière le Rocher de la Vierge.

Neuf heures. Que faisait-« elle » ? Avait-elle un mari, des enfants ? Je me suis souvenu des paroles du conducteur de bus. *Je suis certain d'avoir vu des cheveux blonds, bouclés, assez longs, derrière le volant. Et un homme à la place du passager avant.* Un homme. Un mari ? Un ami ? Un amant ?

« Elle » regardait peut-être la télévision, seule ou en famille. Elle ne savait pas que j'étais là, en ville, à quelques rues d'elle. Elle avait dû effacer ce mercredi-là de sa mémoire, ce jeune garçon renversé, la Mercedes qui remet les gaz, qui repart dans un nuage de fumée, la fuite à travers Paris. Avait-elle les mains qui tremblaient sur le volant ? Y pensait-elle encore, lorsqu'elle montait dans sa voiture ?

Attendre demain. Vendredi. Je n'avais qu'une envie, y aller maintenant, rôder autour de chez elle, repérer, constater. Mais il était tard. Il faisait sombre, un peu frais. J'étais fatiguée. Il fallait attendre demain. De temps en temps, Arabella jetait un regard vers moi, je le sentais dans mon dos. Elle veillait sur moi, mais elle se posait des questions. Elle aussi, elle se demandait ce que j'étais venue faire ici. Andrew avait dû lui dire. Qu'en pensait-elle ? Elle ne tarderait pas à me le faire savoir.

Mes parents, prévenus par Andrew, avaient laissé des messages de remontrances sur mon répondeur. Quelle mouche m'avait piquée ? Abandonner mon fils dans le coma et mon mari pour aller à Biarritz avec ma belle-mère ? Visiblement, ils n'étaient pas au courant pour Eva Marville. Andrew ne leur avait pas dit. Tant mieux. Mais Emma, elle, s'était doutée de quelque chose. Elle aussi avait téléphoné.

— Dis donc, Juju, te ne serais pas en train de me cacher un truc ? Biarritz, c'est Pyrénées-Atlantiques, 64, non ? Tu n'es pas sur une piste ?

J'ai dit oui, une vraie piste, cette fois, j'étais sûre que c'était elle, la blonde au volant, les flics allaient la contacter, mais ça mettait du temps, entre Paris et Biarritz, et tout le monde était en vacances. Alors j'étais venue. Emma a soupiré. J'entendais son petit dernier, toujours pas couché, brailler en fond sonore.

— Tu sais, Juju, je ne sais pas si c'est une bonne idée, d'être partie à Biarritz. La police sait ce qu'elle doit faire. Je commence à me dire que tu fais une connerie, finalement.

Le même mot que Laurent, tout à l'heure. Une connerie, pas de conneries, hein ? J'ai dit à ma sœur qu'il ne fallait pas qu'elle s'en fasse. Je me débrouillerais. Je verrais demain ce que j'allais faire. Ou pas. Je verrais tout cela demain.

J'avais mal dormi. La sonorité de la mer, étrange grondement sourd, avait investi mes tympans la nuit entière. Je me suis levée tôt, habillée sans bruit. Tout le monde sommeillait encore. J'ai laissé un petit mot sur la table : « Gone for a promenade, back later. » Il faisait beau, frais. Pas beaucoup de monde encore dans les rues. Je marchais vite, de grandes enjambées. Je me sentais nerveuse, agitée.

Marcher m'aidait, m'emportait dans un mouvement, m'empêchait de penser à ce que j'étais en train de faire. Je regardais autour de moi cette ville que je ne connaissais pas. Les couleurs, rose et blanc, vert, rouge. Le Palais, dans sa splendeur surannée. Platanes. Pins parasols. Tamaris. Relents salés de la mer qui s'insinuaient le long des trottoirs damés de petits carreaux beiges. Une longue place rectangulaire gansée de drapeaux qui flottaient dans la brise. Un grand magasin, le Biarritz Bonheur, encore fermé. Son nom m'a fait sourire.

Une petite rue qui montait, bordée de pâtisseries, boutiques, restaurants, commerces en tous genres. Je me suis arrêtée pour acheter un croissant. Il était encore chaud. En le mangeant, je pensais à mon fils, à mon mari. A Eva Marville, dont je me rapprochais inexorablement. En haut de cette rue, c'était la sienne, déjà, la Promenade des Basques. En haut de la rue, c'était chez elle. J'ai eu envie de faire demi-tour, de détaler. Je me suis arrêtée brutalement, le souffle court. Un homme m'a dépassée, et s'est retourné pour me dévisager. Je me suis sentie rougir. Pour me donner une contenance, je me suis avancée pour admirer la vue.

La mer s'étalait, immense. Au loin, vers le sud, on devinait un long bras sombre, le début de ce que j'imaginais être l'Espagne. A gauche, les Pyrénées, auréolées d'une épaisse brume grise. Tout en bas, la plage grignotée par la marée haute. Des petits points noirs s'éparpillaient sur la surface bleue. Des bateaux ? Non, trop petits. Puis j'ai compris en voyant un point suivre une vague. Des surfeurs. Je les ai admirés quelques instants. Derrière moi, un gros bunker tagué, vestige de la guerre, sans doute, enfoncé dans la falaise. Juste au-dessus, une rangée d'immeubles et de villas. La sienne devait être par là. C'était une de ces maisons. Laquelle ? Je me suis souvenue que je n'avais pas le numéro. Juste le nom. Etche Tikki. Je me suis mise à longer les villas et les immeubles, d'un air que j'espérais naturel, mais qui ne l'était certainement pas tant mon cœur battait fort.

Chaque fois que je tournais la tête vers les façades, j'imaginais qu'elle serait à son balcon et qu'elle me verrait. Qu'elle me trouverait louche. Bizarre. Qu'elle se douterait instantanément de qui j'étais. Mais je n'ai vu personne. Quelques volets étaient ouverts, j'apercevais l'intérieur. Chambres calmes, lits défaits, soleil du matin sur une serviette de bain, un pantalon. Juxtaposition étrange de villas désuètes et d'immeubles laids,

carrés, hauts d'une dizaine d'étages. « Mar y Luz ».
« Résidence Avelino ». « Irrinzenia ». Je continuais le
long de la falaise, comme si de rien n'était, comme si
je faisais ma petite promenade matinale, insouciante,
indifférente. Où était sa maison ? Pourquoi ne la
voyais-je pas ? Laurent s'était-il trompé ?

Je sentais la fébrilité me gagner. Mon ongle déjà
rongé reprenait le chemin de mes incisives. Qu'allais-
je faire si je ne trouvais pas la maison ? Repartir ? Rentrer ? Non, je n'étais pas venue jusqu'ici pour rien. Je
n'avais pas fait tout ce chemin pour faire demi-tour.
Même si j'en rêvais. Même si secrètement, j'aurais
voulu prendre mes jambes à mon cou, fuir, redeve-
nir la petite trouillarde en chasse-neige qui suivait sa
sœur. Deux fois que je longeais la falaise, deux allers-
retours, et toujours pas d'Etche Tikki.

Puis j'ai eu une idée. Regarder les voitures. Voir
si on y débusquait une Mercedes couleur « moka ».
Ancien modèle. Je n'ai pas mis longtemps à la trouver.
Elle était dans un petit parking, cachée derrière un
gros buisson d'hortensias. Mon cœur s'est arrêté.

La Mercedes marron. Celle qui avait failli tuer
Malcolm. Je me suis approchée d'elle, un mélange de
terreur et de fascination au creux du ventre. Elle était
propre, rutilante même. J'ai vérifié la plaque. C'était
bien elle. 66 LYR 64. Sur l'aile avant droite, un point
d'impact. Petit, mais visible. C'était là qu'elle avait
heurté mon fils. Je me suis mise à frissonner.

C'était là, à cet endroit précis, qu'elle avait frappé
de plein fouet le corps de Malcolm. 66 LYR 64. J'ai
regardé à l'intérieur. *Psychologies Magazine, ELLE,
Paris Match*, sur la banquette arrière. Un sac de sport.
Un stylo-plume. Plusieurs boîtes en carton blanc,

estampillées de codes-barres et de descriptifs. Mascara Haute Définition Volume Plus Châtain Mordoré. Brillant à Lèvres Pulpissimo Framboise Écrasée. Je me suis demandé ce qu'Eva Marville faisait dans la vie pour trimbaler ce genre de marchandises. Esthéticienne ? Maquilleuse ?

Je me suis détournée de la voiture pour tomber nez à nez avec un garçon. J'ai sursauté. Il devait avoir huit ou neuf ans. Blond. Frisé comme un mouton. Le nez couvert de taches de rousseur. Depuis quand était-il là à me surveiller en silence ? Il avait les bras croisés, le menton fier. Il portait un short beige et un T-shirt siglé. Il me regardait sans un mot, l'œil noir.

J'ai souri, marmonné : « Bonjour ! »

Il a ouvert la bouche.

— Pourquoi vous regardez dans la voiture de ma mère ? C'est la voiture de ma mère.

Sa voix était très forte, monotone, lente, sans inflexion. Je n'ai pas su quoi lui répondre. Il s'est avancé, l'œil toujours aussi soupçonneux.

— Mais vous n'avez pas l'air d'une voleuse, les voleurs ils ont du matériel pour fracasser les vitres, vous n'avez pas de matériel pour fracasser les vitres, vous.

Sa voix était étrange, pédante, comme celle d'un petit robot poussé au volume sonore maximum. Le fils d'Eva Marville. Elle avait donc des enfants. Elle avait renversé Malcolm, et elle ne s'était pas arrêtée. Elle, une mère de famille.

— Tu habites par ici ? j'ai demandé.

Il ne me regardait pas dans les yeux. Simplement dans ma direction.

— Les voleurs ils ont un matériel spécial pour rentrer dans les voitures et faire démarrer la voiture, ils ont des codes secrets et ils ont des ordinateurs pour cambrioler les banques et même parfois ils peuvent cambrioler le cyberespace.

Je lui ai reposé ma question, doucement. Mais il a fait volte-face, comme si je ne l'intéressais plus, pour se faufiler vers une villa qui ne donnait pas directement sur la mer, dissimulée derrière un immeuble moderne. J'ai pu déchiffrer le nom sur la façade.

Etche Tikki.

J'ai suivi l'enfant des yeux. Je redoutais qu'il aille chercher sa mère, qu'il lui apprenne qu'une étrangère était en train de regarder à l'intérieur de la Mercedes, mais il n'est pas rentré dans la villa, il est resté devant le porche à jouer avec une balle. Il parlait tout seul, en éclatant de rire de temps en temps.

La villa était vaste, délabrée mais toujours belle, vert et blanc, dans un style basque, avec des géraniums rouges aux fenêtres. Eva Marville devait avoir une famille nombreuse pour vivre là-dedans. En m'approchant discrètement, j'ai pu découvrir une plaque d'interphones devant l'entrée. La villa avait été divisée en appartements et était occupée par plusieurs locataires. Elle devait faire partie des rares maisons qui avaient échappé aux promoteurs immobiliers, ceux qui rasaient tout pour reconstruire des horreurs. Comme elle ne donnait pas sur la mer, elle n'avait pas dû attiser de grandes convoitises. Je me suis demandé à quel étage vivait la famille d'Eva Marville. Il était encore tôt, à peine huit heures. Peut-être prenait-elle son petit déjeuner ? Le garçon frisé jouait avec sa balle, fluette figure solitaire.

La villa semblait silencieuse, vide. Combien de temps allais-je rester là à attendre ? Attendre pour faire quoi ? Pour dire quoi ? Aucune idée. Je suis allée m'asseoir sur un banc, derrière le parking. Il fallait réfléchir, échafauder un plan. Mais plus j'y pensais, plus ma tête se vidait. Le temps passait. Je me sentais impuissante, inutile. Un homme est enfin sorti de la maison. Il était grand, costaud, les cheveux courts. Une trentaine d'années. Un costume d'été bariolé. Une boucle d'oreille, ce que j'avais toujours trouvé très laid, chez un homme. Le vent m'apporta son after-shave, effluve viril, écœurant. Il a crié quelque chose au petit garçon qu'il semblait gronder. Le gamin est rentré dans la villa en traînant les pieds. L'homme est parti vers la falaise, son téléphone portable rivé à la tempe. Qui était-ce ? Le mari d'Eva Marville ? L'homme qui était avec elle le jour de l'accident ?

Je suis restée assise sur le banc encore quelque temps. Un couple âgé est sorti de la maison, muni d'un panier à provisions. Une femme brune d'une cinquantaine d'années s'est installée sur le balcon du deuxième étage et a allumé une cigarette. Etait-ce elle ? Non, Eva Marville était blonde et bouclée, d'après la déposition du chauffeur de bus belge. Ce n'était pas cette femme-là. J'étais à la fois déçue et rassurée.

Une heure que j'étais là. Une heure perdue. Sans avancer. Sans Malcolm. Le manque de mon fils a foré un nouveau trou en moi. J'ai posé mes mains sur mon ventre, là où je l'avais porté. Puis je suis partie, j'ai emprunté le chemin de la falaise vers le Rocher de la Vierge. Je marchais mollement, sans savoir où j'allais, le cœur lourd. Fallait-il revenir à la villa ? L'affronter ? La police débarquerait chez elle dans quelques jours, quelques semaines. Mais j'aurais voulu être là avant eux. J'aurais voulu comprendre, avant eux. J'aurais voulu tout savoir de ce mercredi-là. L'entendre de sa bouche, à elle. C'était mon privilège, mais ma croix à porter, aussi.

J'ai marché le long de la Grande Plage. Le sable se peuplait petit à petit en ce début de saison estivale. Touristes, autochtones, colonies de vacances. Brouhaha de musique, rires, pleurs d'enfant. Fracas des vagues. Odeurs de crêpes, de sucre. J'ai ôté mes sandales pour sentir la mer sur mes pieds, mes chevilles. Froid, mais bon. En continuant mon chemin de bord de mer, je suis passée devant le Palais, où quelques happy few se prélassaient au bord de la piscine, puis j'ai abouti devant l'hôtel Miramar, monstrueuse construction des années 70, sorte de pyramide blanche qui s'avançait vers la mer tel un ponton. Candida, qui vivait à Biarritz depuis quarante ans, nous avait raconté comment l'ancien hôtel Miramar avait été détruit sous ses yeux, comment elle en avait été bouleversée. Coups de massue sur une belle bâtisse dorée, une des nombreuses gloires disparues de Biarritz. Hier soir, Candida nous avait montré un album de photographies jaunies par le passage du temps de ces anciennes villas aux noms évocateurs, détruites dans les années 60 et 70. Les villas Marbella, Pélican, la tour Genin, le Chalet Nadaillac, les hôtels Carlton, d'Angleterre. Tous rasés pour laisser la place à des blocs gris sans grâce.

J'ai levé les yeux vers l'immeuble de Candida, qui jouxtait l'hôtel, et j'ai vu Georgia et sa grand-mère côte à côte, accoudées à la rambarde, qui semblaient m'attendre. Je leur ai fait signe de venir me rejoindre. Nous avons rebroussé chemin vers le Rocher de la Vierge. Georgia dégustait un « beignet abricot ». Une

fine couche de sucre s'étalait autour de sa lèvre supérieure.

Arabella était silencieuse, pensive. Elle déambulait
près de moi, de son étrange pas dansant. Je sentais
qu'elle avait besoin de parler, mais qu'elle attendait
le moment. Au bout de la passerelle, les vagues se fracassaient avec un bruit menaçant contre la digue. J'ai
montré à Georgia les croix érigées sur les rochers çà
et là, devant l'entrée du port. J'imaginais que de nombreux bateaux avaient fait naufrage ici, qu'il y avait eu
des noyés, des disparus.

La mer était mauvaise, sifflante, tourbillonnante.
Je tenais la petite contre moi. J'avais peur qu'elle
m'échappe et qu'elle glisse à travers les interstices
de la balustrade. C'est à ce moment-là qu'Arabella
a dit, en anglais (ce qui était inhabituel chez elle) :
« Quand Mark est mort, j'ai voulu comprendre. Alors
que Harry s'enfermait dans le silence, un peu comme
Andrew maintenant, moi, j'ai voulu comprendre. »

Georgia a demandé, en anglais également, d'une
petite voix : « Qui est Mark, Granbella ? »

Sourire doux : « C'était mon fils, mon petit dernier.
Le petit frère de ton papa. Il est mort à l'âge de un
an. »

Silence. Toutes les trois, nous étions tournées vers
la mer, vers les vagues qui arrivaient, gros rouleaux
compacts bordés d'écume blanche et mousseuse.
Georgia me regardait, interdite. Elle n'avait jamais
entendu parler de Mark. Arabella a poursuivi, d'une
voix neutre, mais assurée.

— Il est mort pendant son sommeil, une nuit. Nous
nous sommes réveillés, Harry et moi, et nous l'avons
trouvé sans vie dans son berceau. Nous n'avons jamais

su pourquoi il est décédé. Il était en pleine santé. Il venait juste d'apprendre à marcher, il avait une énergie extraordinaire.

Arabella regardait devant elle, les mains sur les épaules de ma fille. Le vent avait dénoué son chignon et ses mèches argentées virevoltaient au-dessus de sa tête. Georgia et moi l'écoutions, saisies d'émotion. Elle a poursuivi.

— Mais il n'y avait rien à comprendre, hélas. Mark est mort naturellement. Ce sont des choses, terribles, qui arrivent. J'ai mis longtemps à tourner cette page, à aller de l'avant. J'ai mis longtemps à m'en remettre. Ce que j'essaie de vous dire, Justine, c'est que lors d'un drame, un couple ne réagit pas de la même façon. Harry et moi, cela a failli détruire notre mariage.

Elle me regarda enfin, et j'ai vu que ses yeux brillaient d'une lueur mouillée. Puis elle a dit à voix très basse, pour que la petite n'entende pas :

— Je sais pourquoi vous êtes ici. Je vous comprends. Je pense que j'aurais fait exactement la même chose, si j'étais à votre place. Mais Andrew, lui, il ne comprend pas. Il ne comprend rien.

Vingt heures. De retour devant Etche Tikki. La villa bourdonnait de bruits, le générique du journal télévisé, une dispute d'enfants, le vrombissement d'un lave-linge. Je n'avais pas réfléchi à quelque chose de particulier. J'étais revenue, tout simplement. J'allais sonner, et lui parler. C'était simple. Les mots étaient prêts au bout de ma langue.

— Bonsoir, vous ne me connaissez pas, je m'appelle Justine Wright. Il y a un mois, vous avez renversé mon fils sur un passage piéton, à Paris, avec votre Mercedes. Vous étiez avec un homme. Vous avez pris la fuite. Mon fils est dans le coma. La police vous a retrouvée. Elle se manifestera bientôt. Moi je ne suis pas là pour faire la police, madame. Je suis là pour essayer de comprendre comment vous, une mère de famille, car j'ai vu que vous étiez mère d'un petit garçon, vous avez pu renverser mon enfant, et partir. Je suis venue pour que vous m'expliquiez.

J'ai imaginé sa stupeur. Ils étaient en plein dîner. Exhalaisons de rôti, de pommes de terre sautées. L'homme à l'after-shave écœurant, la fourchette figée à mi-parcours entre son assiette et sa bouche. Le gamin, transi, me fixant de son regard particulier, à la fois fuyant et précis. Le repas, qui refroidissait.

Eva Marville, un torchon à la main, statufiée sur le seuil de sa porte. Que pourrait-elle me dire ? « Entrez donc, madame. Vous prendrez bien un petit quelque chose ? » Ou alors, me claquerait-elle la porte au nez ? Qu'importe. J'étais là. J'étais venue. Que savait son mari ? Etait-il avec elle le jour de l'accident ? Que faisaient-ils à Paris ce jour-là ? Et l'enfant, se trouvait-il sur la banquette arrière ? C'était peut-être le mari qui lui avait dit de ne pas s'arrêter. C'était peut-être lui qui avait eu peur. Et ils avaient poursuivi leur route, comme si de rien n'était. Ils n'en avaient jamais reparlé. Personne ne savait.

Plus pour longtemps. J'ai souri en moi-même. Non, plus pour longtemps.

Je me suis approchée de la maison, du panneau des interphones. Plusieurs noms. Puis, sur un carré de papier collé à un des boutons, une grosse écriture ronde « Marville-Bonnard ». Bonnard. Son nom de jeune fille ? Le nom du monsieur aux cheveux courts ? J'ai avancé l'index pour sonner. Puis j'ai remarqué que la porte vitrée de l'entrée était entrouverte. Je l'ai poussée et me suis glissée dans le vestibule. Je n'ai pas allumé la minuterie, je suis restée quelques instants dans la pénombre, à écouter les bruits de la maison, et à me demander à quel étage habitait Eva Marville. J'avais le ventre contracté, durci. Du mal à respirer. Mais je pensais à Malcolm sur son lit d'hôpital, à son visage livide, et la détermination m'enveloppait à nouveau.

J'avançais sans bruit, me baissant à chaque porte pour déchiffrer le nom près de la sonnette. Et si on me voyait ? Et si quelqu'un sortait d'un appartement ? J'avançais toujours, le cœur dans la gorge, les paumes

174

moites. Premier étage. Moquette épaisse sur escalier d'origine. Elle avait dû être belle, cette villa, dans le temps. Avant qu'on lui bouche sa vue sur la mer d'un gros pâté gris et qu'on la divise comme une vulgaire galette des rois. L'escalier était en chêne sombre, avec une rambarde sculptée. Le premier étage semblait borgne, privé de fenêtres. Des murs s'avançaient de chaque côté. Les portes des appartements étaient petites et modernes, du contre-plaqué. Des faux plafonds, trop bas, achevaient de donner une ambiance préfabriquée, empruntée.

Pourtant, il y a trente ou quarante ans, la maîtresse de maison devait dormir à cet étage, dans une chambre spacieuse et claire qui donnait sur la mer, les hortensias, le jardin qui à présent n'existait plus. Les enfants avaient sûrement leurs quartiers au dernier étage, sous le toit de tuiles orange. Une grande maison de famille, des réceptions, des goûters d'anniversaire, des bals masqués. Tout un passé évanoui. Un faste oublié. Je me suis demandé si un membre de cette famille était retourné dans la villa depuis sa métamorphose. Qu'avait-il pensé des faux plafonds, de la moquette industrielle couleur rouille, du jardin transformé en parking ? Si j'avais été lui, ou elle, si j'avais grandi ici, j'en aurais pleuré.

Au bout du couloir, j'ai trouvé l'appartement d'Eva Marville. La même grosse écriture ronde sur la sonnette. J'ai allumé la minuterie. Je voulais qu'elle me voie, en pleine lumière. Qu'elle voie la mère de Malcolm. J'ai rajusté ma veste en jean, lissé mes cheveux. Je n'ai pas hésité, j'ai sonné. Un coup bref. J'ai attendu. Personne. J'ai sonné encore, plus longuement cette fois.

Silence. Elle n'était pas là. Comment était-ce possible ? J'étais venue, et elle n'était pas là. J'avais pensé à tout, sauf à ça. Mon courage, ma bravoure s'échappaient, sortaient de moi comme l'air d'un ballon percé. Je me suis laissée glisser le long du mur, et je suis restée accroupie, comme un animal blessé. Où était-elle allée ? Un dîner ? Au cinéma ? Avec son mari et son gamin ? Sa vie remplie d'insouciance, de légèreté. Sa vie facile. Sa vie loin de nous, de moi. Loin de mon fils, prisonnier d'une nuit sans fin, à cause d'elle.

Je pouvais l'attendre. Rester là, jusqu'à son retour. Oui, je pouvais faire cela. Mais l'énergie me manquait. La minuterie s'est éteinte. Le noir me faisait du bien. Je me sentais invisible, protégée. De temps en temps, un éclat de rire, ou le claquement d'une porte parvenaient jusqu'à moi.

La nuit était tombée. La lumière du phare perçait l'obscurité avec ce rythme que je connaissais bien, maintenant. Un éclair long. Deux éclairs brefs. Je ne pouvais plus attendre ici. Des crampes dans mes cuisses, le bas de mon dos m'élançaient. L'idée de rentrer chez Candida était insupportable. Impression de tourner en rond, de perdre du temps.

Pourquoi ne pas aller me promener sur la Côte des Basques, et remonter d'ici une heure ou deux ? Elle serait rentrée. Le garçon était encore petit, il ne devait pas se coucher bien tard. Il fallait m'en aller, revenir à un autre moment. Je me suis levée d'un coup, la tête bourdonnante.

En partant, le corps déjà dirigé vers l'escalier, j'ai hésité. Je me suis retournée, je me suis baissée, j'ai machinalement tendu la main vers le paillasson. Je l'ai soulevé. Geste inexplicable.

La clef était là, petite, argentée et fine. J'ai saisi la clef et je l'ai introduite dans la serrure à toute vitesse.

Un grincement et un cliquetis. La porte d'Eva Marville s'est ouverte en grand sur une entrée exiguë tapissée de beige. Je suis restée sur le seuil, interdite. Y avait-il quelqu'un dans l'appartement ? Allais-je vraiment rentrer chez elle aussi facilement ? Ne devrais-je pas faire demi-tour et détaler ?

J'ai sonné à nouveau. J'ai dit : « Madame Marville ? », d'une drôle de voix chevrotante. Personne. Je suis entrée dans la pièce, doucement, comme une intruse, comme un voleur. Mon cœur battait très fort. J'ai remis la clef sous le paillasson et j'ai refermé la porte derrière moi, sans bruit.

J'étais chez elle.

Un parfum de femme, riche et fleuri, célèbre. Shalimar ou Chanel Numéro 5. A gauche de la porte d'entrée, un grand portemanteau couvert de parkas, vestes, chapeaux et écharpes. En face, une petite table haute en verre dépoli. Du courrier. Après un moment d'hésitation, j'ai pris les lettres d'une main mal assurée. Madame Eva Marville. Monsieur Daniel Bonnard. Des factures, des publicités. Une lampe à l'abat-jour conique. Des clefs dans un cendrier carré en porcelaine blanche. Une porte à gauche, une à droite. Tout était à ma disposition, tout était là, devant moi. Mais j'hésitais encore. Et si elle revenait? Et si elle me trouvait chez elle? C'était de la folie. Je devais faire demi-tour, partir. Tout de suite. Maintenant, avant que cela ne soit trop tard.

Impossible. J'étais rivée sur place. Comme un enfant qui fait une connerie, grisé par la peur, par l'angoisse. Porte de droite. Un salon. Je ne voyais rien. J'ai allumé. C'était assez joli, chargé, d'un style précieux. Un tapis aux motifs modernes. Des rideaux ivoire, des aquarelles aux murs. Une grande bibliothèque avec des livres. Que lisait Eva Marville? Je me suis approchée. Des classiques, Zola, Maupassant, Victor Hugo. Puis des romans plus récents : Sagan, Chandernagor,

Pancol. *Rebecca*, de Daphné Du Maurier. Stupeur. Mon roman préféré. Il était là, dans une ancienne édition de poche, celle de la mauvaise traduction. Il était là, chez cette femme qui avait renversé mon fils. J'ai saisi le livre, je l'ai feuilleté. Sur la page de garde, la grosse écriture ronde : « Eva Marville, été 78. » Elle l'avait lu en même temps que moi. Quelques passages avaient été soulignés. J'ai remis le livre, troublée.

Sur les étagères, plusieurs photographies du petit garçon blond aux yeux foncés. Mais aucune d'Eva Marville, ni de son mari. Sur la table basse, le programme de télévision, *L'Equipe*, un cendrier rempli de mégots. Une rangée de CD. Qu'écoutait Eva Marville ? Qu'écoutait cette inconnue que je haïssais ? Mozart. Chopin. Michel Sardou. Elvis Presley. Barbara. Il y avait aussi des groupes anglais des années 80 : Depeche Mode, The Cure, Tears For Fears. Les groupes favoris d'Andrew. Ce n'était pas possible qu'Eva Marville écoute cette musique-là. Ce devait être son mari.

A droite du salon, une cuisine moderne, impeccablement rangée. Une grande table octogonale. Des appareils ménagers. J'ai ouvert le frigo. Légumes, fruits, des petits suisses, un poulet. Du rosé. La sonnerie stridente du téléphone m'a fait sursauter. Un répondeur s'est mis en marche. Une voix de jeune femme a rempli la pièce.

— C'est moi, c'est Lisa, y a quelqu'un ? Allô ! Bon, personne. Vous êtes de sortie, visiblement, et vos portables sont fermés. Tant pis alors. Salut !

Elle a raccroché. J'ai essayé de reprendre ma respiration. Difficile. Souffle coupé, cœur fébrile. Je devais peut-être partir. Ce coup de fil, c'était un signe. C'était de la folie, de rester là. J'étais folle. Irresponsable. Et si elle revenait, elle me trouverait là, chez elle, elle appellerait la police, elle ou son mari, et que se passerait-il alors ? J'imaginais les questions de la police, la pauvreté de mes réponses. Obligée de dire la vérité. Pourquoi j'étais venue ici. La pitié dans les yeux des autres. Ma honte. Je me suis dirigée vers l'entrée, le pas rapide. Partir, avant qu'elle ne rentre, avant qu'il ne soit trop tard. Vite, partir. Mais la porte de gauche, celle que je n'avais pas ouverte, m'interpellait.

J'ai hésité. Ce serait vite fait. Juste cinq minutes de plus. Un couloir, et plusieurs portes encore. Les chambres. Celle du petit. Des jouets, des peluches, un lit défait. Le joyeux bazar d'un gamin de huit ans. Malcolm avait eu la même, à son âge. Eh oui, petit garçon dont je ne connais pas le nom, tu sais, toi, que ta maman a renversé un autre grand garçon, le mien ? Qu'elle a pris la fuite ? Et que mon fils est dans un profond sommeil dont il ne sortira peut-être jamais ? Tu le savais, dis ? Tu le savais, toi, que ta gentille maman, elle était capable de ça ?

J'ai senti ma haine pour cette femme me parcourir le corps comme un choc électrique. Une haine totale et féroce pour ce petit univers tranquille, délicat, féminin, cette existence calme et placide qu'elle menait, malgré tout, malgré l'horreur de son geste. Haine totale et démesurée envers son indifférence, cette lâcheté en elle qui l'avait empêchée de descendre de la voiture, de courir vers mon fils.

J'aurais voulu tout saccager ici, tout détruire de mes mains, lentement, méthodiquement, les coussins éventrés, les tableaux lacérés, la vaisselle brisée. Mais je n'ai rien fait de tout cela. J'ai serré les poings de toutes mes forces. Encore deux minutes, et je sortirais de là.

Encore deux minutes, et ce serait fini. On verrait pour la suite. On verrait quand est-ce que je me sentirais capable de revenir. De l'affronter.

Leur chambre maintenant. Leur intimité. Voilà où elle dormait. Où elle faisait l'amour. Dans ce lit, la nuit, lui arrivait-il de penser à mon fils ? L'avait-elle fait, au moins une fois ? Pensait-elle à nous, les parents ? Elle était mère, elle avait dû y penser. A ce coup de fil de la police : « Allô, madame, vous êtes bien la mère de… ? » Bien sûr qu'elle y avait pensé. C'était pour ça que je la haïssais tant. Parce qu'elle était mère, et qu'elle y avait pensé. Et qu'en dépit de tout, elle avait pris la fuite.

L'after-shave régnait, tout-puissant. Shalimar capitulait. Un grand couvre-lit gris. Des tables de nuit en Plexiglas. J'y ai passé l'index. Pas de poussière. « Son » côté : le téléphone, un roman – Raphaële Billetdoux –, une crème de nuit antirides, une lotion pour les mains. Son côté à lui : un réveil, un cendrier vide, une montre de sport. J'ai regardé les vêtements dans la penderie. Des robes, des tailleurs. Des couleurs pastel, des coupes classiques. Taille 46. Eva Marville était une grosse. Quel âge avait-elle à présent ? Vu son style vestimentaire et ses chaussures : des escarpins, des sandales, démodés et alambiqués, je lui donnais quarante-cinq ou cinquante ans. Avec un mari plus jeune qu'elle. Pointure 36. Elle devait être toute petite. Petite et grosse. Une grosse petite dame. Je me suis demandé si les vêtements qu'elle portait le jour de l'accident étaient là. Sûrement. A moins qu'elle les ait sur elle, ce soir.

Une commode. Toujours les photographies du petit garçon frisé. Son regard bizarre, sombre. Un sourire disproportionné. Puis une photographie jaunie d'une jeune femme blonde, replète, prise de profil, sur une plage. Elle devait avoir une vingtaine d'années. Eva Marville, jeune, certainement. Je l'ai étudiée pendant de longues minutes. On ne distinguait pas son visage. Juste la masse des cheveux dorés, bouclés, et des épaules rondes, bronzées. J'ai reposé le cadre, car mes doigts tremblaient. D'autres photographies récentes d'Eva Marville, épaisse, blonde, bouclée, cheveux longs, et de son mari. Leur mariage. Un voyage, une fête. Sur toutes les photos, elle le tenait très fort, très près, les yeux levés sur lui comme en adoration.

Sur la commode, à côté des photographies encadrées, des dossiers. Prêt immobilier, références bancaires, lettres de notaire. Un papier à en-tête « Biarritz Parfums », rue M., des listes de stocks, de commandes. Pas le temps de fouiner là-dedans, dommage. J'aurais aimé. Mais l'angoisse me reprenait, mes doigts nerveux ripaient. Une dernière chemise en plastique bleu. Je l'ai ouverte. Des articles découpés dans des journaux, des notes, des documents médicaux, des résultats sanguins, des bilans.

Un mot revenait plusieurs fois. « Syndrome d'Asperger. » Je me suis demandé ce que cela voulait dire. Pas le temps d'en savoir plus.

Un coup d'œil dans la salle de bains attenante. Une profusion de parfums, flacons, fioles, crèmes de beauté, maquillage, produits pour le bain. Voilà ce qu'elle faisait dans la vie. « Biarritz Parfums », rue M. Il suffisait que je demande à Candida où était la rue M. Eva Marville y avait un magasin. Je ne serais donc plus obligée de retourner ici. J'irais directement la voir à son lieu de travail. Là, au moins, je n'aurais pas besoin de l'attendre.

Un dernier regard circulaire, comme si je voulais m'imprégner des lieux. Ou comme si je voulais à ma manière laisser une trace. Une trace de mon dégoût, de ma haine.

Mais dans l'entrée, alors que je m'apprêtais à sortir, j'ai entendu des voix de l'autre côté de la porte.

Celle du petit garçon, immédiatement reconnaissable à sa puissance.

Et celle d'une femme.

J'ai eu à peine le temps de me cacher derrière le portemanteau, de m'abriter sous un grand imperméable aux relents de vieux Shalimar. Mon cœur battait horriblement fort, je n'entendais que lui.

Ils sont entrés, et la porte a claqué. J'étais certaine qu'ils allaient me voir. Je tremblais des pieds à la tête. La sueur perlait sous mes bras, sur ma lèvre supérieure. J'ai fermé les yeux. J'anticipais les cris, la scène qui allait suivre. La confusion, la panique. Mes joues brûlaient. Je haletais. Mais ils n'ont rien vu. Rien vu. Ils n'ont pas remarqué les baskets qui dépassaient du manteau de pluie.

Le garçon parlait comme à son habitude, à tue-tête, de sa voix plate. Il m'a semblé qu'ils sont allés directement dans la cuisine. J'ai entendu des bruits de vaisselle, d'eau qui coulait. Ma gorge était sèche. J'avais mal au ventre. Qu'allais-je faire ? Comment sortir d'ici ? J'imaginais la tête d'Andrew, s'il me voyait. Comment m'échapper ? Et où était le mari ? Etait-il entré avec eux ? Je n'avais pas capté sa voix, ni perçu l'odeur de son parfum.

Ils étaient toujours dans la cuisine. J'entendais sa voix à elle, à présent. Une voix plutôt grave. Surprenante chez une petite grosse. Elle a dit : « Prends ton médicament et arrête de gigoter comme ça. » Elle a mis le répondeur en marche, a écouté le message de « Lisa ». Je l'ai ensuite entendue parler au téléphone. « Mais tu savais bien que je sortais, ce soir, ma Lisette ? Tu voulais quoi ? Non, Dan n'est pas là, il arrive, il doit se garer en bas. Tu voulais lui dire quoi ? Ah, pour votre tennis ? Tu passes demain à la boutique ? OK, ma puce. » Il fallait profiter du fait qu'ils étaient là-bas, dans la cuisine, qu'ils ne pouvaient pas regarder vers l'entrée, pas me voir.

C'était maintenant ou jamais. J'ai commencé à me glisser vers la porte, en rasant le mur. Une épaule après l'autre. Une hanche après l'autre. Une éternité. Pourtant il suffisait d'une poignée de secondes pour que j'atteigne la porte, que je l'ouvre et que je file. Et le mari ? Et s'il était en train de monter l'escalier ? Que dirait-il s'il me voyait sortir de chez lui ? Cette pensée m'a paralysée. Je suis restée immobile quelques secondes, et j'ai replongé sous le manteau, frissonnante d'effroi. A travers une large boutonnière de l'encolure, j'apercevais une partie du salon, la table basse, les CD.

Une silhouette vive a déboulé. Le garçon. Il portait un sweat-shirt rouge, un jean. Il se rendait vers sa chambre, sifflotant, trottinant. Il est passé tout près de moi. Mon portable s'est mis à vibrer dans ma poche arrière. Un vrombissement sonore, étrange.

Le gamin s'est figé sur place, dos à moi. Mon cœur s'est arrêté de battre. C'était fini. Il allait me voir. Il appellerait sa mère. Tout était fini. Le portable bourdonnait toujours contre ma fesse droite, comme un gros insecte. J'étais incapable de l'arrêter, d'esquisser un geste. Le garçon s'est retourné lentement, craintivement. Son petit visage était devenu blanc. Il regardait droit vers moi avec ses yeux noirs, terrorisés. J'ai vu son regard descendre, percevoir mes chaussures. Sa bouche s'est ouverte. Enorme, ronde.

J'ai cru qu'il allait hurler. Je me préparais intérieurement à entendre son cri. Un cri perçant, un cri dément, qui allait faire accourir sa mère, affolée. Mais il n'a pas crié. Il a eu un spasme qui l'a secoué des pieds à la tête, et il s'est enfui à toutes jambes, il a couru le long du petit couloir et s'est précipité dans sa chambre. J'ai entendu sa porte claquer.

Je suis sortie de ma cachette comme un éclair. J'ai failli me prendre les pieds dans les vêtements, failli faire tomber le portemanteau. A la dernière minute, j'ai tout rattrapé. Vite, la poignée, vite ouvrir. Mains tremblantes, gestes maladroits. Enfin, j'étais sur le palier. J'ai fermé la porte doucement. Je me suis lancée vers l'escalier. Je l'ai dévalé, le plus silencieusement possible. J'avais mal au cœur, le souffle court.

En bas, devant la porte vitrée, l'homme aux cheveux courts fumait une cigarette, adossé contre le mur de la maison. Il parlait à voix basse dans son téléphone portable. J'ai ralenti ma cadence. Je suis passée tout près de lui, sans le regarder. J'ai entendu sa voix. Des mots chuchotés que je n'ai pas saisis. J'avais du mal à me reprendre, à respirer normalement. Il ne fallait pas me précipiter vers la sortie, marcher trop vite. Il le remarquerait. Je me suis forcée à marquer le pas. J'ai senti l'odeur de la cigarette mêlée à son parfum trop fort.

Arrivée en bas du jardin, devant le parking, j'ai encore ralenti ma cadence. Je me suis retournée. Il était toujours là, le dos appuyé contre le flanc de la maison. Je voyais le point rouge, incandescent, de sa cigarette briller dans la nuit.

Deux coups brefs du phare. Puis un coup long.

Il ne me voyait pas, j'étais protégée par l'ombre d'un hortensia touffu. Je suis restée là, assez longtemps, à le regarder, à observer la maison. C'était une belle nuit. Lune et étoiles. Les nuits d'amoureux, les nuits pour l'amour. L'amour me semblait si loin, si incompréhensible. L'amour et Andrew. L'amour avec Andrew. Inintelligible, comme une langue étrangère aux consonances inconnues. Jamais de ma vie je ne m'étais sentie aussi loin de mon mari. Ressentait-il la même chose ? Depuis combien de temps ? L'accident n'avait rien arrangé, au fond, le mal n'était-il pas déjà là, sournois, comme une tumeur dont on ne soupçonne pas l'existence ? Depuis le coma de Malcolm, la rancœur, l'incompréhension s'étaient creusées entre nous. Je n'arrivais même plus à me souvenir d'un bonheur. D'un bonheur simple. Stable. Je ne voyais que les soucis de travail, d'argent, les débuts laborieux de son cabinet d'architecture. Son aventure. L'amour qu'on faisait de moins en moins. Tout ce qui nous avait mis du plomb dans les ailes. Tout ce qui nous avait fait couler, petit à petit, sans que l'on s'en rende compte. Et moi, j'avais cru tout ça derrière nous. Je pensais qu'on était tirés d'affaire, hors de danger. Comme je m'étais trompée. L'accident de Malcolm n'avait fait qu'accentuer nos différences, nos silences.

Je l'imaginais, rue D. Seul, devant la télévision. Un verre de sherry à la main, qu'il faisait tournoyer, l'air absent. Son visage fin, fermé. The silent giant. Il riait davantage, avant. L'âge le rendait sérieux. Pourquoi ? Où était passé son rire ? Celui de nos débuts. Son humour anglais, si sec, si dur, cette faculté qu'ont les Anglais de se moquer d'eux-mêmes, chose que ne font jamais les Français. Où s'était enfuie notre insouciance ? La simplicité de notre vie. Le temps qui passait, lent, sans heurts, sans obstacles. Je me suis souvenue de notre premier appartement, un deux pièces sombre, qui donnait sur une rue bruyante du Quartier latin. On était souvent réveillés au petit matin par les éboueurs. Les canalisations étaient défaillantes. Quand l'eau coulait dans les tuyaux, on entendait des grincements, des coups. Ou parfois, une sorte de musique étrange que j'avais l'impression d'être la seule à décrypter. Le dimanche, on restait au lit. C'était avant les enfants. Souvenirs de draps froissés, de grasses matinées. Andrew, nu, qui récitait Shakespeare. « Shall I compare thee to a summer's day ? » Sa voix langoureuse, caressante. Plus du tout sa voix de maintenant.

Je n'avais rien vu venir. Je n'avais pas remarqué de changement. Les choses s'étaient faites, ou défaites, petit à petit, insidieusement. Tu te laisses aller, Justine. Tu te laisses aller. Ses yeux légèrement distants sur le verre de vin blanc que je venais de me servir. Sur mon visage creusé, mes paupières gonflées. Mes cheveux mal peignés, mes ongles rongés. Tu te laisses aller. Un fils dans le coma, et c'était tout ce que mon mari trouvait à me dire.

L'air autour de moi était tiède et riche, rempli d'odeurs maritimes et champêtres. Le murmure des vagues, en bas sur la plage. Le vent dans les branches des grands platanes tachetés au-dessus de ma tête. Un klaxon, le claquement d'une portière. Et moi, seule, à épier cet inconnu. J'ai sorti mon portable de ma poche pour voir qui m'avait téléphoné pendant que j'étais chez « elle ». Pas de message. Numéro masqué dans l'historique des appels. Le flic, peut-être ? Je me souvenais encore de la puissance de ses bras, de ses épaules. Mes larmes sur son T-shirt noir. Allait-il venir me mettre en garde ? Ce n'était pas très loin, Hossegor. Je m'en fichais. Après ce que j'avais été capable de faire ce soir, je m'en fichais. Penser à demain. Rue M. Ouverture de son institut de beauté-parfumerie. Grosse petite blonde trop maquillée. Doigts patauds. Ongles vernis. Pieds boudinés dans des sandales trop étroites. Shalimar. Univers de pacotille, de strass, de féminité inutile, vaniteuse. Tout ce que je détestais. Tout ce que je méprisais. Demain j'irais la retrouver.

« Demain, dès l'aube, à l'heure où blanchit la campagne. » Les vers de Victor Hugo revenaient, comme un refrain. Comme le phare qui ponctuait de son long doigt blanc le noir du ciel. Un coup long, deux coups brefs. Ma nuit s'étalait devant moi. Je n'avais pas sommeil. J'étais prête à rester là, à regarder cette maison où vivait cette femme. J'étais prête à passer la nuit là, seule, à attendre que le soleil se lève. Je n'avais ni faim, ni soif. J'étais enveloppée dans une sensation d'attente. De minutes figées. Et pourtant le phare tournait toujours et la nuit avançait.

L'homme a jeté son mégot d'une pichenette vers le gravier. Puis il est rentré dans la villa, en empochant son téléphone. Il montait les retrouver, « elle » et le gamin. Je me suis assise sur le gazon un peu humide. Il était vingt et une heures. J'ai appelé Arabella. J'ai dit que j'allais rentrer tard, qu'elle ne s'inquiète pas. Que demain, je savais comment et où affronter cette femme. Voulait-elle venir avec moi ?

— Yes. Je viendrai avec vous.

Georgia dormait-elle ?

— Oui, depuis longtemps.

— Allez l'embrasser dans son lit pour moi.

— I will, Djoustine.

Arabella a raccroché, puis j'ai téléphoné à l'hôpital. L'infirmière de garde était une de mes préférées. Pas de changement pour Malcolm. Etat stable. Son papa avait passé la journée auprès de lui. J'ai eu un pincement au cœur en imaginant Andrew là, la journée entière. J'ai commencé à appuyer sur la touche 3 de mon téléphone, le numéro préenregistré de la maison. J'ai hésité. Qu'allais-je lui dire, à mon mari ? Que j'étais rentrée chez « elle », que j'avais fouillé, regardé partout, que j'avais failli me faire surprendre, et que maintenant j'étais devant la villa, à attendre ? Impossible. Mais j'avais besoin de l'entendre, de lui dire qu'il me manquait. Qu'il me manquait, ce soir, comme jamais. J'ai appuyé sur 3. Sonneries dans le vide. Personne à la maison. Le répondeur avec ma voix que je détestais. Bip sonore.

— Andrew, are you there ? C'est moi. Réponds-moi.

Il était sorti. J'ai essayé son portable. Messagerie. J'ai raccroché sans rien dire. Où était-il ? Avec qui ?

Depuis son aventure, je n'avais pas voulu savoir s'il me trompait encore. J'avais fermé les yeux. Plus posé de questions. Je me protégeais. Je n'avais pas eu d'histoire de mon côté. J'aurais pu. Par vengeance, par curiosité. Par ennui. Mais non, rien. Le regrettais-je ? Je ne savais pas. Je m'en fichais.

Tout avait changé depuis l'accident. Il n'y avait désormais que Malcolm et son coma. Le reste – ma fille, le travail, mes parents, mon mari, mes amies – passait à côté. Il n'y avait que Malcolm qui comptait, et cette inconnue dans la maison, devant moi, cette femme qui ne savait rien, qui ne se doutait pas que j'étais là, qui n'avait aucune idée de ce qui l'attendait, et pour qui demain serait un jour dont elle se souviendrait sa vie entière.

Petit à petit, les lumières de la villa se sont éteintes. Et autour de moi, sur la Promenade des Basques, les maisons sombraient dans l'ombre, elles aussi. Il n'y avait que le phare pour tournoyer dans la nuit. Je me suis allongée sur l'herbe humide, et j'ai attendu. C'était long, d'attendre l'aube. Etrange et long. Je n'avais pas fait ça depuis l'adolescence. Avec mon frère, une nuit d'été, chez des amis des parents, dans les Cévennes. Tout le monde était couché. Il y avait un copain, comment s'appelait-il déjà, un ami de mon frère, qui avait un béguin pour moi. Un nom désuet, démodé. Aymar, Gaëtan. Quelque chose comme ça. Je le trouvais à la fois courageux et pathétique. Il était trop jeune. Maladroit, nerveux. Mais drôle. On avait chapardé une bouteille de rosé, des Camel, et on s'était cachés dans une pinède derrière la maison. On avait vu des étoiles filantes extraordinaires qui nous arrachaient des Ah! et des Oh! Mon frère s'était affaissé, gagné par le sommeil vers trois heures. Son ami était plus vaillant. Il avait même osé embrasser la grande sœur. Cliquetis maladroit de ses canines contre les miennes. Salive aromatisée au rosé. On avait gloussé, la tête nous tournait.

On était jeunes, frais, niais. Seize ans. Drapés dans nos fanfaronnades, nos premières conquêtes. C'était loin. L'été de mes seize ans, mes parents étaient encore amusants, beaux, fringants. Mon père faisait rire, séduisait, portait des favoris trop longs. Ma mère ne se plaignait de rien, se préoccupait de son bronzage, gazouillait avec ses amies.

Un beau couple, encore. Il leur restait deux décennies avant le coup de massue de la soixantaine qui allait les transformer en retraités geignards. Je me suis dit qu'à seize ans, on ne savait rien de la vie. Rien de ce qui nous attendait, la quarantaine venue. Rien de ce qui nous tomberait dessus, sans crier gare. Rien des épreuves, des souffrances. Rien de la vieillesse qui allait ensuite s'insinuer dans ces souffrances et contre laquelle nous ne pourrions rien.

Comme je les regrettais, mes seize ans, cette nuit. J'avais froid, l'humidité du gazon passait à travers mon T-shirt sur ma peau. Ciel sombre, velouté, parsemé d'étoiles. J'ai regardé les constellations. Je ne pensais à personne. J'attendais, avec une sorte de rage intérieure. Puis j'ai vu les visages de Malcolm, d'Andrew s'imprimer dans le ciel, comme sur un immense écran mouvant. Malcolm dans son monde fermé, cadenassé. Andrew, disparu de la maison, avec qui, faisant quoi ? Les deux visages m'inspiraient le désespoir le plus vif, le plus pesant. Noirceur absolue, tristesse.

Je ne me souvenais même plus de la dernière fois que j'avais ri. Ri aux éclats. Ri à s'en tenir les côtes. Le rire me semblait aussi impossible, aussi incongru que le sexe. Rire et faire l'amour, deux choses qu'Eva Marville avait éliminées de ma vie. J'avais ri aux larmes, quelques jours avant l'accident, ça me revenait. Mon amie Laure m'avait raconté qu'elle était allée voir son ostéopathe pour un mal de dos tenace, au niveau des reins. Mais elle avait oublié avant la séance de remplacer son string par une culotte normale et s'était retrouvée tétanisée et presque nue devant lui, troublé lui aussi par cette apparition inattendue.

J'avais ri aussi avec Malcolm, spécialiste des blagues au téléphone. On en faisait souvent, des blagues, sous les yeux agacés d'Andrew et Georgia qui ne comprenaient pas pourquoi on était capables de se laisser aller à une telle hilarité. Avec les deux lignes de la maison, il suffisait de composer deux numéros soigneusement choisis, ouvrir les haut-parleurs, mettre les combinés tête-bêche et laisser la conversation inopinée entre nos deux interlocuteurs s'installer, chacun étant persuadé qu'il était appelé par l'autre. Le résultat le plus brillant ce soir-là avait été le dialogue surréaliste entre mon père (hautain et désagréable à souhait, narines qu'on imaginait frémissantes d'indignation) et une entreprise de désinsectisation.

— Comment ! Vous osez m'appeler pour suggérer qu'il y a des cafards chez moi ! Mais vous êtes prêt à tout, mon pauvre monsieur. C'est une honte.

Et l'autre de répondre, gouailleur : « Ben c'est quand même vous qui m'appelez, hein, alors si vous avez des cafards chez vous, faut pas avoir peur de le dire, hein, on est là pour ça, mon p'tit m'sieur. »

Malcolm et moi hoquetant, paumes plaquées sur la bouche. Et cet autre fou rire, il n'y avait pas si longtemps, avec Andrew et un couple d'amis. Nous étions à la terrasse d'un de ces restaurants branchés et prétentieux où les serveuses marchent comme si elles étaient sur un podium et où le voiturier toise votre vieille Golf d'un regard dédaigneux. Alors que nous dînions au milieu d'une foule élégante et raffinée, qu'on nous apportait des plats délicats aux noms savants sur des assiettes carrées, une jeune femme platine en robe de soirée, perchée sur des talons invraisemblables, s'était arrêtée devant nous pour répondre à son téléphone portable. Au bout d'une laisse dorée, un lévrier courbait son échine fragile. La jeune femme parlait fort, un mauvais anglais, se déhanchait, ravie de se donner en spectacle. Elle ne se rendait pas compte que, derrière elle, son chien ahanait de toutes ses forces, les yeux exorbités, en train d'expulser une crotte énorme qui se déposa en une spirale odorante sur le trottoir. Andrew riait silencieusement, les épaules secouées, les yeux clos.

La semaine avant l'accident, j'avais ri aux larmes, avec une copine, Isabelle, qui me racontait très sérieusement que les hommes normaux n'existaient plus. Ils étaient tous devenus ce qu'elle appelait des « hétéros-fiottes », des hommes avec qui il ne se passait rien, qui ne faisaient plus l'amour, se contentaient de flirts pâlots et d'envoyer des textos enflammés à tout bout de champ.

Cela me faisait mal d'y penser. Douleur aiguë de ces moments enfouis, perdus. Il ne restait que mon présent froid, lugubre, comme la surface rêche, inhospitalière d'une planète inconnue. Avant la Mercedes « moka », qu'avait été le pire dans ma vie ? Cette nuit, je n'avais que le souvenir édulcoré, faussé d'une existence facile, harmonieuse, sans catastrophes. Pourtant, il y en avait eu, des catastrophes. L'accident de voiture de mon oncle, qui lui avait coûté la vie. Il avait trente ans, moi quinze. Je me souviens d'avoir pleuré devant le chagrin de ma mère, de mes grands-parents. Et puis un cortège de cancers, divorces, faillites, séparations, infarctus, coups du sort, du destin. Comme tout le monde.

Comme chaque famille. Il y avait eu Andrew un matin, prostré, affligé d'un mal de tête colossal, vomissant de la bile noire. Moi, paniquée, persuadée de sa fin soudaine. Une sacrée migraine, avait dit SOS Médecins. Rien à faire : repos et silence. Il y avait eu le fils aîné d'Emma qui avait failli se noyer dans une piscine et que les pompiers avaient ranimé de justesse. Il y avait eu la spectaculaire chute de ski d'Olivier et son tibia broché de métal qui gardait encore des séquelles. Oui, des drames, des peines, comme dans toute existence.

Mais rien de cet acabit. Rien comme ça, rien comme maintenant. Rien d'aussi tentaculaire, d'aussi puissant. Rien de comparable. C'était étrange, car dans cet enfer que je subissais, je me sentais différente, autre, métamorphosée. Comme si avant, j'avais été engourdie, endormie. Comme si la Mercedes « moka », dans son horreur, son abomination, m'avait brutalement réveillée. Un baiser de Judas qui m'avait ouvert les yeux. Jamais je ne m'étais sentie si alerte, vive, en vie. Je captais chaque battement de mon cœur, chaque souffle, chaque mouvement de mes viscères, de mon corps, rien ne m'échappait, mon corps entier vibrait, bruissait d'une énergie inconnue. Etre « en vie » : je comprenais à présent ce que cela voulait dire. Mais maintenant je savais que c'était la peur, la terreur, et les sensations les plus dures, les plus extrêmes, les plus aiguës, les plus douloureuses qui véhiculaient cette vitalité inédite. Pas la joie. Pas l'amour. Pas la douceur. Pas la sérénité d'avant. Rien de ce que j'avais connu avant.

Sur l'écran de mon portable, il était déjà cinq heures. J'avais mal au dos, aux reins. L'impression d'être cassée de partout. Tu vois, Malcolm, les conneries que maman fait pour toi. Tu vois ce dont ta pauvre maman est capable. La villa en face était sombre, silencieuse. Aucune lumière aux fenêtres. J'ai lu mes e-mails sur mon téléphone. L'éditrice avait envoyé un message laconique, pas désagréable, mais ferme, me disant qu'elle me retirait le projet. Pourrais-je lui rendre le texte original et l'avance que j'avais déjà encaissée ?

J'ai marché jusqu'à la falaise, et j'ai regardé la mer. On apercevait à peine l'ourlet des vagues. Quelques éclats sur la vaste étendue, des bateaux, j'ai pensé. D'autres lumières qui scintillaient vers l'Espagne, vers le sud. J'ai eu la sensation bizarre, satisfaisante, d'être la seule personne à la ronde qui ne dormait pas.

Le jour se levait derrière moi, à l'est. Une lueur blafarde. C'est le phare qui a cédé en premier. Il s'est arrêté petit à petit. On sentait qu'il était lentement aspiré par la lumière de l'aube, de plus en plus forte, de plus en plus blanche. « Demain, dès l'aube, à l'heure où blanchit la campagne. » L'œil jaune du phare s'évanouissait. Il s'estompait. Dernier tremblement infime. Voilà, c'était fini. Le jour était là, blanc, vibrant. Samedi. Mon troisième jour loin de Malcolm, loin d'Andrew.

J'avais passé ma nuit dehors. Les hortensias étaient recouverts de rosée. L'herbe aussi. Je me suis accroupie rapidement pour pisser derrière un buisson. Vent frais sur mes reins. J'avais faim, soif, la tête lourde. J'ai suivi un chemin escarpé vers la plage. Je n'ai croisé personne. En bas, sur le mur qui longeait la plage, quelques surfeurs aux yeux bouffis de sommeil scrutaient l'horizon. La marée remontait. Les nuages arrivaient en rangs serrés de l'Espagne.

Il ne ferait pas beau. Cela n'avait aucune importance.

IV

J'ai pris un café au bar de l'hôtel moderne qui donnait sur la plage.

— Vous êtes bien matinale, m'a dit le serveur.

Je devais avoir une de ces têtes. Ebouriffée, fripée. A quelle heure ouvrait « son » magasin ? Dix heures, certainement. J'avais le temps de rentrer chez Candida, de me doucher, de me changer. En partant, j'ai refait le numéro de la maison, puis le portable d'Andrew. Pas de réponse. Je n'ai pas laissé de message. J'ai appelé l'hôpital, pour avoir des nouvelles de mon fils. « Etat stable. » Rien de nouveau.

En marchant vers la plage du Miramar, une angoisse soudaine m'a enserré le ventre. Qu'étais-je venue faire ici ? A quoi cela servait-il ? J'étais folle d'espérer quoi que ce soit, d'être là, d'être entrée chez « elle ». Pourquoi la rencontrer ? Pourquoi l'affronter ? Cela n'allait rien changer, rien enlever à ma souffrance. Cela n'allait pas m'aider, n'allait ni me faire avancer, ni me sauver. Ni nous sauver, Andrew et moi. Cela ne servait à rien. Envie de m'effondrer sur le sable mouillé. Puis j'ai entendu la voix d'Arabella, comme si elle était à côté de moi.

— Pick yourself up, girl.

Son ton autoritaire, riche d'humour, de dérision. Je me suis redressée, le dos droit, comme elle. Omoplates basses, menton haut. Démarche d'autruche fière et élégante. « Je sais pourquoi vous êtes ici, Djoustine. Je vous comprends. Je pense que j'aurais fait exactement la même chose, si j'étais à votre place. » Etrange de constater que dans ces moments si solitaires, si douloureux, c'était à ma belle-mère que je pensais. Pas à ma mère, pas à ma sœur. Mais à Arabella et ses silences. Ses souffrances. Ses secrets.

En passant sur la Grande Plage déserte, j'ai eu l'envie de me baigner. Mon soutien-gorge et ma culotte, noirs, pourraient faire office de maillot. De toute façon, il n'y avait personne à cette heure-ci. L'eau était fraîche à couper le souffle. Je n'avais pas nagé dans la mer depuis l'Italie, depuis l'été dernier. Les vagues étaient grosses, mousseuses. Assez puissantes.

J'ai nagé loin, puis je me suis retournée pour admirer la vue. Le Palais. Les villas. Les immeubles modernes. Le phare blanc. J'ai regardé vers le nord, au-delà du phare, vers Malcolm, vers Andrew. Le courant me tirait loin de la côte, j'ai lutté contre lui, puis j'ai rejoint le bord, hors d'haleine. J'avais froid. Rien pour m'essuyer.

Un homme était assis sur le sable, vêtu d'un maillot. Il me regardait. Puis il m'a tendu une serviette-éponge. J'ai hésité, mais j'ai pris la serviette. Je me suis frottée énergiquement. Ses yeux se baladaient sur ma peau hérissée par la chair de poule. Cela faisait longtemps qu'un homme ne m'avait pas regardée ainsi. Je ne savais pas si cela me faisait plaisir ou me gênait. Je n'avais pas envie d'y penser. Mon soutien-gorge et ma culotte, fripés, malmenés par le sel et la houle, ne cachaient plus grand-chose de mon corps.

L'homme souriait, les yeux rêveurs.

— Vous êtes belle.

Je lui ai rendu la serviette.

— Merci.

— Vous êtes très matinale, aussi.

L'accent du coin. Il devait avoir mon âge, un peu moins. Petit, brun, les yeux sombres. Musclé. J'ai remis mes vêtements, toujours sous son regard amusé, admiratif. Il est resté silencieux, souriant. Je me suis éloignée.

— Au revoir. A demain matin, peut-être ?

J'ai souri.

— Au revoir.

Arabella m'attendait dans la cuisine. Elle m'avait préparé un petit déjeuner. Muffins, crumpets et un reste de treacle pudding. Ses traits étaient tirés. Elle ne m'a rien demandé sur ma nuit, ne m'a pas parlé de la sienne.

— Are you ready ?

— Oui, j'ai répondu. Je suis prête. « Elle » a un magasin, en ville. Il doit ouvrir vers dix heures. On va y aller.

— With Georgia ?

— Oui, j'ai dit. Avec Georgia.

Sous la douche, j'ai senti que ma perception du temps s'était encore modifiée. Cette fois, les secondes s'écoulaient avec une précision mécanique, inexorable. Plus rien de flou, de fuyant. Chaque nouvelle minute me rapprochait d'elle. Chaque seconde.

Tout est allé vite, après. Réveil de la petite, son pain au chocolat, son lait chaud. Arrivée de Candida.

— Well, have a nice walk, then, sweeties.

Embrassades.

— Back for lunch, are you ?

La rue, les passants. L'heure qui tournait. Chaque minute. Chaque seconde. Chaque pas. Georgia a dû remarquer une détermination particulière dans ma façon de lui tenir la main, de me mouvoir. Elle n'arrêtait pas de lever son petit visage pointu vers le mien, de m'interroger du regard. Je marchais, mâchoires serrées, sa main menue dans la mienne, sans parler, sans baisser mes yeux vers elle. Qu'aurais-je pu lui dire ? On va voir la dame qui a renversé Malcolm ? Impossible. Derrière moi, Arabella, son pas dansant et glissant que je sentais dans mon dos. Chaque minute, chaque seconde, chaque pas. Eva Marville. La grosse blonde. Se doutait-elle que je me rapprochais ? Le sentait-elle ? Le haut de sa rue maintenant. J'ai failli m'arrêter, stopper net au milieu du trottoir, mais dans mon dos, Arabella. Le poids de ses yeux comme une main plaquée au creux de mes omoplates.

— Come on, girl. Nearly there.

Presque arrivées. J'ai vu nos reflets dans la devanture d'une boutique. La petite. Si frêle. Moi, le visage sévère, mes cheveux tirés, ma bouche crispée. Arabella, tige élancée, drapée d'un de ses pashminas vieux rose. Drôle de trio. Plutôt inoffensif. Personne ne pourrait se douter de notre mission. De pourquoi on était là. De pourquoi on marchait si vite, comme si notre vie en dépendait.

Biarritz Parfums. C'était là. Je me suis arrêtée enfin. En vitrine, des produits de maquillage, des parfums. Des crèmes solaires. Des bijoux fantaisie. Des colifichets. J'ai croisé le regard de ma belle-mère. Elle a levé le menton. J'ai poussé la porte. Tintement d'une sonnette.

Relents de cire chaude. De poudre. De cosmétique. De vernis à ongles. Personne dans la boutique. Spacieuse, bien rangée, colorée.

— On va acheter quelque chose, maman ?

J'ai murmuré : « Oui, oui. » Arabella se penchait sur un présentoir de rouges à lèvres comme si cela la passionnait. Toujours personne. Une voix dans l'arrière-boutique. De la musique en fond sonore. Une jeune femme est apparue. Petite, brune, menue, vêtue d'une blouse rose. Sourire nimbé de gloss.

— Je peux vous aider ?

Je m'attendais à voir Eva Marville, sa blondeur, sa corpulence, pas cette jeune femme fluette. Je suis restée sans voix. Arabella a dit : « Je voudrais choisir une rouge à lèvres, please. »

La jeune femme s'est penchée elle aussi sur le présentoir, et, sur le dos de sa main, esquissait des petits traits avec les bâtons de rouge qu'elle montrait ensuite à Arabella et Georgia. Je n'écoutais pas leur babillage. Où était-« elle » ? Pourquoi n'était-« elle » pas là ? Mélange de frustration et de soulagement. Qu'allais-je faire maintenant ? J'étais venue jusqu'ici. Ce serait ridicule de repartir.

Sensation d'impuissance, d'amertume. Georgia et Arabella écoutaient la jeune brune sérieusement. Je trépignais, l'énervement me gagnait. Ne fallait-il pas nous en aller, quitter Biarritz, retrouver Malcolm, retrouver Andrew ? A quoi cela servait-il de rester là ? Je n'avais plus envie de perdre mon temps. Je n'avais plus envie de « la » voir. Je voulais fuir. De nouveau, Arabella m'a lancé un regard. Ses yeux étaient flegmatiques, calmes. Elle m'exhortait d'attendre, d'être patiente. J'ai hoché la tête en retour. Elle avait raison. Bien sûr qu'elle avait raison. Elle avait toujours raison.

J'ai laissé mes yeux traîner sur les étagères. Crèmes de jour, de nuit, masques hydratants, purifiants, gommages, sérums antifatigue. Je n'utilisais pas ces produits. Juste quelques crèmes hydratantes, achetées en pharmacie. J'imaginais que beaucoup de femmes dépensaient des fortunes dans ce genre de magasin. Moi, cela ne m'intéressait pas. Je n'étais pas coquette. Ma sœur non plus. Peut-être avions-nous été dégoûtées à vie de la coquetterie par une mère trop apprêtée, trop maquillée. Profusion de produits devant mes yeux. Il y en avait jusqu'au plafond. Eva Marville devait savoir exactement où chaque produit était rangé. Elle faisait ça toute la journée. A nouveau, le mépris qui montait en moi. La haine de cette femme. De sa petite vie nourrie de crèmes de beauté et de fonds de teint. De parfums, de houppettes, d'épilations « maillot », de laits autobronzants.

— Vous cherchez quelque chose de particulier ?

Une voix grave, presque rauque. Je me suis retournée.

« Elle » était là, devant moi.

Eva Marville.

Grande. Etonnamment grande. Aussi grande qu'Arabella. J'avais imaginé une petite grassouillette. Un petit boudin. Rien à voir avec les photos que j'avais vues chez elle. Elle était forte, sculpturale, aux attaches fines. Des épaules rondes, puissantes, des bras dorés, ronds, qui sortaient de la blouse rose. Des petites mains aux ongles d'un beige pâle. Pas jolie. Mais un sourire extraordinairement communicatif. Les dents du bonheur. Une bouche large. Je la détaillais, sans parler. Le cœur qui battait très fort. Ses cheveux, blonds, méchés, ondulés, aux épaules, les mêmes que sur les photos de sa commode. Elle devait avoir mon âge. Un peu plus. Une peau maquillée, fraîche, lisse. Ses yeux. Chocolat. On ne voyait pas la différence entre la pupille et l'iris. Deux ronds foncés et brillants. Des cils épais, recourbés. Des sourcils de brune qu'elle avait décolorés. Elle est venue se mettre à côté de moi. Une démarche énergique. Des hanches larges, des mollets de guerrière, musclés, épais, déjà bronzés. Et des tout petits pieds dans leurs sandales ambrées. Elle me dépassait d'une tête.

Impossible d'articuler un mot. Je regardais vers Arabella. Ma belle-mère me tournait le dos, comme si elle voulait me laisser faire. Eva Marville levait les bras, attrapait des crèmes en haut de l'étagère. Elle devait faire au moins un mètre quatre-vingt. Je sentais son corps près de moi, sa chaleur, son odeur. Shalimar ou Chanel. Et un effluve de déodorant.

Sourire à nouveau. Ce drôle de sourire joyeux, sensuel. Elle capta l'accent de ma belle-mère.

— Vous ne parlez pas français ?

J'ai bredouillé :

— Si, si, je parle français. Je voudrais… une crème de soin, s'il vous plaît.

— Pardon, je croyais que vous étiez avec la dame anglaise.

— Non, non.

Les ronds noirs ont scruté mon visage.

— Vous avez une peau fine, sèche, à tendance grasse sur le menton et au front…

L'accent du coin, comme le type sur la plage, ce matin.

Elle me présenta des produits, elle discourait, je ne l'écoutais pas, je ne faisais que la regarder avec une avidité qu'elle ne semblait pas remarquer. Je tremblais, ma bouche était sèche. Comment lui dire ? Comment lui en parler ? Lui dire quoi ? Commencer comment, par quoi ?

De quoi j'avais peur ? C'était elle qui devrait avoir peur de moi, c'était elle qui devrait se mettre à trembler. Cette voix, grave, étonnante. Tout en elle était étonnant. Sa taille. Ses rondeurs. Son regard chocolat et brillant, ses dents du bonheur. J'aurais voulu la trouver laide, là, tout de suite, maintenant. Répugnante. Plouc. J'aurais voulu rire d'elle. Mais elle était majestueuse. Ses gestes avaient une grâce inattendue.

J'ai choisi une crème, comme dans un rêve. J'ai payé en liquide. Je me suis dit qu'il ne fallait pas qu'elle connaisse mon nom. Une autre cliente est entrée dans la boutique et Eva Marville s'est tournée vers elle, toujours avec ces gestes lents, ronds, tout sourire. Les yeux d'Arabella sont venus me chercher. Hors de question que je sorte. Hors de question que je m'en aille.

J'ai dit à Eva Marville que je voulais un rendez-vous pour un soin. Elle a pris un grand cahier noir sur le comptoir, un crayon.

— Très bien, madame. Un soin du visage? Du corps? Une épilation?

Il faisait chaud dans le magasin. Odeurs riches et sucrées de poudres et de parfums qui me montaient à la tête. Un soin. Un soin de quoi? N'importe quoi, un soin de n'importe quoi, du moment que je reste là, qu'elle soit là devant moi, dans mon champ de mire, que je puisse commencer à la questionner.

— Vous faites des maquillages?

— Oui, certainement, dit-elle. Pour une soirée? Dans ce cas il faudrait revenir en fin de journée.

— Non, j'aurais voulu faire un essai avec vous maintenant. C'est pour…

— Un mariage, peut-être?

— Oui, un mariage. Je voudrais faire des essais avant.

Elle baissa la tête pour regarder dans son carnet.

— Je peux vous prendre tout de suite, si vous voulez.

J'ai regardé Arabella discrètement.

— Oui, très bien. Tout de suite.

Ma belle-mère s'est dirigée vers la sortie du magasin avec la petite. Elle ne m'a pas parlé, mais elle m'a souri, esquissé un signe infime, index et majeur croisés. Fingers crossed. Good luck, Djoustine. Bonne chance.

Eva Marville m'emmena dans l'arrière-boutique. Rangée de portes laquées blanches, lattes de bois doré au sol. Aux murs, posters de femmes sylphides aux peaux bronzées vantant des grandes marques de cosmétique.

— On va se mettre là, madame.

Un fauteuil faisait face à un miroir entouré de plusieurs spots, comme ces décors de stars qui me faisaient rêver quand j'étais adolescente.

Mon ventre me faisait mal. Bouche sèche, cœur qui cognait. Lui dire. Lui dire maintenant. Ce n'est pas la peine, le maquillage, Eva Marville. Eh oui, je connais votre nom. Rangez votre matériel. Je n'ai pas besoin de m'asseoir. Je suis venue ici vous retrouver parce que vous avez renversé mon fils avec votre Mercedes couleur « moka » le mercredi 23 mai à Paris. Et que vous avez pris la fuite. Lui, il est dans le coma. Voilà pourquoi je suis là.

Incapable de parler. Je la regardais choisir des fards, des crayons, des houppettes avec minutie. J'étais figée sur place, engoncée dans le fauteuil. Paralysée. Dans la glace, mon visage sec, pointu. Une peau grise, des yeux cernés. Des yeux qui me semblaient immenses, plus clairs que d'habitude, des yeux de folle. Des yeux qui la suivaient, chaque mouvement, chaque geste, chaque souffle.

Elle ne m'avait pas encore touchée. Je redoutais le moment. Quand il est venu, j'ai fermé les paupières. Elle me démaquillait.

Je sentais sur mes joues, sur mon front, les doigts de la femme qui avait renversé Malcolm. Je sentais sur mon visage les mains qui tenaient le volant de la Mercedes couleur « moka ».

— Détendez-vous, madame.

J'ai ouvert les yeux, elle souriait, plutôt gentiment, son disque de coton à la main. Impossible de dire un mot. Juste mes yeux de folle sur elle.

— Vous voulez que je mette de la musique ? Ça vous aidera peut-être ?

J'ai dû incliner la tête car elle s'est retournée, elle a glissé un CD dans une fente et la musique est venue me surprendre.

On candystripe legs the spiderman cornes
Softly through the shadows of the evening sun

Lullaby, des Cure.
Le titre préféré d'Andrew.

Ce fut si absurde, si inattendu d'entendre cette chanson ici, dans cet endroit, avec « elle », que j'ai laissé un sourire incrédule flotter sur mes lèvres. Andrew aimait tant cette chanson qu'il était capable de la passer en boucle, cinq, six fois de suite. C'était celle qu'on entendait le plus souvent, à la maison, dans sa voiture, à son bureau. Malcolm et Georgia la connaissaient par cœur, mimaient à la perfection la voix plaintive de Robert Smith.

— Ça va mieux, on dirait ? Vous aimez cette chanson ?

Elle acheva de me nettoyer le visage, lentement. Le lait démaquillant sentait l'amande, le bébé. Le doux, le tendre. Dans le miroir, mon visage rose, lissé, nu.

Eva Marville continua.

— Moi j'adore la pop anglaise. Tears for Fears, The Cure, Depeche Mode, Soft Cell. Mais c'est bien la seule chose que j'aime chez les Anglais ! Vous voulez écouter autre chose peut-être, madame ?

— Non, non.

Candystripe legs. Pas évident à traduire, candystripe legs. L'homme araignée débarque sur ses jambes à rayures multicolores. J'entendais déjà la voix d'Andrew : « Mais non, enfin, Justine, candystripe, ça ne se traduit pas, c'est intraduisible, tu ne peux pas dire ses jambes à rayures multicolores, c'est pas ça du tout. »

Elle étalait une crème fluide sur ma peau.

— Vous n'aimez pas les Anglais ? j'ai dit.

Elle a haussé les épaules.

— Ils ne nous aiment pas non plus, vous ne trouvez pas ?

— Les Anglais nous trouvent sales, prétentieux et chauvins.

Rire de gorge d'Eva Marville, comme le roucoulement d'un pigeon.

— Sales ? C'est plutôt eux qui sont sales. Et puis tout blancs, efféminés. Et snobs. Mais bon, j'adore leur musique. Ce disque des Cure par exemple, on n'a pas fait mieux. Robert Smith, c'est un génie, son look, sa voix, ses textes, le clip de *Lullaby*, tout quoi. Vous ne trouvez pas ? Les Anglais sont les rois de la musique, depuis les Beatles et les Stones. Sting. Annie Lennox. Elton John. Bryan Ferry. Et même les petits nouveaux, comme Cold Play. Nous, on peut aller se rhabiller avec nos Johnny et nos Sardou rafistolés.

A movement in the corner of the room
And there is nothing I can do
When I realise with fright
That the spiderman is having me for dinner tonight

Un mouvement dans le coin de la chambre
Et je ne puis plus rien faire
Je comprends avec effroi
Que l'homme araignée ce soir ne fera qu'une bou-
chée de moi.

— Vous pouvez me parler de la robe ?
Un blanc.
— La robe ?
— La robe que vous allez porter pour votre mariage, madame.
Aucune pique dans sa voix. Gentillesse, chaleur. Patience.
— Il faut que je sache de quelle couleur elle est exactement, pour pouvoir accorder le maquillage, vous comprenez ?
J'ai murmuré oui. Puis j'ai dit :
— Une robe couleur bronze. Ce n'est pas mon mariage, c'est celui de ma sœur.
— Je vois, madame. Bronze. Oui, ça sera joli avec vos yeux.
Elle m'a regardée pendant quelques instants. Puis son grand sourire. Ses grandes dents. Les fossettes.
— Très bien. On y va alors. Je vais commencer par le fond de teint. On va faire tout léger, vous allez voir, madame, ça va être ravissant.
Elle se pencha vers moi à nouveau et j'ai senti son parfum, l'odeur fleurie qui émanait d'elle. Puis une touche de sueur qui perlait, infime.
Plus les secondes passaient, plus je me sentais incapable de lui parler. De lui dire ce que j'étais venue faire ici. Impossible de bouger, de prononcer un mot. Elle m'avait entortillée, elle m'avait eue, avec cette

conversation sur les Anglais, les Français, la musique, elle m'avait emberlificotée, elle me tenait à sa merci du bout de ses doigts avec ses poudres de perlimpinpin, et maintenant c'était trop tard, trop tard pour lui dire quoi que ce soit, j'avais loupé le coche, j'avais raté mon entrée en scène. Trop tard.

Je me haïssais. Engluée dans ma peur, dans ma lâcheté.

Robert Smith susurrait de sa voix haletante :

And I feel like I'm being eaten
By a thousand million shivering furry holes

Tandis que j'abandonnais mon visage, mes yeux, ma bouche à Eva Marville, tandis que la nausée montait en moi en un long spasme brûlant, je me disais que Robert Smith et sa gueule de dément, son teint blafard, ses cheveux noirs ébouriffés, son rouge à lèvres qui débordait, Robert Smith décrivait exactement ce qui m'arrivait à ce moment précis, mon incapacité à réagir, ma mollesse, mon effroi, car Eva Marville était l'araignée de la chanson *Luttaby*, celle qui débarque dans l'ombre, vorace, goulue, celle qui s'approche de moi petit à petit, en riant tout doucement, inexorable, terrifiante, celle qui m'engourdit avec ma propre terreur, celle qui m'entoure de ses bras poilus, qui enfonce sa langue dans mes yeux, qui me serre de toutes ses forces, qui m'étouffe, m'aspire, me vide et ne fait qu'une bouchée de moi.

And the spiderman is always hungry.

Des petites touches sur mon visage, sur les paupières, les sourcils. Douceur, application. Elle se donnait du mal. Elle voulait me faire un beau maquillage.

Celle qui avait renversé mon fils.

Telle était sa vie. Sa journée entière, elle la passait
à rendre d'autres femmes plus belles, à leur fourguer
des crèmes antirides, à les débarrasser de leurs poils, à
leur peinturlurer un autre visage, comme elle le faisait
avec moi. Toute la journée, elle devait toucher d'autres
femmes, les voir en culotte et soutien-gorge, imaginer
leur intimité. Peut-être qu'à la longue, comme un
médecin blasé, elle ne voyait plus ses clientes à force
de les manipuler. Qu'avait été son enfance ? Vu son
accent, elle avait grandi ici. Elle avait toujours connu
cette ville qui vivait au rythme de la saison touristique,
et qui, l'hiver venu, se pelotonnait dans une hiberna-
tion frileuse en attendant l'été prochain.

Les yeux clos, je tentais de rassembler ma fureur,
ma colère, celles qui m'avaient saisie chez elle,
lorsque j'avais eu envie de tout casser, de tout briser.
Où étaient-elles passées, cette fureur, cette colère ?
Evanouies. Disparues. Evaporées. Et à leur place, je
sentais sourdre une sensation inattendue, particulière,
qui me stupéfiait. Je ressentais de la sympathie pour

Eva Marville. Oui, elle m'était sympathique. Comment était-ce possible ? Elle me plaisait, malgré tout ce qui en moi hurlait le contraire. Inexplicablement, je me sentais bien auprès d'elle. Son aisance, sa gentillesse, ses gestes pleins et souples, sa robustesse, son sourire charnu. On avait envie de se confier à elle. On avait envie de l'entendre rire. De partager des choses avec elle. Je m'attendais à tout, sauf à ça. Je m'attendais à une revêche, une antipathique dont la lâcheté serait écrite sur son visage, je m'attendais à une hautaine, une perverse, une méchante, une arrogante, je m'attendais à tout, mais pas à cette femme tranquille et paisible, pas à cette voix apaisante, pas à cette douceur amusée dans le regard. Je voulais la détester, mais je n'y arrivais pas.

Sa jeune collègue l'a appelée.

— Eva ! Téléphone pour vous ! C'est pour votre livraison de demain !

J'ai ouvert les yeux. Elle souriait, s'essuyait les mains.

— Excusez-moi, dit-elle, je reviens tout de suite, madame.

Je l'ai regardée partir. Ses attitudes majestueuses, les pieds minuscules, les hanches larges, le cul rond, imposant sous la blouse rose.

Coup d'œil vers la glace. J'avais un teint parfaitement lisse, clair, un teint de jeune fille. J'avais perdu dix ans.

Sur la table devant moi, les flacons, les poudres, les fluides qui m'avaient donné ce nouveau visage. Les fards à paupières étaient disposés sur un petit plateau, comme la palette d'un peintre. Or mauve. Vert lagon. Bleu d'Orient. Brun moka. *Moka.* Voilà que ce mot venait encore me chercher, ici, aujourd'hui.

Moka. Avant l'accident, « moka », c'était le café préféré d'Emma, celui qu'elle buvait délicatement en plissant les yeux, ce breuvage riche, noir d'aspect, à l'arôme chargé, puissant, qui me faisait parfois regretter ma passion du thé; « moka », c'était le chat de Cécile et Stéphane, nos voisins du quatrième, chat noir tacheté de blanc qui venait s'asseoir sur le rebord de la fenêtre de la cuisine pour nous fixer de ses yeux jaunes; c'était « mocha » en anglais, prononcé presque de la même manière, le « cha » dur comme un K, mais le « o » long et rond, comme dans motorway; « moka », c'était cet inoubliable gâteau de biscuit garni à la crème au café qu'on avait dégusté en Suisse alémanique, un hiver avec Andrew. A présent, moka, c'était la Mercedes, l'éclair marron qui ne s'était pas arrêté. Moka, c'était les yeux chocolat d'Eva Marville. Moka, c'était le coma de mon fils.

Une présence. Je me suis retournée.

Le garçon frisé. Son regard noir, méfiant. Son petit visage de fouine derrière la porte.

— Bonjour, j'ai dit.

Il n'a pas répondu. Il est entré, sans me regarder, puis il s'est assis à même les lattes et il s'est mis à se balancer d'avant en arrière, en gémissant légèrement.

— Comment tu t'appelles?

Aucune réponse. Juste le balancier régulier de son corps, sa respiration gémissante. Pourquoi ce gamin me mettait-il mal à l'aise? J'avais l'impression qu'il ne me voyait pas. Ou qu'il ne voulait pas me voir. Je me suis demandé s'il se doutait que c'était moi, cachée hier soir chez lui.

Sa mère est arrivée.

— Arnaud!

Il s'est redressé, piteux.

— Qu'est-ce que tu fais là ? Je t'ai demandé de ne pas embêter les clientes. Sinon tu vas au Club Mickey, tu m'entends ?

Il s'est levé, le menton buté.

— Je ne veux pas aller au Club Mickey parce qu'ils me traitent tous de débile parce que je leur explique comment marchent les trains du futur et comment Anakin Skywalker est devenu Dark Vador parce qu'il est allé du côté sombre et qu'il a perdu sa maman et qu'il faisait des cauchemars et qu'il avait peur de perdre Padmé sa femme de la même façon.

Toujours cette voix tonitruante, pédante, qui résonnait dans la petite pièce.

Sa mère l'a poussé vers la porte, avec une impatience teintée de tendresse.

— Allez, va, chéri, laisse maman travailler.

— Il ne me dérange pas, j'ai dit.

Elle m'a souri. Puis elle a fermé la porte derrière lui.

— C'est gentil, madame. Mais il vaut mieux. Vraiment.

Je la regardais. Son visage semblait triste, creusé tout à coup.

— Il vaut mieux quoi ?

Elle a soupiré.

— Il n'est pas tout à fait comme les autres, voyez-vous.

Je n'ai pas su quoi dire.

— Arnaud est atteint du syndrome d'Asperger. C'est une forme d'autisme rare.

Elle avait du mal à se concentrer sur le maquillage. Elle laissa un pinceau en suspens devant mes yeux.

Asperger. Je me suis souvenue d'avoir vu ce mot dans son dossier, sur la commode, dans sa chambre, le soir où j'étais venue chez elle, à son insu.

— Ce sont des enfants qui ont l'air normaux, mais ils sont dans leur petit monde à eux. Ils ont du mal à communiquer. Ils prennent tout au pied de la lettre. Par exemple, vous ne pouvez pas dire à Arnaud : Je suis morte de fatigue, ou Donne ta langue au chat. Il ne comprend pas, il a peur. Mais ils sont souvent brillants, c'est le cas d'Arnaud. Il est passionné par l'espace, les planètes, le système solaire, les TGV, les vaisseaux spatiaux.

Elle m'observa. Petit sourire fugace.

— Je vous ennuie avec tout ça, madame. On reprend au niveau des paupières ? Fermez, s'il vous plaît.

J'ai fermé les yeux, obéissante. The Cure en fond sonore, *Just Like Heaven*, cette fois. Qui me faisait encore penser à Andrew. Et à Malcolm qui mimait le solo de guitare en grimaçant.

Puis la voix est revenue. Rauque, sa voix de fumeuse.

— Il paraît que des gens connus ont été atteints du syndrome d'Asperger. Léonard de Vinci, Einstein, le président Kennedy. Et c'étaient tous des personnes brillantes, des génies, même. J'essaie de ne pas me faire trop de souci pour Arnaud. Mais on se moque de lui à l'école. Vous avez vu comment il parle, comme s'il récitait un bouquin.

— Oui.

— Regardez vers le haut, s'il vous plaît. Je vous assure, ce n'est pas facile tous les jours, avec Arnaud. Et puis mon mari n'est pas patient avec lui, du tout. Il est vite énervé, vite agacé par le gosse, il ne se rend pas compte que le petit souffre.

— Oui, je vois.

— C'est difficile, parce que mon mari est un amour, à part ça, un amour, vraiment. Mais il a du mal à accepter la maladie de son fils, vous comprenez ? Il n'arrive pas à communiquer avec lui. Vous avez des enfants, madame ?

Vous avez des enfants, madame ?

J'ai retenu mon souffle.

Oui, j'ai un enfant, un enfant que tu as renversé, espèce de grosse pouffe, un gamin dans le coma, oui, oui j'ai un enfant, un ado qui ne va peut-être plus jamais se réveiller, ou qui sera peut-être paralysé, ou qui ne sera jamais le même, oui, mon enfant, et c'est toi qui as fait ça. C'est toi qui as fait ça.

Envie subite de la tuer. D'encercler son cou gras et rose avec mes mains et serrer de toutes mes forces. J'aurais pu, là, maintenant. Si facile. Si rapide. L'effet de surprise. Des bruits de strangulation. Elle titube dans ses sandales dorées taille 36. Elle devient écarlate. Elle s'effondre à mes pieds. Un bruit lourd et mou sur les lattes claires.

— Non, je n'ai pas d'enfants.

Un silence poli. Puis un « Ah ». Elle a semblé gênée.

J'avais du mal à parler. J'ai entrouvert les yeux. Elle était penchée sur moi. J'ai senti son haleine. Chaude, parfumée à la réglisse, ou la menthe. Un relent de tabac. Ses yeux sombres, puits sans fond. Les petites rides qu'elle avait au coin des yeux. Un léger duvet blond au-dessus de la lèvre supérieure. Elle était tout près de moi. Je me suis demandé ce qu'elle comprenait de l'expression dans mes yeux. Ce qu'elle comprenait de ma présence ici.

Elle a reculé, doucement.

— On va mettre du mauve sur les paupières, ça fera ressortir le vert de vos yeux. D'accord ?

Je suis parvenue à hocher la tête. Avait-elle peur de moi ? Pensait-elle qu'elle avait affaire à une dingue ?

— Je crois que votre portable vibre, madame.

J'ai mis une seconde ou deux à enregistrer ce qu'elle me disait. Gros bourdonnement du téléphone dans mon sac. J'ai farfouillé dedans.

Andrew.

— Malcolm a ouvert les yeux, tu m'entends, Justine, il a ouvert les yeux, comme l'autre jour avec toi. Ça a duré cinq ou six minutes.

Je me suis levée du fauteuil en poussant un petit cri inarticulé, de joie, de peur, des deux.

— Come back, Justine, dépêche-toi, reviens. Il a besoin de toi. Moi aussi j'ai besoin de toi. Qu'est-ce que tu fous là-bas, for God's sake ?

Eva Marville m'offrait son dos rond, se faisait discrète, la plus petite possible.

— Qu'ont dit les médecins ?

— Ils ne disent rien, comme d'habitude. Je ne sais rien de plus, je ne sais pas si Malcolm va rester comme ça toute sa vie, ou dans une chaise roulante, ou comme un légume, tout ce que je sais c'est qu'il faut que tu reviennes. Justine, tu m'entends ? Pourquoi tu ne dis rien ? Tu es où ? Tu fais quoi ? Réponds-moi !

S'il savait. S'il savait qu'à la seconde même où il me parlait, mes yeux se posaient sur les épaules dodues d'Eva Marville. Celle qui avait renversé notre fils. Celle à qui je n'avais encore rien dit.

Rien pu dire.

— Ça vous plaît, madame ?

La femme dans la glace était une inconnue. Une femme aux grands yeux vert doré, à la bouche rose et ourlée, au visage rayonnant. Une femme que je ne connaissais pas. Non, je ne l'avais jamais vue. Elle était belle. Belle comme je ne l'avais jamais été.

— Il faudrait penser à votre coiffure, vous avez des idées ?

Ses mains dans mes cheveux. Son sourire lent et sensuel.

Je ne voulais plus qu'elle me touche. Je ne voulais plus la regarder. Je ne la supportais plus, ni sa voix, ni son visage. Je ne voulais qu'une chose, sortir d'ici, retrouver mon calme, mes forces. Je n'aurais jamais dû venir ici, subir ce maquillage, rester une heure dans cette petite pièce étouffante, à sa merci. Je n'avais pas eu le courage de dire quoi que ce soit. Je n'avais pas eu le courage de lui dire qui j'étais, pourquoi j'étais là. J'étais pathétique. Malcolm, ta maman est pathétique. Ta maman n'est pas digne de toi.

Je suis partie à toute vitesse, j'ai payé en liquide, j'ai dit que c'était très joli, je ne l'ai pas regardée.

Une fois dehors, j'ai eu envie de pleurer. De pleurer de rage, d'énervement et de désespoir. J'ai marché longtemps, au hasard, au gré de mes pas. Tête basse, épaules voûtées. Tiédeur odorante des trottoirs, des « beignets abricot » qu'on vendait aux coins de rue, près de la Grande Plage. Les gens faisaient leurs courses, emmenaient leurs enfants se baigner. Tout le monde vaquait à sa vie. Sauf moi. Quelle vie ? Je n'avais plus de vie. Quelle était ma vie ? Jamais je ne me suis sentie aussi impuissante. Aussi vide. Aussi creuse.

Les hommes me dévisageaient. Je me demandais pourquoi. Puis j'ai compris que c'était le maquillage. Dans les devantures des magasins, je voyais mon reflet, celle de cette belle femme de tout à l'heure, celle de l'inconnue aux grands yeux jade, à la bouche rose et brillante. Le regard des hommes s'accrochait sur moi, comme des crochets dans les mailles d'un filet. Je n'avais pas l'habitude de cela. C'était nouveau pour moi. Je ne savais pas si j'aimais, ou pas. Je ne savais plus.

Onze heures du matin et la chaleur qui s'accentuait. Le maquillage picotait ma peau. J'avais envie de tout enlever, de tout frotter. Puisque je n'avais pas eu le courage de lui parler, pourquoi rester ? Pourquoi ne pas partir, tout de suite, prendre l'avion, laisser Arabella se débrouiller avec la petite, filer à l'hôpital, voir mon fils, mon fils qui avait encore ouvert les yeux ?

Le téléphone a vibré. Numéro masqué. J'ai hésité, puis j'ai répondu.

C'était Laurent, le flic. On entendait derrière lui des éclats de voix, le vrombissement des voitures.

— Vous êtes toujours à Biarritz ?

— Oui.

— Vous l'avez vue, la dame ?

— Oui.

Soupir.

— Je n'ai rien pu lui dire. Je n'ai rien dit.

— C'est bien. Ecoutez, je suis à Biarritz, pour la journée. On peut se voir. Vous êtes d'accord ?

— Oui.

— On se retrouve du côté de la Grande Plage, près du Casino ? Vous pouvez ?

— Oui.

— Dans une demi-heure ?

Il est arrivé sur une moto. Casque noir, T-shirt noir. Des Ray Ban Pilote vertes, celles qu'on mettait dans les années 70 et qui étaient devenues à la mode. Il était bronzé. Pas rasé. Il n'avait rien d'un flic. Un homme en vacances, le visage reposé. Je me suis demandé s'il portait une arme. Des menottes. Sa carte de policier.

Ses yeux se sont accrochés sur moi comme ceux de tous les hommes ce matin, depuis le maquillage d'Eva Marville. Cela devait le déstabiliser. Je ne ressemblais plus à la mère pâle et sanglotante de l'autre soir. De celle qui lui faisait face dans le commissariat. De celle qu'il avait tenue dans ses bras.

Nous nous sommes assis à l'ombre dans un café de la Grande Plage, à côté du Club Mickey où le petit Arnaud ne voulait pas aller parce qu'on se moquait de lui.

Laurent avait posé son casque sur la chaise vide entre nous.

— Le petit ? Des nouvelles ?

— Il a ouvert les yeux ce matin.

— Il est sorti du coma, alors ?

— Non, il n'est pas sorti du coma.

Il a commandé un café pour lui, une eau minérale pour moi. Il a allumé une cigarette.

— Racontez-moi, Justine. Vous et cette femme.

J'ai regardé mes mains, posées sur la table en plastique blanc.

— Il n'y a rien à raconter. Je suis allée dans son magasin, sa parfumerie. Je ne lui ai rien dit, enfin rien sur mon fils.

— Pourquoi vous êtes venue ici ?

J'ai levé les yeux. Le mascara formait des petites tiges noires autour de mon champ de vision.

— Je ne sais pas. Je ne sais plus.

Il a fumé en silence, tout en me dévisageant. Il a ôté ses lunettes. Yeux clairs qui me détaillaient.

Autour de nous, les gens passaient, discutaient, riaient, avec en fond sonore les vagues, qui encore et encore se fracassaient sur la plage. Les enfants sautaient sur les trampolines du Club Mickey en piaillant de plaisir. Des adolescentes aux nombrils gansés de piercings chuchotaient dans leurs portables. Une mère de famille grondait son fils parce qu'il avait mis du sable dans le pique-nique.

— J'ai eu le commissariat. Mes collègues débarqueront lundi matin chez elle, à la première heure.

— Lundi matin ?

— Oui. Ça va aller vite, maintenant. J'ai réussi à faire bouger les choses malgré les vacances judiciaires.

Je ne savais pas si je devais le remercier, dire quelques mots. Je ne savais pas lesquels. J'ai juste souri.

Yeux clairs sur mon visage, ma bouche.

— J'ai pris des risques pour vous, Justine. J'ai fait des trucs qu'un flic ne doit pas faire. Vous donner son nom, par exemple. Venir ici vous voir, pendant mes vacances. Vous parler de tout ça, vous livrer tous ces détails. J'aimerais que vous en teniez compte. Ce que je vous ai dit l'autre jour, j'aimerais bien que vous vous en souveniez. Pas de conneries, Justine. Laissez-nous faire notre boulot. Rentrez à Paris, allez retrouver votre fils. Vous n'avez plus rien à faire ici.

Sa voix était douce. Mais ferme.

J'ai hoché la tête. Puis j'ai dit, sans le regarder :

— Elle est gentille, cette femme, vous savez. Pas agressive. Plutôt sympa. Simple. Pas jolie, mais du charme. Un beau sourire.

— Ça vous a fait quoi de la voir ?

— J'aurais voulu la détester. La haïr. Mais ça ne venait pas. Je l'ai trouvée calme, agréable. Je ne pouvais pas faire autrement que de la trouver sympathique. Elle a un gamin autiste. Ça n'a pas l'air évident, son fils.

— Comment le savez-vous ?

— Je suis allée dans sa boutique, elle m'a fait ce maquillage. En une heure, elle a eu le temps de me dire tout ça. Et j'ai vu le gamin.

— Et vous, vous ne lui avez rien dit ? Sur votre fils, l'accident ?

Le fond de teint me démangeait.

— Non. Mais non. Je n'ai pas eu le courage. Je me suis dégonflée. C'est nul, je sais. Nul.

Il a eu un geste d'impatience.

— Arrêtez, Justine. Arrêtez de vous dénigrer en permanence, de vous tirer vers le bas.

Il avait l'air agacé.

— Vous êtes toujours comme ça, à douter de vous ? C'est insupportable, à la fin. Regardez-vous. Vous n'avez pas le droit de vous traiter si mal.

J'ai ri.

— Me regarder ? Mais oui, je me vois ! Je vois une idiote qui n'a pas de couilles. Ma sœur, elle y serait allée tout de suite, elle aurait tout dit, d'un coup, à cette bonne femme. Elle lui aurait tout balancé, elle lui aurait tout sorti. Elle n'en aurait rien eu à foutre de son sourire et de sa gentillesse. Elle aurait foncé. Et moi…

Les larmes ont brouillé ma vision. J'ai frotté mes yeux, j'ai senti que les fards s'étalaient sous mes doigts.

— Votre beau maquillage.

J'ai hoqueté, malgré moi.

— Vous avez fini votre petit numéro ?

Je me suis redressée, j'ai hoché la tête.

— Ecoutez-moi. Vous allez repartir pour Paris, OK ? Aujourd'hui, dès que possible. Je vous appellerai pour vous tenir au courant de l'affaire. Vous pouvez compter sur moi.

Sa main est venue sur la mienne. Une large main brune. Des poils blonds.

— On s'en fout de votre sœur. Restez comme vous êtes.

Sa peau était chaude. Lisse.

J'ai dit :

— Vous allez retourner à Hossegor ?

— Oui, c'est à une demi-heure par autoroute. Je vous ramène chez votre amie ?

Candida n'habitait pas loin. Mais il y avait la côte à monter, et je me sentais vidée, tout à coup.

— Je n'ai pas de casque.

Il a ri.

— Vous oubliez que vous êtes avec un flic.

Pour grimper derrière lui sur la moto, j'ai dû retrousser ma jupe sur mes jambes. Derrière la visière, j'ai vu les yeux clairs parcourir ma peau nue. Un petit frisson m'a traversée. Un petit frisson que je n'avais pas senti depuis longtemps. J'ai dû mettre les bras autour de sa taille pour ne pas chuter. Son odeur m'était familière. Tabac blond, un effluve de lessive, quelque chose de frais. Son corps était plus petit mais plus costaud, plus puissant que celui d'Andrew. J'étais bien, derrière lui. Je n'étais pas montée sur une moto, derrière un homme, depuis des années. Depuis avant mon mariage. C'était intime comme position, ces cuisses ouvertes, mon sexe plaqué sur ses fesses, ce corps à corps. Tout à coup, alors qu'il prenait de la vitesse en montant la côte, je me suis dit que j'aurais voulu rouler longtemps avec lui, rouler vers le sud, vers l'Espagne, partir, tout oublier, faire une folie, quitter tout, mon mari, mon fils dans le coma, ma fille, ma sœur, mon frère, les laisser derrière moi, filer, fuir, droit devant, avec ce type dont l'odeur me plaisait, dont les yeux clairs me plaisaient, ce flic dont je ne savais rien, à part qu'il devait me trouver émouvante, courageuse, opiniâtre.

Devant la résidence de Candida, il a enlevé son casque. Il était toujours assis sur sa moto, moi debout devant lui. Nous n'avons pas trouvé les mots. Juste la rencontre des yeux, et quelques sourires. J'aurais pu marmonner merci, mais cela n'est pas venu. Je ne savais pas comment lui dire au revoir. Lui tendre la main, lui faire un signe amical en me retournant ? C'est lui qui a posé sa paume derrière ma nuque, qui m'a tirée vers lui, qui m'a embrassée sur le coin de la bouche, rapidement. Le frisson a fait un zigzag fou dans mon ventre.

Dans le miroir de l'ascenseur, j'ai vu une femme, une belle femme aux yeux cerclés de noir, au maquillage maculé. Malgré moi j'ai gloussé, comme une adolescente prise en faute.

J'entendais des bruits, des voix qui venaient de la cuisine. Le rire cristallin de ma fille, celui plus grave d'Arabella. Le timbre musical de Candida. Elles devaient déjeuner. Silencieusement, je suis allée dans la salle de bains, puis j'ai rapidement ôté le maquillage d'Eva Marville. Impression de revivre, de respirer enfin. Et il y avait, au coin de mes lèvres, la sensation chaude et moite de la bouche de Laurent, même si elle s'était posée là une fraction de seconde. Dans la chambre, je me suis allongée sur le lit, le dos raide. Ma nuit sans sommeil se faisait sentir. J'ai fermé les yeux et pendant un laps de temps, j'ai dû m'assoupir.

Mon portable était bondé de messages, de textos. Mes amies, qui voulaient des nouvelles, qui ne compre-naient pas où j'étais. Mon frère qui s'inquiétait. Ma sœur qui insistait pour que je la rappelle. Mon père, toujours aussi pincé. Et puis une offre de travail, un texte en urgence, pour une agence de communication. Pas de nouvelles d'Andrew. J'ai essayé de le joindre, sans succès. Puis j'ai appelé l'hôpital, pour Malcolm. Etat stationnaire. J'ai fini par éteindre le téléphone, je l'ai posé sur la table de nuit. Je n'avais pas envie de parler à qui que ce soit.

Je ne savais pas quoi dire à ma belle-mère, comment lui avouer ma défaite. Lui avouer qu'on était venues ici pour rien. J'avais peur de lui parler. Honte aussi. Je l'avais entraînée jusqu'ici. Et je n'avais même pas été capable d'agir. Il ne me restait qu'à prendre les billets, remplir les valises, et partir. C'était ce que voulait Laurent. Pas de conneries, Justine. M'embrasser, ce n'était pas une connerie, peut-être ? Pourquoi m'embrasser ? Qu'aurait-il voulu que je fasse ? Que je l'embrasse en retour ? Que j'aille faire l'amour avec lui quelque part, dans un petit hôtel voisin, une petite chambre aux volets clos, le lit frais, les peaux nues, un corps inconnu sous mes doigts ? Je n'avais jamais trompé Andrew. Oui, j'aurais pu. Il y avait eu quelques tentations. Un journaliste croisé dans un cocktail, chez un éditeur. Un avocat rencontré dans un avion. Et d'autres encore, oubliés. Mais j'avais toujours été retenue, bridée, même lorsque j'avais su qu'il me trompait, lui. J'aurais pu agir par vengeance, faire comme lui, lui rendre la pareille. Mais non, je m'étais terrée dans ma douleur, dans mon silence. Comme d'habitude.

Arabella est entrée dans ma chambre, avec un plateau. Du Lapsang Souchong fumant et des scones. Du beurre et un petit pot de Marmite, cette étrange mixture noirâtre, amère, adorée des Anglais. J'avais appris à l'apprécier, fait exceptionnel pour une Française. Elle s'est assise au bord du lit, sans un mot. Elle attendait. Je me suis appuyée sur un coude, j'ai pris du thé, un scone que j'ai tartiné d'une pointe de Marmite. J'ai affronté le regard gris-bleu, les paupières tombantes à la Charlotte Rampling.

Elle a hoché la tête.

— Vous voulez faire quoi, maintenant, Djoustine ?

— La police arrivera chez « elle » lundi matin. Le flic en charge de l'enquête me l'a confirmé.

Silence, juste ses yeux sur moi. Encore une différence entre les Anglais et nous. Les Anglais n'ont pas besoin de parler. Les Français parlent trop. Eux pas assez, peut-être. Mais ça, j'en avais l'habitude.

— Je n'ai pas dit grand-chose à Eva Marville, vous savez. C'était compliqué. Je n'ai pas pu.

Hochement de sa tête. Elle ne me jugeait pas. Elle m'écoutait, elle me soutenait, à sa façon, dans son silence. Elle s'est levée, a défripé sa jupe sur ses longues cuisses fines. Un sourire, empreint de tendresse. Un petit mordillement de ses lèvres, pour me montrer qu'elle était tout de même inquiète, qu'elle était là, si je voulais en parler. Puis elle est partie.

C'est quand elle a refermé la porte, doucement, que j'ai compris ce qu'il me restait à faire.

Tout à coup, ce fut très clair dans ma tête.

J'ai attendu que le phare prenne le pas sur la nuit qui tombait, qu'il transperce l'obscurité de son faisceau jaune. Puis j'ai repris le chemin de la Villa Etche Tikki. J'ai laissé un mot sur la table de la cuisine, j'ai écrit que je reviendrais rapidement. Georgia dormait. Candida et Arabella parlaient à voix basse dans le salon. Elles ne m'ont pas entendue sortir, j'ai fait attention de ne pas claquer la porte.

Presque vingt-deux heures. Vers l'ouest, sur l'horizon, une partie du ciel était encore claire, mouchetée d'orange par le soleil qui venait de se coucher. A l'est, la nuit arrivait, immense, sombre et bleue, auréolée d'une humidité palpable.

Je marchais vite, les mains dans les poches de mon blouson en jean. Les restaurants, les bars étaient bondés. Les gens mangeaient des tapas, des gambas, buvaient en riant, en parlant fort. Les voitures roulaient au pas, les motos pétaradaient. Sur la plage de la Côte des Basques, la marée était basse. Plus de surfeurs, mais quelques baigneurs nocturnes que je voyais, de loin, franchir la mousse blanche des vagues. Devant moi, les lumières de l'Espagne qui scintillaient. Plus près, on devait pouvoir repérer Guéthary, Saint-Jean-de-Luz, Hendaye, ces endroits dont je ne connaissais que le nom. La côte m'était inconnue, impossible de les localiser. Le vent venait du sud, orageux, moite, salé. On avait annoncé un orage nocturne. Je le flairais déjà, il se rapprochait avec la nuit. Puissant, chargé. Inquiétant.

Avec chaque pas, l'inimitié que je ressentais envers Eva Marville me galvanisait. Plus question de me laisser séduire par son sourire, ses gestes lents et calmes, sa voix, plus question d'avoir peur, de me museler, de rester en retrait. Plus je m'approchais de chez elle, plus le mépris, la hargne s'accroissaient, s'amplifiaient comme l'orage qui se tramait au-dessus des Pyrénées, et dont je voyais les éclairs hachurer la nuit. Non, je n'avais plus peur. Non, elle ne m'impressionnait plus. Non, je ne me laisserai plus faire.

A chaque pas, des pensées s'offraient à moi, des pensées étranges, inédites, que j'étudiais calmement. Est-ce que mes parents auraient fait ce que je m'apprêtais à faire ? Je tentais d'imaginer ma mère, en train de monter cette côte, ses petites jambes maigres arpentant le trottoir, le claquement sec de ses talons bobines, le moulinet de ses bras déterminés, sa bouche crispée, sa haute coiffure laquée malmenée par la houle qui se renforçait. Non, maman n'aurait pas fait ça. Maman aurait laissé la police faire son travail. Maman aurait eu la trouille. Emma ? Est-ce que ma sœur l'aurait fait ? Oui, sans doute, mais son colosse de mari l'en aurait empêchée. Peut-être serait-il allé voir Eva Marville lui-même. J'ai souri malgré moi. J'imaginais mon beau-frère, épais, rougeaud, sur son palier. Et en guise d'introduction, un uppercut explicite. Mon frère ? Oui, Olivier l'aurait fait, pour moi. Et mes amies ? Catherine, Laure, Valérie ? Oui, elles l'auraient fait, du moins je voulais m'en persuader. Elles l'auraient fait, et je les sentais derrière moi, comme si elles marchaient véritablement à mes côtés, volontaires, fortes, le visage grave. Mes trois meilleures amies, qui se connaissaient peu entre elles, mais qui avaient mon amitié en commun, mes trois fidèles. En arrivant vers la Promenade des Basques, je me suis rendu compte, pour la première fois, qu'elles avaient toutes les trois les yeux marron foncé, des yeux « moka », comme ceux d'Eva Marville.

V

Comme hier soir, la porte vitrée de l'entrée n'était pas fermée. J'ai gravi l'escalier, une main sur la rampe, rapidement. Je savais exactement où j'allais. Je n'hésitais plus. Il me semblait connaître par cœur la Villa Etche Tikki, son odeur de vieille maison un peu moisie, un peu humide, ses relents de repas différents qui émanaient de chaque appartement, le bourdonnement sourd de télévisions, conversations, musiques.

Je savais qu'« elle » était là, car en arrivant, j'avais levé les yeux, et j'avais vu que ses fenêtres étaient allumées. Ils devaient avoir terminé leur repas, ils regardaient un film, le petit était peut-être déjà couché. Eva Marville m'avait oubliée. Pour elle, j'étais une cliente de plus, une cliente qu'elle avait sûrement trouvée étrange, peu loquace, et qui s'était enfuie une fois le maquillage payé. Elle ne pensait plus à moi, pourquoi d'ailleurs penserait-elle à moi ? Je faisais partie de son passé, une femme de plus à maquiller, une femme d'une quarantaine d'années, une femme comme une autre. Elle n'avait rien vu, elle n'avait rien su. Elle se croyait à l'abri, et son mari aussi. Ils avaient renversé Malcolm et ils avaient pris la fuite. Ils ne pensaient pas une seconde que j'allais les retrouver. Ils avaient tourné la page.

Je n'ai même pas hésité devant sa porte, j'ai sonné, un coup sec et bref. C'est lui qui m'a ouvert. Il était vêtu d'un T-shirt jaune et d'un pantalon de jogging. De près, sa peau était rugueuse, ses cheveux courts, huileux. Des yeux bovins, fades, sans expression. Et toujours cette odeur d'after-shave sucrée, faussement virile. Il était grand, plus que je ne l'avais cru, assez musclé.

J'entendais le bruit de la télévision derrière lui. Il m'a semblé que l'atmosphère devenait de plus en plus oppressante avec l'orage qui allait éclater d'une minute à l'autre. Le vent soufflait, poussait contre les fenêtres. On entendait le grondement de la mer s'amplifier.

Il a dit : « Oui ? » en levant le menton d'un geste autoritaire, agressif. Il avait de grosses mains aux doigts courts, une alliance qui lui comprimait les phalanges.

— Je viens voir Eva Marville.

Les mots sont sortis de ma bouche avec une facilité ahurissante.

Il s'est gratté le cuir chevelu de ses doigts trapus.

— Vous êtes qui ?

Il avait un accent du Sud-Ouest beaucoup plus prononcé qu'elle.

Il semblait se méfier de moi. Il a regardé sa montre, vingt-deux heures, tout de même, et le petit qui était couché. Je voyais tout ça passer dans sa tête, se refléter dans ses yeux sans éclat. La télévision s'est arrêtée.

— Vous avez vu l'heure ?

Avant que je puisse répondre, elle est apparue à l'entrée du salon. Elle portait une chemise de nuit mauve, courte, qui laissait voir ses cuisses. Des cuisses vastes, molles, bronzées. Pieds nus. Une cigarette à la main. Pour la première fois, elle m'a paru laide, comme lui, vulgaire, primaire. Ils me semblaient hideux tous les deux, gras, tassés sur eux-mêmes, vautrés dans une intimité qui me répugnait.

Elle m'a observée en tirant sur sa cigarette. Puis elle m'a reconnue.

Son sourire, démesuré. Mais il ne me faisait plus aucun effet.

— Y a eu un souci avec le maquillage ? Une allergie ?

Son mari a grogné.

— C'est qui cette dame ?

Elle l'a repoussé, doucement.

— Laisse, Dan, c'est une de mes clientes. Fais pas de bruit, on va réveiller le petit.

Je n'avais toujours rien dit.

— Venez, entrez. Vous vouliez me parler ?

Son visage empreint de gentillesse. Son regard sincère. Ses grosses cuisses tremblotantes. J'ai presque eu pitié d'elle.

Elle s'est effacée pour me laisser entrer, et m'a montré le salon d'une main. Elle a écrasé sa cigarette dans un cendrier. Lui nous suivait, les bras croisés sur son torse. Le front buté. Je me suis dit qu'il devait se douter. Il devait avoir compris. Mais pas elle. Elle ne se doutait de rien. Je me suis dit qu'elle devait être d'une grande stupidité. D'une stupidité incommensurable.

L'orage a éclaté avec une férocité prodigieuse. J'ai sursauté. Une foudre blanche, violente, aussi claire que la lumière du jour, est venue transpercer la nébulosité. Un torrent d'eau a commencé à se déverser sur le toit.

Puis les plombs ont sauté.

Tous les trois, debout dans le noir. Eva Marville a glapi.

— Je déteste les orages, j'ai peur !

Le mari a marmonné : « Putain ! » et a tâtonné pour attraper un briquet. Il a allumé une bougie. A la lueur chancelante de la flamme, Eva Marville avait l'air d'une petite fille craintive. Elle se bouchait les oreilles, fermait les yeux en poussant des cris. Son mari soupirait. Il devait la trouver ridicule. Je m'attendais à ce que le petit débarque, terrorisé, sa bouche grande ouverte comme hier soir, au moment où il avait entendu mon portable vibrer. Mais il n'est pas venu.

Le mari a allumé plusieurs bougies, et je pouvais à présent voir autour de moi ce décor que je connaissais déjà. Les livres dans la bibliothèque, les aquarelles, les rideaux ivoire, les coussins au tissu fleuri. Ils ne savaient pas, ni l'un, ni l'autre, que j'étais déjà venue chez eux, à leur insu. Ils devaient croire que c'était la première fois que je mettais les pieds ici. Dans cette semi-obscurité, la pièce avait une autre allure, plus inquiétante, presque angoissante, balayée par le faisceau immuable du phare.

— Vous vouliez me dire quelque chose.

Sa voix, rauque, posée, aimable.

Je me suis redressée. Je l'ai regardée droit dans les yeux, là où les bougies se reflétaient, virevoltaient dans le noir de ses iris.

— Je sais que c'est vous.

Je l'ai dit de façon péremptoire, assurée.

Je les ai bien vus, tous les deux, chacun à leur manière, essayer d'appréhender le sens de ma phrase. Ils la retournaient dans tous les sens, la décortiquaient, l'étudiaient, la disséquaient, mais ces quelques mots, insignifiants, possédaient une vie à part, et ondulaient dans l'air entre nous, comme calligraphiés en lettres de feu. Lui avait la bouche un peu ouverte, les yeux étrangement brillants. Elle secouait la tête, sans comprendre.

J'ai embrayé.

— Ce n'est pas la peine de nier. Je sais que c'est vous.

Elle s'est avancée vers moi. Elle était tout près. Elle a voulu me toucher, j'ai reculé. Le vacarme de la foudre l'a stoppée dans son élan. Elle s'est reprise.

— Excusez-moi, madame, mais je ne comprends rien à ce que vous me dites.

Son mari a haussé les épaules, la lippe mauvaise.

— Vous débarquez comme ça chez nous et vous nous balancez des trucs qui ne veulent rien dire.

J'ai senti mes lèvres se tendre en un sourire qui devait faire peur.

— Alors je vais vous rafraîchir la mémoire. J'avais prévu de vous dire tout ça ce matin, en venant dans votre magasin, mais je n'ai pas pu. J'ai attendu un peu, et je me suis décidée à venir ce soir. Mais la police sera ici lundi matin, à la première heure. Et elle fera son travail.

— De quoi parlez-vous ? a demandé Eva Marville d'une voix chétive.

Avait-elle peur ? Elle semblait déboussolée, perdue.

Le courant est revenu d'un coup, brutal. La lumière était blanche, impitoyable, après la douceur dorée des bougies. Le visage du mari semblait blafard, celui d'Eva Marville congestionné, empourpré. La peau de son décolleté avait rougi aussi, constellée de grandes plaques écarlates.

— Le garçon que vous avez renversé au mois de mai. C'était mon fils. Il est dans le coma.

A nouveau le silence après le choc de mes mots. Eva Marville se frottait le cou d'un geste nerveux, répétitif.

Dehors, l'orage se calmait, la pluie qui tombait était moins drue, plus fine.

— Je pense que vous devez faire erreur.

— Non, je ne crois pas faire erreur. Des témoins ont pu noter le numéro de la voiture qui a pris la fuite. C'était une Mercedes ancien modèle, marron. 66 LYR 64. Ça vous dit quelque chose ?

Elle semblait réfléchir, se concentrer. Je me suis dit qu'elle jouait bien la comédie, oui, elle était vraiment douée.

— C'est le numéro de ma plaque, en effet. Mais c'est impossible. Je n'ai renversé personne ! Je m'en serais souvenue, tout de même.

Le mari ne disait rien. Il regardait ses pieds. Puis ses mains. Il semblait stupéfait, sonné.

— Je suis venue vous voir, vous parler, parce que j'essaie de comprendre. Depuis que je sais que vous étiez au volant, depuis que je sais que vous êtes mère de famille, j'essaie de comprendre comment vous avez pu faire ça, renverser un adolescent et prendre la fuite. La police sera là après-demain, mais je vous demande de me l'expliquer, maintenant. Je suis venue pour ça.

Eva Marville se grattait le cou à nouveau. Elle secouait la tête de droite à gauche, elle respirait de façon agitée, elle haletait presque.

— Mais enfin vous entendez de quoi vous m'accusez ! C'est monstrueux ! Je n'ai jamais renversé votre fils, je n'ai jamais renversé personne ! Vous êtes folle, oui, complètement folle. Pour qui vous prenez-vous ?

Elle criait maintenant, et sa voix n'avait plus rien de guttural, sa voix était stridente, perçante comme une sirène. Insoutenable.

J'ai crié aussi, d'une voix aussi puissante que la sienne.

— Ça suffit maintenant ! Vous dites tout ça parce que vous êtes cuite. Vous savez bien que c'est la vérité. Vous avez peur et vous essayez de vous défendre. Et je vois bien à la tête de votre mari que j'ai raison. Il était là avec vous, ce jour-là, n'est-ce pas ? C'était vous au volant, mais il était avec vous. Vous êtes des lâches. Des monstres. Et j'espère que la police fera bien son boulot et que vous écoperez de la plus grosse peine possible.

Elle a tourné la tête vers lui. Lui semblait encore plus blême que tout à l'heure, le visage vidangé de toute couleur.

— Mais enfin, Dan, dis quelque chose, ce n'est pas possible de nous accuser d'un truc pareil. C'est une horreur.

Il a osé me regarder enfin. Il semblait toujours aussi effaré, il cherchait ses mots.

— Vous vous trompez, c'est pas nous, c'est pas elle. Maintenant partez, ça a trop duré. Laissez-nous !

J'ai senti mes poings se serrer, devenir deux petites boules d'os et de chair haineuses.

— Non, je ne partirai pas. Je veux savoir pourquoi vous ne vous êtes pas arrêtés. J'ai le droit de le savoir, et de toute façon vous allez devoir l'expliquer au juge. J'attends.

Je me suis assise sur le canapé derrière moi, les bras croisés. Les bougies qu'il avait allumées brûlaient toujours. Petites flammes pointues et jaunes.

— Vous jouez bien la comédie. Vous auriez pu être actrice, je trouve. Vous, monsieur, un peu moins. On voit bien que vous êtes très emmerdé que je vous aie retrouvés et que la police débarque lundi. Mais vous, madame, chapeau. Rien à dire.

Eva Marville s'est assise lentement à côté de moi. Les mains posées sur ses genoux rondelets, elle tentait de reprendre pied.

— Bon, vous allez tout m'expliquer, madame, d'accord ? On ne va pas s'énerver, on va rester calmes. On reprend depuis le début.

Elle me parlait comme si j'étais une débile, une idiote. Le mari se tenait à ma gauche, rigide, je ne voyais pas son visage. Mais je le devinais hérissé, mal à l'aise, même s'il ne parlait plus.

— C'était où cet accident, madame, alors ?

— Vous le savez très bien.

— Dites-le-moi.

— Boulevard M.

— A Paris ?

— Evidemment, à Paris.

J'avais envie de la gifler. Comment osait-elle jouer avec moi ? Faire semblant de ne rien savoir ? Je la haïssais. Je la maudissais.

Elle souriait. Elle souriait de toutes ses grandes dents.

— Sachez que je n'ai pas été à Paris depuis deux ans.

— Vous y étiez en mai dernier puisque vous avez renversé mon fils sur le passage piéton, en face de l'église. Avec votre Mercedes.

— Non, je n'ai pas été à Paris depuis deux ans, je vous le répète. C'était quand au mois de mai ?

— Vous le savez aussi bien que moi. Le mercredi 23 mai à quatorze heures trente.

Silence à nouveau. Juste la pluie qui tombait sur les tuiles du toit. Une petite voix s'est fait entendre, du bout de l'appartement.

Le mari me foudroyait du regard.

— Le gosse est réveillé, putain !

— Va le voir, Dan. Va le voir.

Il est sorti de la pièce de son pas lourdaud, disgracieux.

Tout à coup, j'ai eu une illumination.

— Je crois savoir pourquoi vous jouez la comédie devant lui.

Elle a allumé une cigarette.

— Ah oui ?

Son insolence. Sa morgue.

— Vous étiez avec un autre homme que lui ce jour-là. Votre amant.

Elle a tiré une grande bouffée de sa cigarette.

— Vous savez, je vous ai trouvée bizarre dès le départ. Dès que vous êtes entrée dans ma boutique, dès que je vous ai vue. Et ce maquillage bidon que vous m'avez demandé. Le mariage de votre sœur. N'importe quoi.

— Ne changez pas de sujet. Je sais pourquoi vous niez. Vous étiez avec un autre. C'est pour ça que vous ne vous êtes pas arrêtée. Vous avez eu peur. Peur que votre mari le sache. Maintenant votre mari, il va savoir non seulement que vous le trompez, mais qu'en plus vous êtes une lâche de la pire espèce. Une femme capable de renverser un enfant et de fuir.

Elle a éclaté de rire. Un rire odieux, amer.

— Mais vous êtes vraiment grave, vous. Vous ne vous arrêtez jamais ? Vous êtes complètement timbrée. Vous faites ça souvent, arriver chez les gens et raconter des trucs pareils ? Vous devriez vous faire soigner. Vite fait. Je suis désolée pour votre gamin, mais je n'ai rien à voir avec cet accident.

Je me suis rapprochée d'elle. Assez près pour qu'elle sente mon souffle sur elle.

— Non, je ne m'arrêterai jamais, vous avez raison. De toute façon, c'est trop tard pour vous. La police sera là lundi matin. Et vous leur raconterez vos salades.

— Je n'étais pas à Paris ce jour-là. Je vous l'ai dit.

— Prouvez-le.

Elle m'observa quelques instants sans ciller.

— Très bien. Je vais vous le prouver.

Elle se leva, passa dans l'entrée, et revint avec la chemise en plastique bleue que j'avais déjà vue sur la commode de sa chambre. Et un agenda.

— Je vous l'ai dit ce matin, à propos de mon fils. Vous vous souvenez ? Le syndrome d'Asperger ? Tenez, regardez. Lisez cet article. Le 23 mai, il y avait une conférence internationale sur le sujet, à Barcelone. J'y étais, avec Arnaud. On a rencontré des grands professeurs, on a fait le point sur lui, ça a duré deux jours. Cela faisait six mois qu'on attendait ce moment. Tenez, voilà les reçus de nos billets d'avion, on est partis de Biarritz-Parme direct pour Barcelone. On a dormi chez une cousine de ma mère, qui vit là-bas. Vous pouvez lui téléphoner, si vous voulez. Tout de suite.

Les reçus des billets aller-retour. Au nom d'Eva Marville-Bonnard et d'Arnaud Bonnard. L'article sur la conférence.

Et dans son agenda, qu'elle me montra, deux jours barrés par les mots « Barcelone/Arnaud/Asperger ». Le mercredi 23, le jeudi 24 mai.

— Et voici le dossier médical d'Arnaud, et les commentaires des professeurs qui l'ont ausculté. Tenez. Regardez. La date. 23 mai.

J'ai à peine vu ce qu'elle me présentait. Mes yeux ont survolé la page de garde. C'était en anglais.

Child, male, 8 years old, mild Asperger, regular symptoms.

J'ai senti le désespoir monter en moi. Et une sensation atroce d'impuissance. J'ai fermé les yeux. J'avais l'impression que tout était perdu. Que je ne remonterais jamais la pente. J'en avais mal au ventre. J'étais anéantie. Tout reprendre de zéro. Tout recommencer. Le coma qui s'éternisait. Ma vie qui ne ressemblait plus à rien. Ma vie dont je ne voulais plus. Cette vie dont je ne voulais plus. Plus d'espoir. Plus de courage. Plus rien.

Elle fumait en silence. Puis elle a dit, doucement :

— Je suis désolée pour vous.

J'ai ouvert les yeux. Elle semblait triste, un peu gênée. Son visage avait perdu de sa méchanceté, de son agressivité. Elle était redevenue la Eva Marville que je connaissais, celle que j'avais malgré moi trouvée sympathique.

— Vous devez être très mal. Pardonnez-moi pour tout ce que je vous ai dit. Comment s'appelle votre fils ?

— Malcolm.

J'avais du mal à parler, ma gorge était sèche, comme si elle était tapissée de papier de verre.

— Il a quel âge ?

— Quatorze ans en septembre.

— Que s'est-il passé ?

— Il rentrait de son cours de musique. Une voiture a grillé le feu. L'a percuté. Et ne s'est pas arrêtée. Quelques témoins ont pu noter la plaque, mais elle était incomplète.

— Je vais vous chercher un verre d'eau.

Elle est sortie de la pièce, me laissant seule dans le salon. Qu'allais-je faire à présent ? Tout était fichu. Tout était à reprendre. Je n'en avais pas le courage. Je n'avais plus le courage de rien. Je n'avais plus le courage de me battre, ni pour moi, ni pour mon fils.

J'ai bu l'eau fraîche qu'elle me tendait. Mes mains tremblaient.

— Il est toujours dans le coma, votre fils ?

— Oui.

— A Paris ?

— Oui.

— Pourtant vous m'aviez dit ce matin que vous n'aviez pas d'enfants.

Il n'y avait pas de reproche dans sa voix, juste un constat.

— Oui, je vous ai dit ça, mais c'était faux. J'ai aussi une petite fille, Georgia. Elle a un an de plus que votre fils. Elle était avec moi, ce matin. Avec ma belle-mère, la dame anglaise.

— Vous êtes anglaise ?

— Non, c'est mon mari qui est anglais.

Elle a souri.

— Voilà pourquoi vous aimez la pop.

J'ai souri aussi, un petit sourire laborieux. Je me revoyais repartir tout à l'heure dans la nuit, seule, dans le vent, dans le noir. Loin de Malcolm, loin d'Andrew. Tout ça, pour rien. Tout ça, pour quoi ? Andrew m'avait dit : « Why are you doing this ? What for ? » Et j'avais répondu : « Je le fais parce que je suis une mère, une maman, et je ne dormirai pas tant que je ne saurai pas qui a fait ça, je ne dormirai plus tant que je n'aurai pas retrouvé cette personne, pour comprendre. » Il n'avait pas compris, alors j'avais essayé de lui décrire les canetons qu'on avait vus l'hiver dernier, dans le parc Montsouris. Une cane tentait de protéger ses petits qui piaillaient derrière elle, et dès que l'on s'approchait trop du bassin, elle se dressait sur ses pattes dans l'eau et battait des ailes tout en poussant des caquètements puissants. La maman canard, c'était moi. Mais moi, je n'avais pas su protéger Malcolm. Andrew avait soupiré, excédé : « Je ne comprends rien à tes histoires de ducks, ta place est avec ton fils, tu es sa mère, il a besoin de toi. »

— Vous allez retourner à Paris ?

— Oui, je pense.

— Retrouver votre fils, votre mari ?

— Oui, ils me manquent.

— Votre mari, il sait que vous êtes venue me retrouver ?

— Oui, et il n'est pas d'accord du tout. Personne n'est d'accord, sauf ma belle-mère, la grande dame anglaise que vous avez vue ce matin avec moi.

— Mais vous cherchiez quoi, exactement, en venant ? Vous vouliez quoi ?

— Comprendre. Juste comprendre. Comprendre comment on peut renverser un adolescent et ne pas s'arrêter.

— Oui, je vois. Si on avait fait ça à mon fils, je ferais comme vous. Exactement comme vous.

Elle m'a souri, un sourire chaleureux, complice. Elle alluma une autre cigarette. Je fus à nouveau frappée par le fait qu'on était confortable en sa compagnie, à l'aise. Elle avait la faculté de vous détendre, vous tranquilliser. Je me suis demandé ce que c'était. Son sourire ? Son regard ? Sa voix ?

— Surtout qu'avec mon fils… Vous avez vu comment il est… j'ai tendance à le surprotéger. J'ai peur pour lui, tout le temps peur pour lui, parce qu'il est dans un autre monde. A l'école, ils sont terribles avec lui, les autres gamins. J'ai dû aller voir la maîtresse, le directeur, tellement ils étaient méchants. Mais je ne pourrai pas tout le temps être là derrière lui. (Elle s'interrompit.) Je vous pompe avec mes histoires, pardonnez-moi. Vous voulez quelque chose d'autre à boire ? Un Coca ? Du vin ?

— Oui, je veux bien du vin.

— Du blanc, du rosé ?

— Du blanc, s'il vous plaît.

Elle est revenue avec deux verres de blanc. J'ai bu quelques gorgées. Puis j'ai dit :

— Je me sens un peu ridicule d'avoir fait irruption chez vous comme ça.

Le grand sourire malicieux.

— Ce n'est pas grave, le film était nul.

— Je suis désolée. Pour votre mari aussi.

— L'important, c'est que vous retrouviez la personne qui a fait ça. La police travaille bien ?

J'ai pensé à Laurent, à tout ce qu'il avait fait pour moi, pour Malcolm.

— Oui, il y a un jeune flic dynamique. Il se donne du mal pour nous.

— La police va venir ici lundi matin ?

— Oui, le flic me l'a dit.

— Heureusement que j'ai gardé les billets pour Barcelone.

— Oui.

Silence.

— Vous pensiez vraiment que c'était moi ?

252

— J'étais persuadée que c'était vous. La plaque, la couleur de la voiture, la marque de la voiture, tout correspondait.

— Vous devez vous sentir découragée.

— Oui. Très. J'étais si sûre. Les témoins avaient même noté la couleur de vos cheveux.

Elle a haussé les sourcils.

— Mes cheveux?

— Oui, les témoins ont vu une femme au volant, une blonde aux cheveux longs et bouclés, et un homme à sa droite.

Son visage s'est crispé. D'un seul coup.

Cela m'a surprise. Elle était blanche, soudain, terriblement blanche sous son hâle.

— Une blonde, aux cheveux longs et bouclés?

— Oui. Comme les vôtres.

Elle ne bougeait plus. Ses yeux me fixaient, exorbités. Des yeux énormes, noirs.

— Les témoins ont vu ça?

Sa voix était encore plus rauque que d'habitude.

— Oui.

Elle semblait suffoquer. Incapable de parler. Son regard m'impressionnait. Je n'osais pas lui demander ce qu'elle avait. Je ne savais pas quoi faire. La cigarette qu'elle tenait se consumait entre ses doigts. Une fine langue de cendre est tombée sur la moquette.

— Qu'avez-vous? Que se passe-t-il?

Mais elle ne me répondait pas. C'était comme si je n'étais plus là. J'ai pris la cigarette qui menaçait de finir sur la moquette, je l'ai éteinte dans le cendrier.

Eva Marville a enfoui son visage entre ses mains, s'est mise à gémir tout bas. Des gémissements de douleur. Comme ceux d'une bête mortellement blessée.

C'est à ce moment que le mari est entré.

— Il dort, enfin ! lança-t-il.

Il la vit, recroquevillée sur le canapé. Il s'est figé.

Je n'ai rien dit, saisie par cette scène singulière, cette épouse en larmes, et ce mari pétrifié. Je ne comprenais rien à ce qu'il se passait.

— Mais qu'est-ce que t'as ?

Elle hoquetait toujours, ses épaules rondes frémissaient.

Il m'a regardée.

— Qu'est-ce qu'elle a ?

J'ai esquissé un geste d'impuissance. Il s'est assis à côté d'elle. Il a voulu passer un bras autour de son cou, mais elle l'a repoussé avec une brutalité surprenante.

— Laisse-moi. Laisse-moi !

Il s'est impatienté, a soupiré.

— Qu'est-ce que t'as, dis ?

Je me suis sentie de trop. En même temps, j'étais fascinée par cette scène de ménage qui se tramait, même si j'en ignorais la cause. Elle a levé son visage, il était défait, bouffi, maculé de larmes.

— Il y avait une blonde au volant, Daniel. Une blonde aux longs cheveux bouclés. Des témoins l'ont vue.

Sa voix était cassée, éteinte.

— Oui, et alors ? a répondu le mari avec imperti-
nence. Quel est le problème ? Tu n'étais pas à Paris,
on le sait, tu étais à Barcelone avec le petit, tu l'as bien
dit à la dame, hein ?

Elle s'est levée. Elle avait retrouvé ses gestes ronds,
majestueux. Elle lui faisait face. J'ai remarqué qu'elle
tremblait des pieds à la tête. Ses poings s'ouvraient
et se fermaient spasmodiquement. Puis elle s'est penchée en avant, le visage contracté, la bouche ramassée,
comme si elle voulait lui cracher dessus.

— Comment as-tu pu ? Comment as-tu pu ?

Elle a crié cette phrase plusieurs fois, avec la même
voix éraillée, râpée. J'ai vu qu'il avait pâli, que ses
yeux vitreux, mornes n'affrontaient pas son regard. Il
était silencieux, transi.

J'ai tourné la tête, et j'ai vu que le petit garçon frisé
s'était faufilé à l'intérieur de la pièce, à l'insu de ses
parents. Il s'était assis à même le sol, comme il l'avait
fait ce matin devant moi, et il se balançait d'avant en
arrière, la tête enfouie entre les genoux.

Debout, Eva Marville bruissait de rage et de souffrance.

— Lisa. Tu étais avec Lisa.

Il secoua la tête, les lèvres blanches. Elle a suren-
chéri.

— Tu étais avec Lisa ! Lisa ! Lisa !

Sa voix n'était qu'un hurlement de douleur qui
raclait mes oreilles.

Lisa. Ce prénom me disait quelque chose. Mais
quoi ? J'étais certaine de l'avoir entendu récemment.

— Calme-toi, Eva !

Il s'est levé, lui a saisi le bras, fermement, comme on tente de raisonner un enfant turbulent.

— Tu as vu dans quel état tu te mets ?

Son accent le rendait presque comique.

Elle le repoussa encore une fois, durement.

— Lisa ! Lisa ! Tu étais avec Lisa. Dis-le. Avoue-le. Tu as attendu que je parte à Barcelone et vous avez pris ma voiture tous les deux, et vous êtes montés à Paris.

— Mais tu délires !

Je les observais, à la fois horrifiée et hypnotisée.

— Tu lui tournes autour depuis deux ans. Je l'ai bien vu, j'ai bien vu comment tu la regardes, depuis ce fameux été, tu penses que je suis aveugle, tu penses que je ne vois rien !

Le petit se balançait encore, en chantonnant à voix basse, les yeux fermés, comme en transe. Ses parents ne l'avaient toujours pas remarqué.

— Mais j'en ai rien à foutre de Lisa, qu'est-ce que tu racontes, tu inventes des trucs, tu as bu ou quoi ?

Elle s'est redressée, et jamais elle ne m'avait paru si grande, si menaçante, la jugulaire à vif, les mâchoires saillantes, le corps puissant.

— On va voir si j'ai bu. On va voir.

Elle se baissa, attrapa le téléphone sur la table basse. Pianota un numéro. Il la regardait, consterné.

— Lisa. Tu viens tout de suite. Non, tu ne discutes pas, j'ai à te parler, tu viens tout de suite. J'attends.

Elle raccrocha.

J'ai dit :

— Vous voulez que je parte ?

Ses yeux se posèrent sur moi, et j'ai eu la sensation qu'elle prenait tout à coup conscience de ma présence.

— Non. Vous restez. Vous voulez la vérité ? On va l'avoir. On va attendre Lisa. Elle sera là dans cinq minutes, elle habite en face.

Lisa. Je me souvenais maintenant. Quand le téléphone avait sonné. Pendant que j'étais ici, hier soir. Le répondeur s'était mis en marche. « C'est moi, c'est Lisa, y a quelqu'un ? » Une voix de jeune femme. Qui était-elle ? Ma curiosité me démangeait. Quel rapport avait-elle avec Eva Marville et son mari ?

Nous avons attendu dans le silence le plus absolu. Même le petit garçon était muet, il s'était caché derrière un fauteuil, on ne voyait que ses pieds nus.

Le mari était resté debout, il semblait déconfit, fébrile. Eva Marville fumait, stoïque, digne, sur le canapé.

La porte a claqué. Une voix.

— C'est moi !

Une femme est entrée. Toute jeune. J'ai d'abord cru voir Eva Marville avec vingt ans de moins. La même corpulence, la même haute taille. J'en ai eu le souffle coupé. C'était la jeune fille sur la photographie jaunie. Mais les yeux étaient clairs, d'un bleu singulier.

C'était sa fille. Lisa était sa fille.

— Alors ? Tu voulais quoi, maman ?

Elle m'a aperçue.

— Bonsoir, madame.

Un joli sourire, aussi joli que celui de sa mère.

Le mari avait pivoté vers la fenêtre, le dos voûté.

Elle était vêtue d'un jean taille basse qui laissait voir un ventre potelé, doré. Une chemise noire qui mettait en valeur une poitrine rebondie, appétissante. Un piercing au sourcil gauche. Une jolie blonde, grasse, dodue, dans toute la splendeur de sa jeunesse Une Nana de Zola qui sentait le monoï.

— Assieds-toi.

Sa mère avait repris une contenance plus normale. Mais ses mains tremblaient toujours.

— Tu vois cette dame ?

Regard troublé de la fille vers moi.

Eva Marville se pencha. Effluve de Shalimar.

— Pardon, mais je ne connais pas votre nom.

Je lui ai dit.

Eva Marville a commencé à parler lentement d'une voix calme, trop calme.

— Justine Wright a un fils de treize ans. Et c'est son fils que tu as renversé le mercredi 23 mai. Quand tu étais à Paris, avec Daniel, pendant mon voyage à Barcelone. Non, laisse-moi parler. Vous avez pris *ma* voiture. Vous êtes montés à Paris. Vous avez fait transférer la ligne de la maison et ta ligne à toi sur vos portables pour que je ne me doute de rien. Tais-toi, je te dis.

Une pause. Elle a continué, plus fort.

— Pourtant, tu m'avais dit que tu partais chez ton jules, que tu passerais le week-end chez lui. Je ne me suis doutée de rien. Toi chez ton jules, Dan ici, tranquille. Mais non. Vous avez tout manigancé. Vous avez tout préparé, derrière mon dos. Tu n'as jamais été chez Denis. Vous êtes montés à Paris, vous avez dû passer une nuit là-bas, et le lendemain, sur le boulevard M., tu étais au volant, toi qui n'as même pas ton permis, et vous avez grillé un feu, et vous avez fauché son fils. Vous ne vous êtes même pas arrêtés. Vous avez eu peur, donc vous vous êtes dit, on ne s'arrête pas.

Le silence qui régnait dans la pièce était spectaculaire. Eva Marville a bu une gorgée du verre de vin posé sur la table.

Elle a repris son récit. Sa voix était plus forte, plus menaçante.

— L'enfant est toujours dans le coma. Cela fait plus d'un mois. Cela fait plus d'un mois que vous m'avez caché ça, l'un et l'autre. Plus d'un mois que vous vivez avec ça sur vos consciences, et que vous ne m'en avez jamais parlé. Tout ça pour me cacher votre liaison. Votre liaison qui a dû commencer bien avant, mais ce soir, je n'ai pas envie de vous poser des questions. Je n'ai pas envie de savoir depuis combien de temps mon mari baise ma fille. Je pense surtout à ce gosse qui est dans le coma. Mais qui êtes-vous ? Qui êtes-vous ? Qui êtes-vous pour faire des choses pareilles ? J'ai l'impression de ne pas savoir qui vous êtes, de ne plus savoir qui vous êtes. Heureusement, Lisa, que ton père n'est plus de ce monde, qu'il n'est plus là pour voir ce que tu as fait de ta vie, et de la mienne !

Elle a hurlé les derniers mots. La pièce entière résonnait de sa haine, sa rancœur. Le petit garçon devait être terrorisé. On ne le voyait plus, il avait complètement disparu derrière le fauteuil.

La fille était blafarde, mais elle osait encore affronter le regard de sa mère. Le mari, lui, n'était que l'ombre de lui-même.

— Maman…

Eva Marville a levé une main. Elle chuchotait, et il y avait quelque chose qui brillait dans ses yeux.

— Ne me dis rien. Ne me parle pas. Lundi la police sera là. Daniel et toi, vous vous expliquerez avec eux.

Le mari s'était enfin retourné. Dérouté, penaud. Comme un ballon dégonflé.

— Ecoute, Eva…

Encore la main levée, tranchante. Le chuchotement.

— Tais-toi. Je ne veux plus entendre ta voix. Tais-toi.

Elle se tourna vers moi.

— Vous voyez, madame, je croyais que c'était un type bien. On se trompe sur les hommes. On se trompe souvent. Moi je me suis trompée une première fois avec le père de Lisa. J'étais jeune, je ne savais rien de la vie. C'était un type dur, son père. Sans cœur. Il m'a quittée. J'ai trimé pendant des années pour ouvrir ma boutique, élever ma fille. Il est mort dans un accident de moto. Il ne manque à personne. Puis j'ai cru que celui-là, c'était le bon. J'y ai cru. Plus jeune que moi. On a eu le gamin ensemble. Il ne s'occupe pas de son fils. Il ne fait rien pour son fils. Pour lui, Arnaud, c'est juste un pauvre petit autiste, je me demande même s'il l'aime.

Un long silence. La fille haletait.

Sa mère a repris, la voix grave, douloureuse.

— J'aurais dû me douter dès le départ que j'étais tombée sur un autre mauvais numéro. L'été des seize ans de Lisa. Il y a deux ans. Quand il a commencé à la regarder, à la reluquer. A la tripoter. Oui, ça a dû commencer à ce moment-là. Et moi je n'ai rien voulu voir. Cela me faisait trop peur, alors je fermais les yeux. J'ai bien remarqué comment il se comportait avec elle. Mais j'avais confiance en ma fille, voyez-vous. Comment ne pas avoir confiance en sa propre fille ? Elle avait un petit ami, elle était sérieuse. Je me disais que c'était une fille bien, ma Lisa, et que même si Dan lui tournait autour, elle n'aurait rien fait, puis elle avait son petit copain, elle avait sa vie. Je me suis trompée sur ma fille, aussi.

— S'il te plaît, maman !

La fille avait une voix larmoyante.

Mais Eva Marville ne la regardait pas. Ni son mari. Elle ne les regardait plus. Elle me regardait, moi.

— La vie. C'est ça, la vie. On ne se connaissait pas, et maintenant, je me souviendrai de vous pour le restant de mes jours. Vous pensiez que c'était moi, et en venant, vous avez trouvé une autre vérité. La pire. Les flics l'auraient trouvée aussi, en venant lundi. Mais c'est de vous que je me souviendrai. C'est votre visage. Vos yeux. Vous avez dit : « Je sais que c'est vous. » Je n'avais pas compris, sur le moment. Mais vous n'aviez pas tort. Ma fille, ma chair. Votre fils, votre chair. La vie. Ça bascule en quelques secondes, vous avez vu ? Votre fils, une voiture, le coma. Ma fille, mon mari, leurs saloperies. Quelques secondes. Comme ça.

Elle est sortie de la pièce en titubant, une main plaquée sur sa bouche, comme si elle allait vomir.

De sa cachette, le petit garçon frisé s'est mis à hurler, à hurler de toutes ses forces, un hurlement insupportable, mais ni son père, ni sa demi-sœur n'ont fait un geste vers lui. Sa mère n'est pas revenue. Il s'est enfin tu, brutalement, comme un disque qu'on interrompt en pleine chanson.

Après le départ d'Eva Marville, impossible de rester. La fille et le mari semblaient embourbés, impuis-
sants. Ni l'un ni l'autre ne parlaient. Ils étaient comme
statufiés, incapables de me regarder, drapés dans leur
honte.

Je me suis levée. Je les ai bien observés. Je contemplais enfin les personnes qui avaient renversé mon
fils ce jour-là. Je les ai bien imprimés au fond de ma
mémoire, j'ai retenu chacun de leurs traits, leur pos-
ture, leur odeur, le bruit de leur respiration, puis je
suis sortie de l'appartement et j'ai dévalé l'escalier à
toute vitesse. Je voyais la scène. Je voyais tout. La nuit
dans un hôtel. La nuit d'amour illicite. Sa blondeur,
son corps potelé sous le corps de l'homme plus âgé, sa
bouche à lui au moment de sa jouissance, veule, laide.
Les gestes. Les mots. Je les voyais. Je voyais tout. Le
déjeuner trop arrosé dans une brasserie. La fille qui
veut prendre le volant, allez Dan, juste ce boulevard,
je l'ai déjà conduite la bagnole de maman, je ne lui
ferai pas une égratignure, allez, sois cool, pousse-toi,
allez. La voiture qui prend de la vitesse, le fou rire de
la fille, l'homme qui se laisse griser par l'insouciance,
le rosé dont il a abusé, les images de la nuit qu'il vient
de passer, la peau élastique des cuisses dorées qu'il

pétrit sous ses doigts, et l'adolescent qui déboule au feu rouge, derrière le bus, le *tchock* que fait le corps de l'adolescent en valsant par-dessus le capot de la Mercedes, merde, merde, c'était quoi, putain, Lisa, ne ralentis pas, ta mère va nous tuer, faut pas que ta mère sache pour nous, jamais, avance je te dis, avance jusqu'au prochain feu, je reprends le volant, t'inquiète, le gamin, il aura rien, il s'est déjà relevé, on oublie tout et pas un mot à ta mère, t'entends ?

Je me sentais asséchée. J'étais une coquille vide, je n'étais plus rien, juste quelque chose de léger et de vaporeux que le vent transbahute. Je marchais dans l'humidité de la nuit comme une somnambule, assommée, achevée par tout ce que je venais de voir et d'entendre. Je savais, je savais à présent ce que j'étais venue chercher. Je me sentais comme apaisée, mais épuisée, aussi.

L'orage avait exacerbé les odeurs et les parfums qui se télescopaient autour de moi. Relents citronnés des tamaris, arôme plus poivré des hortensias. Puis mon nez a débusqué l'effluve d'un figuier, piquant, sensuel, terreux, et tout à coup une image m'est revenue, celle de nos dernières vacances en Italie. Et du figuier devant la maison qui surplombait la mer. Andrew m'avait entraînée une nuit sous l'arbre, pendant que les enfants dormaient, il faisait une chaleur caniculaire, comme souvent en Italie, cet air étouffant, odorant, qui pèse sur vous comme une paume moite, et je revoyais ses mains sur moi, sur ma peau bronzée, et je me souvenais de la chaleur de sa bouche qui s'attardait entre mes cuisses, et je revoyais l'entrelacs des racines du figuier qui accueillait mon dos, l'écorce grise et lisse, le vert touffu des feuilles au-dessus de nos têtes, et cette exhalaison entêtante, boisée, qui nous surplombait comme un parapluie parfumé. Son rire, le mien, et la montée du plaisir qui se faisait douce et langoureuse, si facile, fluide. Andrew. Il me manquait tant en cet instant et avec une telle violence que j'ai eu envie de crier son nom. J'ai tâté la poche de mon blouson pour attraper mon téléphone, puis je me suis souvenue que je l'avais laissé sur la table de nuit.

Le figuier se trouvait de l'autre côté de la villa, il n'était pas très grand, mais il sentait très fort, cette inimitable et exquise odeur qui me ramenait à cet été italien, à ce bonheur souple, insouciant, que j'aurais tant voulu retrouver. Etait-il trop tard ? Avais-je perdu Andrew ? Est-ce que je parviendrais à faire comprendre à Andrew pourquoi c'était si important pour moi de venir ici, de connaître la vérité ? J'avais peur de sa froideur, de son mépris, j'avais peur de me dire que peut-être il ne m'aimait plus, que ces quatre jours sans lui avaient fini par couler notre mariage déjà fragile. J'avais besoin de lui, de ses silences, de sa force, de sa droiture. Maintenant que j'avais compris ce qui s'était passé ce 23 mai, pouvais-je espérer retrouver Andrew, retrouver nos sensations de l'été italien, de l'amour sous le figuier, de la complicité teintée de désir qui nous faisait à présent défaut ?

Je me suis mise à courir aveuglément, le plus vite possible, de toutes mes forces, mes baskets dérapaient sur la chaussée encore trempée, mais je m'en fichais, courir, courir, appeler Andrew, lui dire combien je l'aimais, combien il me manquait, lui dire que j'allais rentrer vite maintenant que je savais qui avait renversé Malcolm, oui, j'allais rentrer, vite, le plus vite possible.

Il devait être minuit. En arrivant chez Arabella, toutes les lumières étaient allumées. Un pressentiment m'a étreinte. A bout de souffle, j'ai ouvert la porte, et c'est Georgia qui est venue se blottir contre moi en gémissant : « Maman ! Maman ! » puis j'ai vu Arabella derrière elle, Arabella au visage ruisselant de larmes, soutenue par Candida, en larmes elle aussi. J'ai chancelé, le sang s'est vidé de mon visage d'un coup, j'ai dû me tenir au chambranle de la porte. Arabella m'a dit de ne pas avoir peur, mais j'avais si peur que j'ai voulu me boucher les oreilles, j'imaginais déjà le pire, j'entendais déjà le pire, Malcolm était mort, mon fils était mort. Mais Arabella souriait à travers ses larmes, un sourire radieux, même si elle pleurait comme une fontaine, et j'ai enlevé mes doigts de mes tympans pour l'entendre me dire : « He came out of the coma ! Out of the coma ! »

Sorti du coma. Sorti du coma. Arabella m'a tendu un téléphone, m'a chuchoté : « No, not his mobile, call the hospital directly », et j'ai fait le numéro avec des doigts gourds à force de trembler, la petite agrippée à moi, et j'ai balbutié : « C'est la maman de Malcolm... »

Eliane, l'infirmière que j'aimais bien.

— On essaye de vous joindre depuis deux heures ! Votre mari est là !

J'ai marmonné que j'avais oublié mon portable. Pouvait-on me passer mon mari ?

La voix d'Andrew. Tremblante, claire, comme une voix de tout jeune homme.

— Where were you, Justine ? Shit, where were you ?

Comment lui expliquer ce que je venais de vivre, ce que je venais d'apprendre ?

— Andrew, je sais tout, maintenant, je sais qui l'a renversé.

— On s'en fiche, il est réveillé, il te réclame, son premier mot, c'était *maman*, tu m'entends, for God's sake, son premier mot c'était *maman* et tu n'étais pas là !

J'ai fermé les yeux.

— Pardon, Andrew. Pardon. Je t'en supplie, pardonne-moi.

Il haletait dans le téléphone.

— J'ai eu si peur. J'ai cru tout et n'importe quoi. J'ai cru que tu étais partie. Que tu avais décidé de me quitter, de nous laisser tomber. Georgia m'a dit qu'elle t'avait vue aujourd'hui avec un type, un motard. Elle vous a vus par la fenêtre, elle m'a dit que le type t'avait embrassée. Je me suis dit que tu étais partie retrouver ce type. Que c'était fini.

— Mais non ! C'était le flic, Laurent, tu sais, il était en vacances pas loin, il m'a dit que la police allait venir lundi matin chez cette femme, c'est tout, ce n'est pas ce que tu imagines !

— Justine, why are you not here ?

— Pardonne-moi. Oui, je devrais être là. Je le sais. Passe-le-moi, tu peux me le passer ?

Un silence.

Puis une voix d'homme.

— Maman.

Une voix d'homme que je ne reconnaissais pas.

— Malcolm ?

— Maman, où es-tu ?

Malcolm avait mué.

J'ai senti les larmes déborder, tandis que la petite, toujours fermement agrippée à ma taille, pleurait aussi.

— Mon Malcolm. Mon bébé.

— Maman, tu viens ? Maman ?

— Oui, mon Malcolm, oui je vais venir.

A nouveau la voix d'Andrew.

— Je t'ai pris un billet sur Internet, tu as un vol demain matin à sept heures. Granbella et Georgia reviendront un peu plus tard dans la journée.

— Comment est-il ? Comment va-t-il ?

— Il est immense. Il est blanc. Maigrichon. Demain il va se mettre debout. Je suis sûr qu'il te dépasse. Le médecin est content. Il dit qu'il n'y aura pas de séquelles. Mais on en reparle demain.

— Oui, demain.

— J'étais là quand il a ouvert les yeux. Vraiment ouvert les yeux en me voyant. J'avais l'impression qu'il revenait d'une autre planète. Comme une deuxième naissance. Il m'a regardé, et avec cette nouvelle grosse voix qui m'a fait sursauter, il a dit *maman*.

Je ne pouvais qu'écouter, en pleurant.

— Demain, je vous veux autour de moi, you hear me Justine, tous les trois autour de moi, toi, lui et la petite, notre famille, nous quatre. Je ne veux plus être loin de toi, de Georgia, tu m'entends ? Je ne peux plus supporter cette séparation, ça me rend fou.

J'ai pensé au figuier, aux images magiques de l'été dernier. Notre famille, nous quatre. Les enfants qui nageaient dans la mer transparente, en criant.

La voix d'Andrew était chaude, vibrante. Elle me faisait frissonner. Sa voix, sa voix d'avant, cela faisait si longtemps qu'il ne s'était pas servi de cette voix-là pour me parler.

— I love you, you stupid, wonderful woman. I need you. I need you. Demain matin, viens directement à l'hôpital. Malcolm a parlé à tout le monde, pendant qu'on te cherchait partout comme des fous, espèce d'idiot girl, et qu'on a compris que tu avais laissé ton portable dans ta chambre. J'ai prévenu tes parents, ta sœur, Olivier. Tiens, je te repasse ton fils.

Encore sous le choc de la voix d'Andrew, de son I love you, j'ai dit à Malcolm que je serai là demain matin, à la première heure. Puis j'ai raccroché et nous avons pleuré ensemble, Arabella, Georgia, Candida et moi. Candida est partie dans sa cave chercher du champagne rosé qui était tiède, mais cela n'avait aucune importance. Georgia a eu droit à sa gorgée, puis nous sommes toutes allées nous coucher.

Deux heures du matin. Je n'arrivais pas à dormir. Je suis allée sur le balcon, et je me suis assise face à la mer. A ma droite, le phare et son œil blanc dans la nuit. L'orage s'était éloigné vers l'ouest, on ne voyait plus de nuages gonfler le ciel sombre. J'ai regardé derrière le phare, au nord, vers Malcolm et Andrew. Demain, Malcolm dans mes bras. Malcolm et sa nouvelle voix d'homme. *Maman.* Demain, Andrew et moi.

J'ai envoyé le même texto à tous mes amis. *Malcolm réveillé tout OK.* Je me sentais en paix, le corps endolori mais reposé, la tête au calme, sereine. Je n'avais pas perdu Malcolm, je n'avais pas perdu Andrew. J'allais les retrouver, demain, dans quelques heures. Je dormirai dans l'avion. Car jamais je n'avais eu si peu envie de dormir. Jamais je n'avais si peu dormi en quelques jours.

Jeudi, vendredi, samedi. Dimanche qui commençait. Le dimanche des retrouvailles, de la joie. Du bonheur. *Maman. I love you, you stupid, wonderful woman. I need you.* Mon corps entier se relaxait, s'abandonnait, le poids qui m'étouffait depuis le jour de l'accident se levait petit à petit, déguerpissait, prenait la poudre d'escampette. Envie de danser, de rire, de chanter. Envie de prendre Andrew contre moi et de l'embrasser frénétiquement. Envie de bercer Malcolm et de lui chanter *Lavender's Blue*.

Une lune étrange s'était levée, bleuâtre, irréelle. Au-dessous d'elle, le Rocher de la Vierge luisait de son éclat blanc, petit point pâle dans la nuit. Après l'orage, la mer s'était calmée. La marée descendait. On l'entendait à peine, juste un murmure lointain. Je n'entendais pas grand-chose, d'ailleurs, juste le vent qui soufflait encore, quelques voitures qui passaient, des voix qui provenaient d'une maison voisine.

Je pensais mollement, rêveusement à ce qui nous attendait. Les retrouvailles. La convalescence de Malcolm. Prendre garde à ne pas délaisser petite Georgia, Georgia on my mind, Georgia en tête, Georgia à l'esprit. Combien de temps Malcolm resterait-il à l'hôpital ? Allions-nous pouvoir quitter Paris ? On irait à Saint-Julien, on ouvrirait la maison, le soleil entrerait dans toutes les pièces et chasserait le moisi. Andrew tondrait le gazon, qui devait être jauni et à la hauteur de nos genoux. Malcolm reprendrait des forces, le blanc quitterait son visage. Pourrions-nous retourner en Italie ? Retrouver la petite maison carrée, la vue sur la mer, le figuier ? Et en septembre, ou même fin août, il me faudrait reprendre le travail, me replonger dedans, retrouver des contacts. En septembre, Malcolm fêterait ses quatorze ans. On ferait un grand dîner, festif, joyeux, avec toute la famille, les Anglais, et les Français, tous les cousins, tous les amis de Malcolm, tous ceux qui avaient téléphoné, soir après soir, pour avoir de ses nouvelles, et mes amies fidèles, celles qui m'avaient soutenue comme elles avaient pu, pendant ces semaines d'enfer.

Je pensais à notre appartement qui allait enfin reprendre son apparence normale, au lit que je partagerais à nouveau avec Andrew – plus question de dormir sur le canapé du salon –, je pensais à la chambre de Malcolm, à nouveau mal rangée, le sol constellé de chaussettes sales, BD, rollers, crottes de cochon d'Inde, pain au chocolat à moitié mangé. A ma voix qui dirait pour la dixième fois : « Malcolm Wright, si tu ne ranges pas ta chambre, tu n'auras pas d'argent de poche ce mois-ci. »

Cela me paraissait invraisemblable de renouer avec ma vie d'avant si aisément, alors que ce dernier mois, ces derniers jours avaient été un ouragan d'émotions. Mais j'avais besoin de cette projection en avant. Je ne voulais plus songer à ce que j'avais vu, entendu à la villa Etche Tikki. Je ne voulais plus ressasser tout cela. Je me projetais corps et âme dans demain, dans ce qui m'attendait à Paris, plus rien ne me retenait ici, plus rien. Mais n'étais-je pas irrémédiablement changée, comme si tout ce qui s'était passé depuis le 23 mai avait laissé une cicatrice invisible qui suintait encore, et qui de temps en temps se rappellerait à moi avec un petit pincement de douleur, quasiment inaperçu ?

Non, je ne penserais pas à la fille, à son amant, à la douleur d'une mère. Pas maintenant. J'y penserais plus tard, lorsque Laurent me téléphonerait pour me tenir au courant. La fille risquait gros, sans doute. Conduite sans permis, délit de fuite sur mineur. De la prison ? Non, je ne voulais pas y penser. Plus y penser. Ce n'était plus mon histoire. Cela ne me regardait pas. Ne me regardait plus. Penser à autre chose. A demain. A ma vie qui renaissait, à notre vie qui renaissait, à tout ce qui nous attendait, tous les quatre.

Le phare clignotait dans mon champ de vision avec sa régularité constante. Tandis que je m'assoupissais, baignée de bien-être, le clignotement cadencé prenait la forme d'un signal agaçant qui perturbait ma quiétude. J'ai tourné la tête pour ne plus être dérangée par ce scintillement trop brillant. Mais il demeurait dans le coin de mon œil, insistant, soutenu, et finalement j'ai dû me mettre de dos, face au sud pour ne plus le subir.

Etrange. Ma sérénité n'avait plus la même teneur. Quelque chose d'infime avait changé la donne, avait modifié mon état d'esprit. Pourquoi ressentais-je cette amertume ? Alors que tout allait désormais bien dans ma vie, Malcolm sorti du coma, Andrew qui m'avait dit qu'il m'aimait, et moi qui rentrais demain ? Un chagrin tangible s'insinuait en moi, je le sentais qui prenait de l'ampleur, qui se muait à travers moi en grandissant, je percevais son poids familier qui se calait sur ma poitrine et faisait fuir tout le bien-être accumulé là auparavant. Je me suis levée, les coudes contre la balustrade, le visage balayé par le vent salé, et j'ai regardé vers le sud, en essayant de comprendre l'origine de cette tristesse indicible.

Soudain, ses yeux noirs me sont revenus, puis j'ai entendu sa voix, sa voix quand elle avait crié *Lisa Lisa Lisa*. Ses yeux, encore et encore, comme le phare qui scintillait derrière moi, opiniâtre. Et c'est en sentant les larmes couler à nouveau, se mêlant au sel de la mer, que j'ai compris pourquoi, pour qui, je pleurais.

REMERCIEMENTS

Merci à Stella et Joël d'avoir fait de moi une Franglaise pure souche.

Extrait du premier chapitre de

Boomerang

Le nouveau roman de Tatiana de Rosnay
aux Éditions Héloïse d'Ormesson

Traduit de l'anglais par Agnès Michaux

Où l'on voit Antoine Rey, comme Julia Jarmond dans
Elle s'appelait Sarah, *être confronté au silence oppressant*
d'un secret de famille.

La petite salle d'attente est morne. Dans un coin, un ficus aux feuilles poussiéreuses. Six fauteuils en plastique se font face sur un lino fatigué. On m'invite à m'asseoir. Je m'exécute. Mes cuisses tremblent. J'ai les mains moites et la gorge sèche. La tête me lance. Je devrais joindre notre père avant qu'il ne soit trop tard, mais je suis tétanisé. Mon téléphone reste dans la poche de mon jean. Appeler notre père ? Pour lui dire quoi ? Je n'en ai pas le courage.

La lumière est crue. Des tubes de néon barrent le plafond. Les murs sont jaunâtres, craquelés par le temps. Hébété sur mon siège, désarmé, perdu, je rêve d'une cigarette. Je dois lutter contre un haut-le-cœur. Le mauvais café et la brioche pâteuse que j'ai avalés il y a deux heures ne passent pas.

J'entends encore le crissement des pneus. Je revois l'embardée de la voiture. Ce drôle de balancement quand elle s'est brutalement déportée vers la droite pour venir heurter le rail de sécurité. Puis le cri. Son cri. Qui résonne toujours en moi.

Combien de gens ont patienté ici ? Combien ont attendu sur ce même siège d'avoir des nouvelles d'un être cher ? Je ne peux m'empêcher d'imaginer ce dont ces tristes murs ont été témoins. Les secrets qu'ils renferment. Leur mémoire. Les larmes, les cris. Le soulagement et l'espoir, aussi.

Les minutes s'égrènent. Je fixe d'un œil vide la pendule crasseuse au-dessus de la porte. Rien d'autre à faire qu'attendre.

Après une demi-heure, une infirmière entre dans la pièce. Son visage est long et chevalin. De sa blouse dépassent de maigres bras blancs.

— Monsieur Rey ?

— Oui, dis-je, le souffle court.

— Vous voudrez bien remplir ces papiers. Nous avons besoin de renseignements complémentaires.

Elle me tend plusieurs feuilles et un stylo.

— Elle va bien ? tenté-je d'articuler.

Ma voix n'est qu'un faible fil prêt à se rompre. De ses yeux humides, aux cils rares, l'infirmière me lance un regard inexpressif.

— Le docteur va venir.

Elle sort. Elle a le cul plat et mou.

J'étale les feuilles sur mes genoux. Mes doigts ne m'obéissent plus.

Nom, date et lieu de naissance, statut marital, adresse, numéro de Sécurité sociale, mutuelle. J'ai les mains qui tremblent tandis que j'écris : *Mélanie Rey, née le 15 août 1967 à Boulogne-Billancourt, célibataire, 49, rue de la Roquette, 75011 Paris.*

Je ne connais pas le numéro de Sécurité sociale de ma sœur, ni sa mutuelle, mais je dois pouvoir les trouver dans son sac à main. Où est-il ? Je ne me souviens pas de ce qu'est devenu ce fichu sac. Mais je me rappelle parfaitement la façon dont le corps de Mélanie s'est affalé quand on l'a extraite de la carcasse. Son bras inerte qui pendait dans le vide quand on l'a déposée sur la civière. Et moi ? Pas une mèche de travers, pas un bleu. Pourtant j'étais assis à côté d'elle. Un violent frisson me secoue. Je veux croire que tout ceci n'est qu'un cauchemar et que je vais me réveiller.

L'infirmière revient et m'offre un verre d'eau. Je l'avale avec difficulté. L'eau a un goût métallique. Je la remercie. Je lui dis que je n'ai pas le numéro de Sécurité sociale de Mélanie. Elle hoche la tête, récupère les papiers et sort.

Les minutes me semblent aussi longues que des heures. La pièce est plongée dans le silence. C'est un petit hôpital dans une petite ville. Aux environs de Nantes. Je ne sais pas vraiment où. Je pue. Pas d'air conditionné. La sueur s'instille de mes aisselles jusqu'au pli de mes cuisses. L'odeur âcre et épaisse de la peur et du désespoir me submerge. Ma tête me lance toujours. Je tente de maîtriser ma respiration. Je ne tiens que quelques minutes. Puis l'atroce sensation d'oppression me gagne à nouveau.

Paris est à plus de trois heures de route. Ne devrais-je pas appeler mon père ? Ou ferais-je mieux d'attendre ? Je n'ai aucune idée de ce que le médecin va me dire. Je jette un coup d'œil à ma montre. Vingt-deux heures trente. Où se trouve notre père à cette heure ? Est-il sorti dîner ? Ou dans son bureau à regarder une chaîne du câble, avec Régine dans le salon d'à côté, probablement au téléphone ou en train de se faire les ongles ?

Je décide de patienter encore un peu. J'ai envie de parler à mon ex-femme. Le nom d'Astrid est toujours le premier qui s'impose dans les moments de détresse.

Mais… Elle et Serge, à Malakoff, dans notre maison, dans notre lit, cette manie qu'il a de décrocher, même si c'est son portable à elle qui sonne. Rien que d'y penser… « Salut, Antoine, ça va, pote ? » C'est plus que je ne peux en supporter. Alors, voilà, je ne vais pas appeler Astrid, même si j'en crève d'envie.

Je suis toujours assis dans ce cagibi étouffant à essayer de garder mon calme. À tenter de dominer la panique qui s'empare de moi. Je pense à mes enfants. Arno, dans la pleine gloire de son adolescence rebelle. Margaux, à peine quatorze ans et déjà si mystérieuse. Lucas, onze ans, gros bébé comparé aux deux autres et à leurs hormones débridées. Impossible de m'imaginer leur annonçant : « Votre tante est morte. Mélanie est morte. Ma sœur est morte. » Ces mots n'ont aucun sens. Je les repousse farouchement.

Une heure supplémentaire d'angoisse pure. Prostré, la tête entre les mains, je me concentre sur ce que j'ai à faire. Demain, c'est lundi et après ce long week-end, il y a tant d'urgences à régler. Rabagny et sa foutue crèche, un chantier que je n'aurais pas dû accepter. Lucie, l'assistante cauchemardesque que je dois me décider à virer. La situation est absurde. Comment puis-je penser à mon boulot alors que Mélanie est entre la vie et la mort ? Pourquoi Mélanie ? Pourquoi elle ? Et pas moi ? Ce voyage, c'était mon idée. Mon cadeau pour son anniversaire. Ses quarante ans qu'elle redoutait tant.

Une femme, qui doit avoir mon âge, entre dans la pièce. Elle porte une blouse verte et le drôle de petit bonnet de papier que mettent les chirurgiens au bloc. Des yeux noisette perspicaces, une chevelure courte et châtaine où courent quelques mèches grises. Elle sourit. Les battements de mon cœur s'accélèrent. Je me lève d'un bond.

— C'était limite, monsieur Rey.

Je remarque avec effroi des taches brunes sur sa blouse. Est-ce le sang de Mélanie ?

— Votre sœur va s'en tirer.

Malgré moi, je sens mon visage qui se décompose et je fonds en larmes. Mon nez coule. Je suis gêné de pleurer devant cette femme, mais incapable de me retenir.

— Ça va aller, ne vous en faites pas, me dit le docteur.

Elle me prend fermement le bras. Ses mains sont petites et carrées. Elle m'oblige à me rasseoir et s'installe à côté de moi. Je gémis comme quand j'étais môme. Le chagrin me prend aux tripes, les sanglots sont irrépressibles.

— C'est elle qui conduisait, n'est-ce pas ?

Je confirme d'un hochement de tête, en m'essuyant le nez d'un revers de main.

— Nous savons qu'elle n'était pas sous l'emprise de l'alcool. Les analyses le prouvent. Pouvez-vous m'expliquer ce qui s'est passé ?

Je m'efforce de répéter ce que j'ai déjà dit à la police et au SAMU. Ma sœur avait voulu prendre le volant pour la fin du voyage. C'était une bonne conductrice. J'avais parfaitement confiance à ses côtés.

— A-t-elle perdu connaissance ? me demande le docteur.

Sur son badge, je lis : « Docteur Bénédicte Besson ».

— Non.

À cet instant, un détail me revient. J'ai oublié de le confier aux ambulanciers pour la bonne raison que je ne m'en souviens que maintenant.

Je fixe les traits fins et bronzés du médecin. Mon visage est encore déformé par l'émotion. Je respire profondément.

– Ma sœur voulait me dire quelque chose. Elle s'est tournée vers moi. Et c'est là que tout est arrivé. La voiture a fait une embardée sur l'autoroute. Tout s'est passé si vite.

Le médecin me presse.

– Que voulait-elle vous dire ?

Mélanie. Ses mains sur le volant. *Antoine, il faut que je te dise quelque chose. J'y ai pensé toute la journée. La nuit dernière, à l'hôtel, tout m'est revenu. C'est à propos...* Ses yeux. Troublés, inquiets. Puis la voiture quittant la route.

Tatiana de Rosnay
dans Le Livre de Poche

Elle s'appelait Sarah   n° 31002

Paris, juillet 1942 : Sarah, une fillette de dix ans qui porte l'étoile jaune, est arrêtée avec ses parents par la police française, au milieu de la nuit. Paniquée, elle met son petit frère à l'abri en lui promettant de revenir le libérer dès que possible. Paris, mai 2002 : Julia Jarmond, une journaliste américaine mariée à un Français, doit couvrir la commémoration de la rafle du Vél d'Hiv. Soixante ans après, son chemin va croiser celui de Sarah, et sa vie changer à jamais. *Elle s'appelait Sarah*, c'est l'histoire de deux familles que lie un terrible secret, c'est aussi l'évocation d'une des pages les plus sombres de l'Occupation. Un roman bouleversant sur la culpabilité et le devoir de mémoire, qui connaît un succès international. Ce livre a obtenu le prix Chronos 2008, catégorie Lycéens, vingt ans et plus.

Du même auteur :

BOOMERANG, Éditions Héloïse d'Ormesson, 2009.
LA MÉMOIRE DES MURS, Éditions Héloïse d'Ormesson,
  2008.
ELLE S'APPELAIT SARAH, Éditions Héloïse d'Ormesson,
  2007, Le Livre de Poche, 2008.
L'APPARTEMENT TÉMOIN, Fayard, 1992.

 **www.livredepoche.com**

- le **catalogue** en ligne et les dernières parutions
- des **suggestions de lecture** par des libraires
- une **actualité éditoriale permanente** : interviews d'auteurs, extraits audio et vidéo, dépêches…
- **votre carnet de lecture** personnalisable
- des **espaces professionnels** dédiés aux journalistes, aux enseignants et aux documentalistes

Composition réalisée par Asiatype

Achevé d'imprimer en mars 2009 en France sur Presse Offset par
Maury-Imprimeur - 45330 Malesherbes
N° d'imprimeur : 145193
Dépôt légal 1re publication : avril 2009
LIBRAIRIE GÉNÉRALE FRANÇAISE
31, rue de Fleurus – 75278 Paris Cedex 06

31/2569/7